十八子

십팔자 ①

글쓴이 | 강대일
펴낸이 | 孫貞順
펴낸곳 | 모아드림

초판 1쇄 인쇄 | 2002년 11월 8일
초판 1쇄 발행 | 2002년 11월 18일

주소 | 서울 서대문구 북아현3동 180-22
전화 | 365-8111~2
팩스 | 365-8110
E-mail | morebook@korea.com
http://www.morebook.co.kr
등록번호 | 제2-2264호(1996.10.24)

ISBN 89-5664-016-5, 89-5664-015-7(세트)
ⓒ 강대일

값 8,000원

대하역사소설

十八子

강대일 지음

제1권 떠오르는 전설

모아드림

제1권 떠오르는 전설

제1장 야망의 전사

1. 좌초_18
2. 진돗개 하나_29
3. 야망의 전사_36
4. 오인사격_46
5. 사라진 공작원_60
6. 백두대간 산악구조대_69

제2장 산성 살인사건

1. 두타산성 살인사건_82
2. 악연의 고리_95
3. 도둑맞은 병원_101

제3장 오페르트

1. 대독 과학기술고등학교_117
2. 에르네스트 오페르트_120
3. 조선으로의 잠입_125
4. 조선의 신비_135
5. 병인양요_141

6. 강화도 전투_146
7. 전등사 전투_152
8. 남연군 묘 도굴_157

제4장 목걸이

1. 목걸이_166
2. 400년을 기다려 온 사람_173

제5장 칠성과 동천

1. 극락조를 좇은 아이_181
2. 유하_187
3. 운명_197
4. 수련(修鍊)_207

제6장 무술승

1. 관동지방 승려대회_216
2. 환란의 징조_224
3. 동천의 수심(愁心)_235
4. 불타버린 총불원_246

5. 흑연수_251
6. 마물(魔物)_256

제7장 비밀의 전수자

1. 세종과 장영실_262
2. 비밀의 전수자_270
3. 사투_276
4. 마인(魔人)_286

제8장 고보이 평야의 쟁투

1. 한밤의 침입자_293
2. 고보이 평야와 푸캇산_306
3. 오만수 대령_318
4. 레콘도 대장_323
5. 답다촌의 이행리 삼판_331

작가 후기_340
이 책이 나오기까지_343

제1권 떠오르는 전설

제 1장 야망의 전사

1. 좌초

다시 굉음이 일기 시작했다.

후미 쪽에서 발생한 굉음에 이어 진동이 뒤를 따르며 선체가 가볍게 흔들렸다. 진동은 선체의 내각(內殼)을 타고 앞쪽으로 뻗어나갔다. 승조원들은 하나같이 동작을 멈추고 흐릿한 조명 속에서 눈알을 굴렸다. 그들은 조명의 사각으로 인해 생긴 어둠을 발견하면, 마치 그 곳에 적이라도 매복하고 있다는 듯이 시선을 고정한 채 두려움 가득한 눈초리로 쏘아보았다. 승조원들은 숨소리조차 내지 않았다. 사령실을 점령한 정적에 비례하여 굉음과 진동은 더욱 커져만 갔다.

진동과 굉음의 여음이 심해의 저편으로 물러간 뒤 승조원들은 바짝 웅크렸던 몸을 서서히 폈다. 그들의 입에선 안도의 한숨과 불안감을 잔뜩 머금은 신음이 동시에 새어나오고 있었다.

수병실의 어둠 속에서 육상 안내원인 김윤호 대위의 심하게 일그러진 얼굴이 사령실 쪽으로 비쳤다가는 이내 사라졌다. 수병실의 어둠 속에서 금속음이 섞인 듯한 새된 목소리가 새어나왔다.

"씹할! 차라리 군가라도 부르면서 가는 거이 낫겠군."

남북이 짬뽕이 된 말투였다.

조타수 이광수는 사령실 구석에 쪼그리고 앉은 채 곁눈질로 함장 정용구 중좌의 얼굴을 훔쳐보았다. 수병실을 겨냥하고 있는 그의 눈매가 매섭게 번뜩이고 있었다. 눈동자가 위로 몰린 데다가 눈꼬리가 옆으로 찢어진 그의 눈은 흡사 뱀의 그것을 닮아 있었다. 그 표독스러운 눈매만큼이나 성격이 포악하고 잔인하기 이를 데 없는 정용구 중좌였다. 하지만 그는 눈에서 불똥을 튀길 듯 적의를 드러내면서도 거친 숨을 씨근덕거릴 뿐이었다. 수병실을 차지하고 있는 침투조원들은 계급이나 서열의 범주를 벗어난 존재들이기 때문이었다.

잠수함이 첫 굉음을 일으킨 이후로 사령실의 승조원들과 기관실의 승조원들의 관계는 급속도로 악화되고 말았다. 잠수함이 기관 고장을 일으킨 원인을 두고 사령실의 무리들은 기관실이 정비를 소홀히 했음을 탓했고, 기관실 무리들은 그들대로 사령실이 잠수함을 무리하게 작동시킨 이유를 댔다. 잠수함은 좌초에 대한 두려움과 두 무리간의 불화로 인해 불을 당기면 금세 폭발해버릴 것 같은 긴장감이 팽팽하게 부풀어 있었다. 대좌 계급장을 단 해상처장 김동원이 나서서 사태를 수습하려 했지만, 위기 상황에서 해상처장의 권위는 유명무실한 것이었다.

이광수는 수병실 쪽으로 조심스럽게 눈길을 돌렸다. 김윤호 대위가 잠수함의 위치를 확인하기 위해 사령실로 몇 번 나왔을 뿐 '문 대위'라고 불리는 공작원 사내는 잠수함이 낙원항을 떠난 이후로 단 한 번도 모습을 드러내지 않고 있었다. 승조원들은 수병실의 어둠 속에 몸을 숨기고 있는 그 공작원 사내에 대해 귀엣말을 주고받으며 소문을 부풀렸다. 오극렬 인민무력부장이 직접 차출해서 내려보내는 만큼 엄청난 실력자라는 말도 있었고, 문화연락실의 전신인 198부대 사상 가장 뛰어난 요원이라는 소문도 나돌았다. 소문의 진위야 어떻든 간에 그가 이번 작전의 핵심적인 인물인 것만은 틀림없었다. 여러 차례 남한에 침투한 적이 있는 베테랑 공작원 장길영 소좌가 고첩과 접선하여 진로를 확보하기 위해 직접 나선 것은 극히 이례적인 일이었다. 이틀 전 잠수함은 강릉시 강동면 안인진리 해안에 접근하여 장길영 소좌를 비롯한 2명의 공작원을 상륙시켰던 것이다.

잠수함 내부를 무겁게 짓누르고 있는 정적을 가르며 수병실 쪽에서 낮은 음성이 흘러나왔다.

"지금 위치가 어디쯤입니까?"

정확한 남한의 어투였다. 그 목소리는 아무런 감정을 담고 있지 않은 듯 메말라 있었지만, 듣는 이로 하여금 거역할 수 없는 위엄이 서려 있었다. 그 위엄에 짓눌린 듯 항해장이 약간 더듬거리며 대답했다.

"아안인진리 해해상 900미터 지점이디요."

잠수복으로 갈아입은 육상 안내원 김윤호 대위가 수병실을 나섰다. 그 뒤를 이어 잠수복의 지퍼를 채우며 한 사내가 사령실로 들어섰다. 바로 그 '문 대위'라고 불리는 공작원 사내였다. 그는 승조원들의 예상과는 달리 180센티미터 정도의 키에 온후한 인상을 지니고 있었다. 공작원들이 직위고하를 막론하고 승조원들에게 함부로 대하는 데 비해 행동거지도 정중한 편이었다.

공작원 사내가 다가오자 이광수는 무릎을 두 팔에 안은 채 쪼그리고 앉아 있다가 벌떡 몸을 일으켰다. 공작원 사내는 이광수의 앞을 지나쳐 곧장 계기판 쪽으로 다가갔다.

"이번에는 제대로 온 것 같군."

공작원 2명을 상륙시킨 후 외해로 나갔던 잠수함이 항로를 잘못 잡아 돌아오는 바람에 이미 하루를 허비한 것이었다. 기관 고장도 그때 발생한 것이었다.

공작원 사내가 정용구 함장 쪽으로 고개를 돌린 후 말했다.

"우린 여기서 상륙하겠습니다. 기관을 수리하는 대로 잠수함은 그냥 돌아가십시오. 우리는 육상으로 귀환하겠습니다."

김윤호 대위가 먼저 해치로 올라가는 사다리를 탔다. 그 뒤를 이어 공작원 사내가 사다리에 올랐다. 이광수는 공작원 사내의 뒷모습을 바라보며 다시 한 번 공작원들에게 감탄하지 않을 수가 없었다. 그들은 은연중에 내뱉는 욕설이나 중얼거림 속에서도 남녘의 억양과 말투를 결코 놓치지 않았다. 이광수는 공작원들의 번뜩이는 눈매라든가 억세 보이는 팔뚝, 훈련 중에 생겼을 흉터보다도 그들이 구사하는 적확한 남한의 어투에서 그들이 겪었을 혹독한 훈련을 증명 받고 있는 셈이었다.

해치가 닫히는 소리가 났다. 곧이어 잠수함의 외각(外殼)을 두드리는 소리가 들렸다. 침투조가 잠수함을 떠난다는 신호였다. 1996년 9월 17일 23시 57분이었다.

9월 14일 밤, 낙원항은 짙은 어둠에 잠겨 있었다. 달은 구름 속에 모습을 감추었고, 항구의 조명조차 모두 꺼진 상태였다. 이광수는 바짝바짝 마르는 입술을 혀로 핥으며 다른 승조원들과 함께 부동자세를 취하고 있었다. 바람이 귓불을 스치고 지날 때마다 귀가 멍해질 정도로 바람은 강했다. 등뒤의 바다에서는 쉴새없이 부서지는 파도의 거친 음성이 그의 불안을 부추기고 있었다.

세 사람의 검은 그림자가 다가오고 있었다. 함장인 정용구 중좌와 해상처장인 김동원 대좌 그리고 사복 차림의 남자 한 명이었다. 아마도 그는 문화연락실의 지도부이거나 당의 간부일 것이라고 이광수는 짐작했다.

사복 차림의 남자가 나직한 목소리로 말했다.

"문 대위는 어딨소?"

"이미 승선했습네다."

세 사람이 도열해 있는 공작원들 앞에 다가가 임석하자, 선임자가 거수경례를 하였다. 사복 차림의 사내가 헛기침을 두어 번 내뱉은 후 입을 열었다.

"동지들! 오늘 밤은 조국통일의 교두보를 구축하기 위하여 남조선으로 떠나는 뜻깊은 밤입네다. 김일성 수령님께서 생전에 그토록 소망하셨고 우리 김정일 장군님께서 어느 한 순간도 마음 못 놓으시고 열망하시는 것은 바로 우리 민족 최고의 소망인 조국통일과 남조선 인민해방입네다. 이 성스러운 위업에 자신들의 생명을 바치기로 맹세한 통일전사동지들을 우리는 결코 잊지 않겠습네다. 오늘의 이 한 순간을 위해……"

이광수의 귀는 등뒤에서 밀려오는 파도 소리를 향해 열렸다. 저 거친 파도를 뚫고 또다시 목숨을 건 항해에 나서야 하는 것이었다. 이미 여러 차례 남조선의 영해로 침투를 해온 그였지만, 회를 거듭할수록 가슴을 옥죄어오는 두려움은 더욱 커져만 갔다. 그는 임무 수행에 나설 때마다 마음속으로 간절히 빌었다. 이번이 마지막 항해가 되기를.

"……성스러운 위업을 달성하기 위해 떠나시는 충성스러운 전사 동지들을 우리 인민들의 열렬한 박수로 배웅하지 못하는 것이 못내 안타깝습네다. 하지만 기억하십시오. 동지 여러분의 성패에 따라 우리 인민의 영광된 날이 앞당겨진다는 것을. 우리는 언제나 전투원 동지 여러분을 가슴속 깊이……"

연설이 길어지면서 사복 남자의 음성에는 점점 열이 올랐다. 그의 음성이 높아질수록 이광수의 마음속 불안감도 점점 더 높게 차올랐다. 이광수는 이번 침투의 목적이 단순한 정찰에 있지 않다는 사실을 이미 짐작하고 있었다. 잠수함은 '문 대위'라고 불리는 공작원을 남조선에 침투시킨 뒤 반드시 그를 데리고 귀환해야 했다. 그가 임무를 수행하는 동안 잠수함은 몇 날 며칠이고 남조선의 해안을 떠돌아야 했던 것이다.

"……임무를 수행하기 전에는 그 어느 누구도 죽을 권리가 없으며 꼭 살아서 승리의 보고를 안고 돌아와 장군님께 안겨드려야 합네다. 동지들의 가슴에는 찬란한 무공훈장이 기다리고 있습네다. 끝으로 동지들의 무운장구를 빕네다."

드디어 사복의 연설이 끝났다. 이광수는 다리가 뻣뻣하게 저려오는 것을 느꼈다.

잠수함에 오른 이후로 수병실에는 출입을 금한다는 해상처장의 명령이 떨어졌다. 그곳에는 공작원들과 육상 안내원인 김윤호 대위가 자리를 잡고 있었다. 그들 무리 속에 '문 대위'라고 불리는 공작원 사내가 섞여 있었다. 도대체 그가 어떤 임무를 띠고 있길래 반드시 데리고 북으로 돌아가야 하는 것인가? 그가 임무를 수행할 동안 승조원들은 차갑고 어두운 바다 속에서 기약없이 기다려야 할 만큼 그의 임무가 막중한 것인가? 하지만 이런 의문을 입에 올리는 승조원은 없었다. 그들은 잘 길들여진 개처럼 명령에 순종할 따름이었다.

침투조가 잠수함을 떠난 뒤 승조원들은 목구멍 안으로 꾹꾹 눌러놓았던 긴 한숨을 토해냈다. 9월 14일 잠수함이 낙원항을 떠난 이후로 승조원들은 단 한 번도 편한 자세를 취하지 못했다. 수병실은 공작원들의 몫이었기 때문이었다. 이제부터 공해상에 머물며 초조한 시간을 보내야 하겠지만, 우선은 두 다리 쭉 뻗고 누울 수 있다는 사실만으로도 승조원들은 작은 기쁨을 느꼈다. 하지만 그들의 그 바람은 여지없이 좌절되고 말았다.

"엔진이 완전히 퍼져버렸습네다!"

부기관장이 사령실로 들어서며 소리쳤다.

"뭐이, 어드래!?"

정용구 함장이 뱀눈을 번뜩였다.

"고틸라면 족히 삼사 일은 있어야갔습네다."

"디금 여기가 니 집 앞 개울이네!? 고티긴 어데 가서 고텨!?"

부기관장은 입을 다문 채 고개를 떨구었다. 그 곁에서 항해장이 입술을 달싹이며 함장의 눈치를 살피고 있었다.

"뭐이가!? 니는 또 와 똥마려운 똥개처럼 그라고 섰네!?"

항해장이 기어드는 목소리로 말했다.

"잠수함이 물살 때문에 조금씩 해안으로 접근하고 있습네다. 이대로 있다가는 곧 해안에 닿을 것 같습네다."

다시 한 번 함장의 고함소리가 터져나왔다.

"뭐이, 어드래!? 그걸 지금 말이라고 하고 있네!?"

잠시 틈을 둔 뒤 정용구 함장이 명령을 내렸다.

"잠수하라우! 이대로 떠 있다가는 당장 발각될 거이야."

"안됩네다. 수심이 얕아서리 함교는 그대로 노출될 겁네다."

"이런, 쌍!"

함장이 자신의 모자를 바닥으로 팽개쳤다. 승조원들은 겁에 질린 눈으로 서로의 눈치를 살피며 잔뜩 움츠려 있었다.

잠시 후 고막을 찢을 듯한 날카로운 금속음이 귀를 후벼파기 시작했다. 잠수함의 용골이 암반에 닿아 긁히는 소리였다. 잠수함의 육중한 선체는 암반에 닿고도 한동안 물살에 밀려 계속 앞으로 전진했다. 내장을 휘저어대는 듯한 금속음은 끊이지 않았고, 비명과 신음이 이어지는 가운데 점멸을 반복하는 어둔 조명 아래로 승조원들의 일그러진 얼굴이 나타났다가는 사라졌다.

잠수함이 움직임을 멈추고 모든 소동이 가라앉은 뒤에도 승조원들은 꼼짝 않은 채 숨을 죽이고 있었다. 그때 잠수함의 외각을 두드리는 소리가 들렸다.

'캉캉, 캉캉캉캉, 캉캉캉.'

해상안내원들이 잠수함으로 돌아왔을 때 알리는 신호였다. 항해장이 나지막한 음성으로 말했다.

"우리 침투줍네다."

"……"

"함장님!"

"해치 열라우."

정용구 함장이 지시했다. 이어서 누군가 사다리를 타는 소리가 들렸고, 해치를 여는 금속음이 들렸다. 해치가 열리는 순간, 김윤호 대위의 날카로운 음성이 잠수함으로 스며들었다.

"좃깐나 새끼들, 무슨 일을 이따위로 함메! 날래 나오라우!"

승조원들은 전력이 나간 잠수함 내부에서 희미하게 빛이 스며들고 있는 해치 쪽으로 눈을 모은 채 웅크리고 있었다.

"쌍! 날래 나오디 못하가서! 셋 셀 동안 안 나오면 수류탄 터뜨리가서! 하나! 둘! 셋!"

승조원들은 공포에 질린 채 눈을 찔끔 감았다. 섬뜩한 상상이 이광수의 머리 속을 휘갈겼다. 수류탄의 파편이 두 눈에 박히고 자신의 살점이 떨어져 나가는 광경이 눈앞에 선명하게 떠올랐던 것이다. 그는 자신도 모르게 소리쳤다.

"나가겠습네다. 제발 그만 하시라요!"

이광수는 두려움과 격정에 휩싸인 채 온몸을 떨었다. 잠수함의 짙은 어둠 속에선 승조원들의 거친 숨소리만 새어나오고 있었다. 해치 쪽의 공작원들도 침묵을 지키고 있었다.

무거운 침묵의 빛이 서서히 엷어질 즈음 해치 쪽에서 점잖은 음성이 들려왔다. 아마도 이틀 전에 상륙시킨 공작원 중의 한 명인 듯했다.

"함장 동무, 간단하게 무기랑 비상식량 챙겨서 승조원들 내보시오. 조금 있으면 남조선 군인들이 들이닥칠 것이오. 서두르시오."

하지만 어느 누구도 선뜻 나서는 이가 없었다. 항해장이 해치 아래로 다가가 울먹이는 목소리로 말했다.

"조선인민공화국의 전사들답게 최후를 맞을 수 있도록 해주시라요. 어차피 살기는 틀린 목숨들이지만, 여기서 개죽음 하기는 싫습네다."

"나도 같은 생각이오. 그러니 어서 나오시오. 시간이 없소."

해상처장인 김동원 대좌가 병기고를 열었다. 승조원들은 손에 잡히는 대로 무기를 집어들고 잠수함 밖으로 나섰다. 승조원들이 뭍으로 오르자마자 김윤호가 총을 휘두르며 그들을 재촉했다.

"날래 뛰라우, 날래! 남조선 아들이래 곧 나타날 기야!"

승조원들은 7번 국도로 올라가는 절벽을 오르다가 휴대품을 놓치기도 하고, 심지어는 쥐고 있던 총까지 놓아버렸다.

승조원 전원이 도로로 올라섰을 때는 새벽 1시 10분을 막 넘어서고 있었다. 침투조는 승조원들을 도로가의 산으로 내몰았다. 그렇게 10여 분을 달린 뒤 그들은 멈추어 섰다. 이광수는 거친 숨을 몰아쉬며 주위를 돌아보았다. '문 대위'라고 불린 공작원과 정찰조장 장길영 소좌의 모습은 보이지 않았다.

나머지 공작원이 낮은 음성으로 말했다.

"지금부터 선택을 하시오. 나는 교란작전을 펴기 위해 여기 남을 것이오. 나를 도와 혁명과업에 동참할 분은 남도록 하시오. 나머지는 여기 김윤호 동무를 따라 북으로 귀환하도록 하시오. 김동무는 여기 지형에 훤하니까 여러분을 안전하게 안내할 것이오."

승조원들은 판단을 내리지 못하고 곁눈질로 서로의 얼굴만 살폈다.

기관장이 나섰다.

"내래 남가서. 돌아가면 숙청밖에 더 되가서?"

승조원 22명 중에 10명이 남기를 희망했고, 나머지 12명은 북으로 귀환할 의사를 밝혔다. 이광수는 북으로 귀환하는 쪽이었다. 남기를 희망한 승조원들이 공작원을 따라 서쪽으로 사라진 후 김윤호는 나머지 승조원들을 이끌고 북쪽으로 진로를 잡았다. 이광수는 앞선 승조원의 발 뒤꿈치로 시선을 옮긴 채 묵묵히 걸음을 옮기기 시작했다.

2. 진돗개 하나

택시는 강릉을 출발하여 7번 국도를 타고 동해로 향하고 있었다.

"방금 그 사람들 봤습니까?"

택시 운전기사 이진수가 백미러로 뒷좌석에 앉은 승객을 보며 물었다. 눈을 감고 있던 승객은 게슴츠레한 눈을 비비며 하품을 했다. 차 안에는 술냄새가 진동했다. 승객은 그 동안 졸음에 빠져 있었던 듯했다.

"뭐요?"

"아, 조금 전에 동광주유소를 지날 때 대여섯 명이 도로가에 서 있더래요. 그래서 혹시 보셨는가 해서 물은 거래요."

"글쎄, 난 못 봤는데……."

승객은 길게 하품을 한 후에 다시 좌석에 몸을 묻었다. 술에 취한 사람과 이야기해봐야 별 소득이 없겠다 싶어 이진수도 입을 다물었다. 하지만 그에게는 조금 전에 보았던 너댓 명의 사나이가 예사롭게 다가오지 않았다.

동해시 북평동 사무소 앞에 승객을 내린 이진수는 다시 차를 몰아 강릉으로 향했다. 그때까지도 이진수의 머릿속에서는 도로가에 서성거리고 있던 괴사내들의 모습이 지워지지 않고 있었다. 어쩌면 그들은 인근 해안부대나 초소에서 탈영을 시도한 군인들일지도 모른다고 이진수는 생각했다.

택시가 모전리 동광주유소에 다다랐을 때 도로변에 서 있는 군용지프 한 대가 이진수의 눈에 들어왔다. 그는 군에서 초병들이 탈영을 했다는 사실을 알아차리고 출동을 한 것이라고 생각했다. 이진수는 신고를 하기 위해 택시를 세우고 지프로 다가갔다. 하지만 다가가서 보니 지프는 군용이 아니라 군용처럼 개조한 코란도였다. 이진수가 돌아서려는 순간 코란도의 운전석 문이 열리며 운전사가 땅에 내려섰다.

"무슨 일 있습니까?"

이진수는 돌아서서 코란도에서 내린 운전자를 바라보았다. 동광주유소 간판에서 새어나온 불빛이 희미하게 그를 비추고 있었다. 코란도 운전자는 키가 185센티미터 정도 되는 근육질의 거구였다. 하지만 보폭이 일정하고 걸음걸이가 활달한 게 몸이 무척 가벼워 보였다. 귀밑머리에 언뜻 내비치고 있는 하얀 머리칼이 아니라면 20대 중반의 젊은이로 착각할 정도였다. 그리고 불빛을 받아 일렁이는 눈매는 마치 사물을 꿰뚫어보는 것처럼 강렬했다.

이진수가 코란도 운전자의 기세에 압도당해 머뭇거리고 있을 때, 재차 물음이 던져졌다.

"무슨 일 있습니까?"

코란도 운전자는 상대방이 당황하고 있다는 사실을 알아채고는 멈추어 서서 손바닥이 보이도록 앞으로 펼치고 입가에 미소를 머금었다. 그의 입가에 자연스럽게 잡힌 주름이 이진수의 경계심을 누그러뜨렸다.

이진수는 한숨을 내쉬고 입을 열었다.

"한 1시간 전에 여기를 지나치다가 너댓 명의 남자들이 도로변에 서 있는 걸 봤더래요. 이 야심한 시각에 일반인이 여기에 있을 일이 없잖아요. 그래서 탈영병들이 아닐까 해서 신고를 하려던 참이래요."

코란도 운전자는 자신의 턱을 오른손으로 매만지며 생각에 잠겼다. 그리고는 고개를 해안 쪽으로 돌려 무언가를 가리켰다.

"그렇지 않아도 저게 뭘까 생각하고 있는 중이었소."

이진수는 코란도 운전자가 가리키는 방향으로 시선을 던졌다. 과연 그의 손끝으로 해안의 암반 사이에 웅크리고 있는 거대한 물체가 걸렸다. 하지만 달도 없는 데다가 불빛이 닿지 않는 곳이어서 그 물체가 무엇인지는 알아볼 수가 없었다. 이진수는 내심 코란도 운전자의 눈썰미에 감탄했다. 어둠 속이라 여간해서는 보이지 않았을 텐데…… 게다가 운전중에 저걸 발견하다니!

코란도 운전자가 말을 이었다.

"내가 보기에 저건 잠수함이오. 아무래도 조금 전에 댁이 보았던 사람들은 남파 공작원들인 것 같소."

"네?!"

이진수의 심장박동이 빨라지기 시작했다. 코란도 운전자가 이진수의 어깨에 손을 얹으며 말했다.

"가장 가까운 파출소나 경찰서로 가서 이 사실을 신고해주세요. 나는 내려가서 확인한 후에 해안초소에 이 사실을 알리겠소."

코란도 운전자는 차로 돌아가 로프와 손전등을 가지고 왔다. 그는 도로 난간에 로프를 묶었다.

"서둘러요. 1시간이나 지났다면 벌써 멀리 달아났을 거요."

그는 이진수가 뭐라고 대꾸할 틈도 주지 않고 난간을 뛰어넘어 로프에 의지한 채 해안으로 내려가기 시작했다. 그의 민첩한 행동에 잠시 넋을 놓고 있던 이진수는 택시로 돌아가 강동면 지서로 차를 몰았다.

해안으로 내려간 코란도 운전자는 국도와 벼랑 사이에서 구명조끼와 점퍼 등을 발견했다. 그는 혼잣말로 중얼거렸다.

"엄청 급했던 모양이군. 물건을 질질 흘리고 다니다니."

그런 그의 말에는 군인으로서의 실책을 나무라는 비난의 뜻이 담겨 있었다.

해안에 다다른 코란도 운전자는 손전등으로 해안에 웅크리고 있는 괴물체를 비췄다. 역시 그의 예상대로 잠수함이었다. 놀라운 것은 그것이 소형 잠수정이 아니라 적어도 30명 안팎을 수송할 수 있는 상어급 잠수함이라는 사실이었다. 저처럼 큰 잠수함이 해안에 근접했다는 사실 자체만으로도 여러 가지 의문을 갖게 했다.

코란도 운전자는 해안을 따라 달리기 시작했다. 해안 초소의 초병들이 오인 사격을 할지도 모르는 급박한 상황이었다. 그래서 그는 손전등으로 일부러 자신을 노출시키면서 달렸다. 해안의 날카로운 암반을 겅중겅중 뛰어오르며 약 200미터 정도를 달렸을 때였다. 해안의 바위 사이로 초소의 희미한 윤곽이 눈에 잡힐 무렵 그의 예리한 청각에 낮고 단호한 음성이 들려왔다.

"멈춰라."

목소리는 조심스러웠고 약간 떨렸다. 그는 멈추어 서서 손을 머리 위로 올린 뒤 손전등으로 자신을 비추었다.

"당신은 지금 군사 지역에 들어섰다. 조금만 움직여도 발포하겠다!"

암반 사이로 그림자 두 개가 보였다. 무장군인들이었다. 한 명은 바짝 엎드린 채 사격자세를 취하고 있었고 나머지는 총구를 겨눈 채 주위를 살피며 조심스럽게 접근해왔다.

"일행은 없는가?"

군인의 물음에 코란도 운전자는 손전등 불빛 아래로 드러난 자신의 얼굴을 힘있게 끄덕였다.

"신분을 밝혀라!"

"나는 동해시민이오. 여기서 200미터쯤 떨어진 곳에서 대남 공작선으로 보이는 잠수함을 발견하고 신고하기 위해 달려온 것이오."

코란도 운전자에게 접근했던 군인이 수신호를 보내자 엎드려 있던 나머지 군인이 접근해왔다. 먼저 다가왔던 군인이 다시 물었다.

"어느 쪽이오?"

코란도 운전자가 자신이 지나온 방향 쪽으로 손전등을 비추었다.

"됐소. 불 끄시오."

초병 중 하나는 여전히 코란도 운전자에게 총구를 겨누고 있었고, 다른 한 명은 그가 가리킨 지점으로 달려갔다. 5분쯤 지난 뒤 확인정찰을 나갔던 초병이 돌아오며 소리쳤다.

"비상 때려! 적 잠수함이야!"

하지만 코란도 운전자에게 총구를 겨누고 있던 초병은 경계를 풀지 않았다.

"신분이 밝혀질 때까지 당신은 우리가 억류하겠소. 자, 앞장서 시오."

"훈련이 잘 됐군요. 기꺼이 협조하겠습니다."

코란도 운전자는 여전히 두 팔을 뒤통수에 붙인 채 해안 초소를 향해 앞장섰다. 해안 초소로 돌아온 뒤 초병들은 본부에 무전을 보냈다.

"여기는 C21! 여기는 C21! 남쪽으로 200미터 해안에 북의 공작선으로 추정되는 잠수함 발견! 반복한다! 남쪽으로 200미터 지점에 북의 공작선으로 추정되는 잠수함 발견! 잠수함 발견!"

그런 와중에도 초병들은 코란도 운전자에게 총구를 겨누는 것을 잊지 않았다. 초병들이 바짝 긴장해 있는 것과는 대조적으로 코란도 운전자는 느긋한 표정으로 초병들의 행동을 지켜보고 있었다. 초병들의 계급은 상병과 일병이었다. 둘 다 아직 앳된 티가 채 가시지 않아 보였다. 총구를 겨누고 있는 쪽이 일병이었고, 무전을 보내고 있는 쪽은 상병이었다. 무전을 하면서 상병이 코란도 운전자에게 말했다.

"주민등록증 주십시오."

"차에 두고 왔습니다."

"그럼 주민등록번호와 이름을 대십시오."

코란도 운전자는 순순히 대답을 했다.

"460820-1103228. 이름은 강림이라고 하오."

펜으로 자신의 손바닥에 상대방이 불러주는 것을 적으며 상병이 말했다.

"네?! 생각보다 나이가 많으시군요. 처음에 해안초소로 달려오실 때 저는 젊은 사람으로 착각했었습니다."

상병의 그 말에 강림은 슬그머니 미소를 지었다. 다시금 그의 눈가와 입가에 자연스러운 주름이 자리를 잡았다. 그제야 일병은 총구를 약간 밑으로 내리며 한숨을 내쉬었다.

상병이 무전기에 대고 다시 외쳤다.

"그리고 신분조회를 요청한다. 460820-1103228. 이름은 강림. 이름은 강림."

그보다 조금 앞선 시각, 강동면 지서에도 남파 공작선에 대한 신고가 접수되었다. 하지만 지서에서 야근을 하고 있던 경관들은 신고를 접하고도 그다지 대수롭지 않게 받아들였다. 해안에 가까이 위치한 지서에는 간첩선이 출몰했다는 신고가 종종 접수되지만 대부분은 허위 신고로 밝혀지기 때문이었다. 숙직을 하고 있던 경관 2명은 몰려드는 졸음에 하품을 해대며 신고자인 이진수와 함께 현장으로 향했다. 그 곳에서 잠수함을 목격한 경관들의 태도는 180도 달라졌다. 그들은 다급한 목소리로 무전기에 대고 간첩선 출현이 실제상황임을 연거푸 떠들어댔다. 이 사실은 곧 본서로 보고되었다.

그로부터 1시간 30분 정도 지난 1996년 9월 18일 오전 3시 30

분을 기해 전군에 '진돗개 둘'이 발령되었고, 오전 5시를 기해 경계령은 '진돗개 하나'로 승격되었다. 군은 잠수함이 발견된 인근 해역에 경비함 5척과 대잠 초계기 P3C기 1대를 출동시켜 외곽을 차단하는 한편 합참위기조치반을 소집해 김동진 합참의장의 직접 지휘 아래 수색작전을 개시했다.

군은 남파 공작원들이 침투 지역 반경 50km 내외에 있을 것으로 보고 수색에 박차를 가했다. 이와 함께 강릉, 원주, 예천의 공군부대에서는 공군기 4대를 긴급 발진시켰다. 해군도 특수요원 16명을 현장에 급파하여 잠수함에 침투시켰다.

군당국의 상황반은 이번 수색작전이 1968년 울진-삼척 무장공비 침투사건 이래 최대 규모의 작전이 될 것으로 추정했다.

3. 야망의 전사

장길영 소좌와 헤어진 문일광 대위는 밤재를 지나고 있었다. 날이 밝기 전에 옥계를 지나 만우산까지는 가야 하는데 벌써 날이 희끗희끗 밝아왔다. 남조선 수색대를 피해 길을 우회하는 바람에 다소 시간이 지체된 것이었다. 하지만 수색대의 시선이 장길영 쪽으로 몰린 덕분에 문일광은 아무런 어려움 없이 두타산으로 접근해 가고 있었다.

문일광은 걸음을 멈추고 장길영 소좌가 있음직한 방향으로 고개를 돌렸다.

'장 소좌님은 무사하실까?'

문일광의 눈앞에 남조선 수색대가 있는 쪽으로 달려가던 장길영 소좌의 뒷모습이 잠깐 나타났다가는 이내 사라졌다.

'어떻게 일이 이렇게 돼버렸단 말인가!'

그건 아무리 생각해도 어처구니없는 일이었다. 그토록 혹독한 훈련을 거쳤고, 치밀하게 계획을 세웠는데도 그렇게 허무하게 노출되고 말다니.

9월 17일 밤, 잠수함이 기관 고장을 일으킨 후 문일광 대위는 김윤호 대위와 함께 잠수함을 떠나 뭍으로 올라섰다. 미리 상륙해 있던 장길영 소좌와 엄태섭 중위가 바위 뒤에 몸을 숨기고 있다가 조심스럽게 다가왔다.

그들이 7번 국도로 올라섰을 때였다. 바다 쪽을 살피고 있던 엄태섭 중위가 노기 담긴 신음을 내뱉으며 바다를 가리켰다. 그 사이 잠수함이 해수에 밀려 해안으로 바짝 접근해 있었던 것이다. 잠수함은 점점 밀려와 암반 위에 얹힌 형국이 되고 말았다. 그 상태대로라면 날이 밝는 즉시 잠수함은 발각되고 말 터였다. 하지만 난관은 거기서 그친 것이 아니었다. 4명의 침투조가 국도 위에 서서 좌초된 잠수함을 내려다보며 넋을 놓고 있을 때, 강릉 방향에서 국도를 타고 달려오는 자동차의 불빛이 그들을 향해 다가왔다. 그들은 미처 몸을 피할 틈도 없이 헤드라이터에 노출되고 말았다. 자동차는 빠른 속도로 그들을 지나쳐 도로의 어둠 속으로 멀어져 갔다. 엎친 데 덮친 격이었다. 침투조는 서로의 눈만 멀뚱멀뚱 들여다보며 어처구니없다는 듯한 표정만을 지었다.

계획은 수정될 수밖에 없었다. 엄태섭 중위가 스스로 남조선 수색대의 미끼가 될 것을 자청했다. 그는 문일광과 장길영이 향할 두타산으로부터 남조선 수색대의 시선을 돌리기 위해 서쪽이나 북쪽으로 향하며 일부러 흔적을 남기는 역할을 맡았다. 김윤호가 맡은 역할은 승조원들을 이끌고 북으로 귀환하는 것이었다. 성공 가능성이 희박한 임무였다. 북으로의 귀환이 여의치 않을 경우, 그가 선택할 수 있는 유일한 길은 자폭이었다.

문일광 대위와 장길영 소좌는 강릉과 동해시의 경계를 넘는 데에는 성공했으나 두타산을 비롯한 주위의 쉰음산, 청옥산 일대는 이미 경찰과 예비군이 깔려 있어 접근하기가 용이하지 않았다. 두타산 일대는 평소 관광객이 많이 찾는 이유로 경찰의 경비가 더욱 삼엄했다.

사실 경찰의 포위망을 뚫기란 고도의 훈련을 거친 두 사람에게는 아무것도 아니었다. 하지만 두타산은 이번 남파 작전과 관련된 최종 목적지였다. 만약에 이곳에서 총격전이라도 벌어진다면 경계가 강화되어 두타산에 진입하는 일은 더욱 어려워질 터였다.

문일광과 장길영은 우선 퇴각하기로 하고 동해와 강릉의 경계 지점에 비트를 파고 은신에 들어갔다. 남조선의 경찰 병력이 그곳을 훑고 지나가면 경계망이 느슨해진 틈을 타서 다시 두타산으로 진입한다는 계획이었다.

9월 19일 오후, 두 사람은 비트에서 나와 땅의 습기에 젖은 몸을 햇볕에 말리고 있었다. 문일광이 장길영에게 말했다.

"장 소좌님, 이번 작전이 어떤 건지 궁금하지 않으십니까?"

장길영이 입가에 웃음을 머금으며 대답했다.

"왜 궁금하지 않겠소. 그렇지 않아도 엄 중위랑 동무의 임무가 뭘까에 대해서 이야기를 나누었었소. 두타산 지역은 군사 요충지도 아닌데 왜 그곳으로 갈까 하고 말이오."

"어떻게 결론을 내리셨습니까?"

"결론 못 내렸소. 하지만 나도 들은 이야기는 있소. 거기에 뭔가 중요한 게 있어서 그걸 찾으러 간다고 하던데."

"대충 맞습니다. 우리 인민들에게 꼭 필요한 게 있습니다."

장길영이 고개를 끄덕였다.

"꼭 찾길 바라겠소."

문일광은 잠시 생각에 잠겨 있다가 입을 열었다.

"이런 생각이 듭니다. 이렇게 도둑처럼 숨어들어서 찾을 게 아니라 남한 사람들이랑 서로 도우면 어떨까 하고 말입니다."

"거 김일성 대학 교수랑 어울려 다니더니 동무도 사상적으로 많이 물들었구만."

장길영이 농담처럼 건넸다. 하지만 문일광은 웃지 않았다.

"네, 물들었습니다. 라 교수님께서도 종종 그런 이야길 하시더군요. 정보는 우리에게 있고 물건은 남조선에 있으니 그걸 합치면 참 좋겠다는 말씀을 하시곤 했습니다."

"동무나 그 교수 양반 말대로 되면 얼마나 좋겠소. 하지만 아직 우리의 해방 전쟁은 끝나지 않았소. 최전방 일선을 왜 휴전선이라 했겠소. 전쟁을 잠시 쉬고 있다는 말 아니겠소?"

"그러니 안타까울 밖에요."

장길영이 쉿 소리를 내며 검지로 입에 빗장을 걸었다. 누군가가 조심스럽게 수풀을 헤치는 소리가 들려왔다. 처음 한두 사람이던 것이 시간이 지날수록 점점 늘어났다.

"남조선 수색대요."

장길영은 그렇게 말하고 나서 자세를 바짝 낮춘 채 소리나는 쪽으로 다가갔다. 문일광이 그 뒤를 따랐다. 장길영의 말대로 남한 수색대가 다가오고 있었다.

"이거 낭패구만."

"잠시 여기를 벗어났다가 다시 오는 것이 좋겠습니다."

"그게 문제가 아니오. 저 군인들은 지금 동해 쪽에서 강릉 쪽으로 북상하고 있소. 아마도 강릉 쪽에서도 이 쪽으로 남하하는 수색대가 있을 것이오. 자칫 잘못 하다가는 우린 앞뒤로 남조선 수색대에 둘러싸이고 말 거요."

"그럼 어떡하죠?"

장길영이 한숨을 내쉰 후 대답했다.

"내가 저들을 위쪽으로 유도하겠소. 문 동무는 내가 튀는 반대 방향으로 달아나다가 수색대를 우회해서 남하하도록 하시오."

문 대위는 고개를 저었다.

"그건 너무 위험합니다. 그러다 장 소좌님께서……."

"정찰조의 조장은 나요. 그러니 내가 시키는 대로 하시오."

"하지만……"

"작전을 망치고 싶소? 동무의 두 어깨에 우리 인민의 희망이 걸려 있소. 감상에 빠지지 말고 내 말대로 하시오."

문일광은 더 이상 할 말이 없었다. 장길영 소좌가 무사하기만을 바랄 뿐이었다.

"문 동무, 동무가 찾는 게 무언지는 모르지만 꼭 찾길 바라오."

남한 수색대가 수풀을 헤치는 소리는 점점 더 가까이 들려왔다.

"자, 문 동무 먼저 저쪽으로 피하시오. 조금 있다가 난 다른 쪽으로 수색대를 유도하겠소. 행운을 비오."

"꼭 무사하셔야 합니다."

"내래 경력이 몇 년인데 저런 꼬맹이들한테 당하가서?"

장길영이 웃어 보였다. 문일광은 입술을 굳게 다문 채 고개를 끄덕이고 나서 조심스럽게 뒷걸음질치며 장길영에게서 멀어져 갔다. 문일광이 뒤돌아보았을 때 장길영은 남한 수색대가 있는 쪽으로 달려가고 있었다. 일부러 자신을 노출시켜 수색대의 시선을 유도하기 위한 행동이었다.

문일광은 곧장 내달리기 시작했다. 잠시 후, 총성이 울리기 시작했다. 문일광은 걸음을 멈추고 총성이 나는 쪽으로 고개를 돌렸다. 장길영 소좌와 남한 수색대 사이에 총격전이 벌어지고 있는 것이었다. 장길영 소좌가 제 아무리 베테랑 공작원이라고 할지라도 벌떼처럼 달려드는 남한 수색대원들을 상대하기에는 역부족이었다. 결국 장길영이 도착할 종착역은 뻔한 것이었다. 문일광은 총성이 나고 있는 쪽으로 향하려는 자신의 발걸음을 가까스로 억눌렀다. 장길영 소좌의 희생을 헛되게 할 수는 없었다. 문일광은 스스로에게 기아에 허덕이는 북녘의 인민을 위한 임무가 남아 있음을 상기시켰다. 그는 입술을 깨문 채 총성이 나는 쪽으로부터 발길을 돌렸다. 나무 사이를 바람처럼 가르며 달려가는 그의 등뒤로 총성은 더더욱 거세지고 있었다.

　만우산에 다다른 뒤 문일광은 잠시 휴식을 취했다. 이제 형제봉을 넘고 비천리를 지나서 옥녀봉 달방댐을 넘고 칠성령, 청옥산 박달재를 넘으면 두타산이었다. 아직도 갈 길은 멀었지만 그는 라종민 교수가 사진으로 보여준 그 우람한 두 그루의 나무를 자신의 눈으로 직접 확인한 듯한 착각에 사로잡혔다. 라종민 교수는 그 나무들이 비밀의 장소로 향하는 관문이라고 말했다. 남파 공작원들이 찍어온 수천 장의 사진 속에서 무언가를 발견한 라종민 교수는 듬성듬성한 이를 드러낸 채 아이처럼 좋아했다.
　"됐어. 드디어 찾았어. 이거라고! 바로 이거야!"
　문일광은 그때 라종민 교수를 보며 의아한 표정을 지었다. 라종민 교수는 갑자기 목소리를 죽인 채 주위를 두리번거리며 말했다.
　"일광아, 이건 우선 너와 나 단 둘만의 비밀로 하자."
　아이처럼 좋아하던 모습은 온데간데 없이 라종민 교수의 표정은 굳어 있었다.
　"조금 전에 비밀의 장소로 향하는 관문을 찾았다. 내 예감이 틀리지 않는다면 이건 '양무의 나무'가 틀림없어."
　라종민 교수가 문일광에게 사진 한 장을 내밀었다. 사진 속에는 수령이 족히 수백 년은 되어 보이는 두 그루의 나무가 하늘을 찌를 기세로 뻗어 있었다.

"양무의 나무라뇨? 그게 뭡니까?"

사진을 돌려주며 문일광이 물었다.

"옛날 고려 시대에 이양무라는 노인이 삼척현의 현감과 주민으로부터 절대 자르지 않는다는 약속을 받아낸 뒤 두 그루의 나무를 거금을 주고 샀다는 이야기가 있다. 그 이후로 사람들은 그 나무들을 '양무의 나무'라고 불렀다. 이 이야기는 널리 알려진 이야기는 아니다. 나도 비밀의 장소를 찾을 수 있는 단서를 찾기 위해 민담을 수집하던 중에 우연히 알게 되었다."

"그런데 이 나무가 왜 그렇게 중요하죠?"

"이양무는 이씨 조선을 세운 이성계의 직계 조상이다. 그는 후손들을 위해 이 나무들에 어떤 단서를 남겨놓은 것이 분명해."

라종민 교수는 더 이상 입을 열지 않았다. 그는 상부에 '양무의 나무'에 대해서는 언급하지 않은 채 비밀의 장소가 두타산에 있는 것이 확실하다는 사실만을 보고했다.

그리고 드디어 문일광이 두타산 정찰에 투입되었다. 문일광은 당 고위층에서도 일부에게만 알려진 비밀스러운 사업을 위해 특별히 훈련된 공작원이었다. 그런 그에게 당 고위간부 한 명이 '야망의 전사'라는 별칭을 붙여주었다. 인민의 희망과 수령님의 오랜 열망을 풀어줄 수 있기를 바란다는 뜻이었다.

문일광이 남파한 것은 이번이 처음이었지만, 그의 머리 속에는 남한의 산천이 선명하게 그려져 있었다. 특히 두타산 일대에 대해서는 작은 샛길 하나도 짚어낼 정도였다. 문일광은 일이 순조롭게 진행되었다면 지금쯤 자신이 양무의 나무를 어루만지고 있었을 것이라고 생각했다.

라종민 교수를 떠올리자 문일광의 마음이 조급해졌다. 라종민 교수는 지난해부터 눈에 띄게 몸이 쇠약해졌다. 하루라도 빨리 그 비밀의 장소를 찾아내어 라종민 교수를 기쁘게 해주고 싶었다. 문일광은 인민을 고통에서 해방시키고 조국 통일을 앞당긴다는 사명감에 앞서 라종민 교수가 그토록 긴 세월 동안 매달려 온 염원을 실현시켜주고 싶다는 바람이 더욱 컸다. 문일광에게 라종민 교수는 인민보다도 통일보다도 더욱 큰 존재였던 것이다.

고아로 자란 문일광은 군사학교 시절부터 두각을 나타냈다. 그는 두뇌회전이 빨라서 학습력이 좋았으며 몸도 단단하고 날래서 유격훈련과 무술 단련에도 뛰어난 자질을 보였다. 교관들조차 이 소년병사와 일대 일로 맞닥뜨리는 것에 은근한 두려움을 가질 정도였다. 그런 그가 공작원으로 차출된 것은 당연한 일이었다.

문일광이 라종민 교수를 만난 것은 스무 살 때였다. 그 즈음 문일광은 생존훈련 중 4명의 추격병을 죽인 후 자기 자신에 대한 깊은 환멸에 빠져 있었다. 단검이 제 또래 추격병의 목을 파고들 때의 섬뜩한 느낌은 결코 지워지지 않을 고통이었다. 밤마다 그때의 장면은 악몽으로 되풀이되었다. 하지만 그것은 그가 살인기계로 거듭나기 위한 통과의례에 지나지 않았다. 사람을 죽인다는 사실에 대해 아무런 감정을 느끼지 않게 되는 데는 그리 오랜 시간을 필요로 하지 않았다. 하지만 라종민 교수를 만난 후 문일광은 새로운 가치관에 눈을 뜨게 되었다. 중국과 일본 등지에서 공부를 한 라종민 교수는 열린 시각을 가진 사람이었다. 모든 것을 주체

사상에 입각해 해석하는 것은 학문적 오류라는 말을 서슴지 않을 정도로 자기 소관이 뚜렷한 사람이기도 했다. 진작에 숙청되었어야 할 라종민 교수가 당의 비호를 받는 것은 그가 연구하고 있는 일이 조선인민공화국의 미래를 바꿀 만큼 거대한 것이기 때문이었다. 문일광은 그 거대한 사업을 위해 소모될 공작원이었지만 라종민 교수는 그를 군인으로 대하지 않았다. 마치 제 자식을 대하듯 남다른 애정을 보였다. 고아로 자라서 가정의 단란한 화목을 경험하지 못했던 문일광은 라종민 교수를 만남으로 해서 인간에 대한 사랑을 배우기 시작했던 것이다.

문일광은 몸을 일으켰다. 걸음을 재촉한다면 내일쯤에는 두타산에 진입할 수 있을 것이었다. 그는 형제봉으로 향하며 이번 기회에 반드시 비밀의 장소를 찾아 라종민 교수를 기쁘게 해주리라는 각오를 다졌다.

한편, 북으로 귀환하던 13명 중 인솔자인 김윤호 대위와 조타수 이광수를 제외한 승조원 11명은 9월 18일 4시 30분경 청학산 정상 부근에서 남한 수색대에 의해 숨진 채 발견되었다. 그로부터 약 10분 뒤 강동면 모전리에서 이광수가 경찰에 생포되었다. 이광수는 무리들과 혼자 떨어져 인가 부근 숲속에 숨어 있던 중 주민의 신고로 출동한 경찰에 붙잡힌 것이었다. 이광수는 불안증세를 나타냈지만, 불고기 2인분과 광어 한 마리를 먹어치우는 대단한 식성을 보이기도 했다.

다음 날인 9월 19일 오전 10시경에는 강동면 언별리 단경골에서 3명의 승조원이 수색대에 의해 사살되었으며, 오후 3시경에는 칠성산 부근에서 3명이 역시 사살되었다.

문일광 대위의 도주를 돕기 위해 남한 수색대에 일부러 자신을 노출시켰던 장길영 소좌는 남한 수색대와의 교전 끝에 괘일재 부근에서 사살되었다.

이로써 1996년 9월 20일 현재 남한으로 침투한 무장간첩 26명 중 18명이 죽고 1명이 생포되었다.

4. 오인사격

강립은 합참 상황반의 취조실에 억류되어 있었다. 침투선을 발견하고 신고한 공로자로서는 부당한 대접을 받고 있는 셈이었다. 흐릿한 조명 아래 테이블이 하나 놓여 있었고, 테이블 주위로 나무의자가 3개 놓여 있었다. 한쪽 벽면에는 간이침대가 세로로 세워져 있었다. 강립은 2명의 무장 헌병이 감시하고 있는 가운데 딱딱한 의자에 앉아 몰려오는 졸음을 쫓고 있었다.

취조실의 문이 열리며 대령 계급장을 단 장교가 위관급 장교 둘을 대동하고는 들어섰다.

"선배님, 고생이 많으십니다."

대령이 강립에게 말을 걸어왔다. 그는 눈가에 덕지덕지 묻어 있는 졸음기를 털어내며 눈을 들었다.

"오랜만입니다, 선배님. 저 윤기형입니다."

'윤기형?'

강립은 기억을 더듬어 보았다. 그러자 부산에서 근무하던 시절 자신을 보필하던 윤 대위의 얼굴이 희미하게 떠올랐다.

"아, 윤 대위! 그래, 오랜만이군. 15년도 넘은 것 같군."

"정확하게 16년입니다."

"그래, 내가 군복을 벗던 때가 1980년이니까 그쯤 됐겠군. 윤 대위…… 아니 윤 대령 자네도 그새 많이 늙었군."

윤기형 대령이 손을 내밀었다. 강립은 그의 손을 마주 잡았다.

"어째 선배님은 하나도 변하지 않으셨군요. 하긴 워낙 타고난 강골이시니 세월도 선배님을 덮치진 못했나봅니다."

두 사람은 마주 쥔 손을 힘차게 흔들었다. 윤 대령이 의자 하나를 끌어당겨 앉으며 입을 열었다.

"제가 지금 김동진 합참의장님을 모시고 있습니다. 보고서를 보다가 선배님 이름을 발견하고는 얼마나 놀랐는지 모릅니다. 더군다나 해안초소를 향해 달려가셨다니…… 그러다 오인사격이라도 당하면 어쩌려고 그러셨습니까?"

"하하, 워낙 경황이 없어 앞 뒤 가릴 형편이 아니었네. 무조건 신고를 해야 한다는 생각밖에는 안 들었거든."

"퇴역하신 지가 16년이 지났는데도 군인정신은 여전하십니다."

"정말 냉철한 지휘관이라면 그 상황에서 다르게 행동해야 했겠지. 난 역시 군인은 체질에 맞지 않는 것 같아."

"암튼 참 훌륭한 일을 하셨습니다."

윤기형의 말에 강립은 일부러 인상을 찌푸리며 주위를 둘러보았다.

"그런데 훌륭한 일을 한 사람한테 이거 너무 하는 거 아닌가?"

강립의 말에 윤기형 대령은 난처한 표정으로 모자를 벗어 머리를 쓸어넘겼다. 기름을 발라 곱게 빗어 넘긴 머리가 반들거렸다.

"지금 저희 군이 아주 난처한 입장에 처해 있습니다."

"……"

"잠수함을 최초로 발견한 게 군이 아니라 민간인이어서 우리의 경계태세가 조롱거리가 되고 말았습니다. 게다가 잠수함을 발견하기 전날에는 동해상에서 해상훈련까지 했었습니다. 그런데도 잠수함이 침투하고 있는 걸 몰랐으니……"

"그건 너무 했군. 잠수함이 좌초할 정도로 고장이 났다면 분명한 바탕 소동이 났을 텐데, 그걸 알아차리지 못하다니. 국군은 예나 지금이나 조금도 달라진 게 없구먼."

강립의 말에 위관급 장교들이 인상을 찌푸렸다. 반면에 윤기형 대령은 차분하게 말을 이었다.

"선배님께서도 우리 군의 사정을 잘 알고 계시지 않습니까. MR1600은 10년 넘은 구식 기종이라서 레이더라고 할 수도 없는 데다가 위화감을 조성한다는 여론에 따라 초소도 많이 폐쇄를 했습니다. 사실 초병들의 육안에 의지할 수밖에 없는 상태여서 저희도 어려움이 많습니다."

"나한테 변명할 필요는 없네. 그런 사정을 모르는 것도 아니고……"

"그래서 선배님께 부탁을 드릴 일이 있습니다."

강립은 눈가에 힘을 모았다. 이런 상황에서의 제안이란 대개가 공정하지 못할 가능성이 컸기 때문이었다.

"공식적으로 이진수라는 택시기사가 잠수함을 최초 발견한 것으로 되었습니다. 군과 경찰에서는 간첩선 신고의 공로를 인정하여 그 사람에게 상당한 액수의 포상금을 지급할 것입니다."

"그야 당연한 일이지."

"선배님께서는……"

말을 끊은 윤기형 대령은 오른손으로 이마를 만지작거리며 난처한 표정을 지었다. 윤기형 대신 강림이 그의 말을 이었다.

"입 다물어 달라 그거 아닌가?"

위관급 장교 중에 중위 계급을 단 이가 헛기침을 했다. 강림은 계속 말을 이었다.

"아마도 군당국에서는 해안초소의 초병이 잠수함을 발견한 것으로 발표를 하겠지. 아마도 발견 시각은 2시쯤으로 하는 게 좋을 거네. 그 택시기사보다는 신고 시각이 조금 늦어지겠지만, 그 정도면 군으로서도 조금이나마 체면을 세울 수 있을 거야."

윤기형 대령의 표정이 밝아졌다.

"그럼 이해해주시는 겁니까?"

강림이 미소를 지었다.

"나 역시 시끄럽게 신문에 이름이 오르내리는 것은 질색이네. 그 대신 그 택시기사에게 주겠다는 포상금은 좀 후하게 쓰게나."

"물론 그럴 겁니다. 그리고 선배님에 대한 포상도 비공식적인 선에서 처리를 할 겁니다."

"나한테도 포상금을 준단 말인가?"

"물론입니다."

"그게 다 국민의 혈세 아닌가. 쓸데없는 데 돈 쓸 궁리 하지 말고, 레이더나 좀 새것으로 바꾸지 그래."

윤기형이 모자를 집으며 자리에서 일어섰다.

"그럼 이제 좀 주무십시오. 야전 침대라 불편하시더라도 조금만 참아주십시오."

"언제까지 날 붙잡아 둘 건가?"

"상황이 안정되면 안전하게 모셔다 드리겠습니다. 그럼……."

윤기형이 구호 없는 경례를 붙이고 돌아섰다. 그를 수행했던 위관급 장교들도 경례를 올렸다. 강림은 고개를 끄덕여 보였다.

강림이 방을 나서는 윤기형을 불렀다.

"이보게, 윤 대령."

"네?"

"잠수함 안에 사람들은 있던가? 있다면 분명 자결했을 텐데."

"곧 군의 공식 발표가 있을 겁니다. 그럼 이만……."

윤기형은 돌아서서 방을 나갔다. 강림은 상체를 세우며 길게 하품을 했다. 그리고는 곁에 서 있는 헌병에게 말했다.

"그만 자야겠네. 불 좀 꺼주겠나?"

강림이 상황반 사무실의 야전침대 위에서 단잠에 빠져 있을 때 군당국의 공식 발표가 있었다. 군의 공식 발표에서 강림의 이름은 빠져 있었다.

국군은 특전부대원들을 잠수함 침투 지점에서 방사형으로 펼치면서 수색을 전개하는 한편 군경합동수색대를 편성하고 500MD

와 UH-1H 경무장 헬기를 동원하여 무장공비의 도주로를 감시하면서 토끼몰이식 수색을 펼쳤다.

다음 날 저녁 강립의 거처로 윤기형 대령이 다시 찾아왔다. 강립은 그때 신문을 테이블에 펼쳐놓은 채 생각에 잠겨 있었다. 신문은 자살한 11명의 무장공비 시체를 발견했다는 군당국의 발표와 함께 체포된 이광수에 대한 기사로 채워져 있었다.

문 쪽에서 등을 돌리고 있던 강립은 윤기형이 들어서자 뒤도 돌아보지 않은 채 말했다.

"이들이 정말 자살했을 거라고 생각하는가?"

윤기형은 인사말을 건네려다가 멈칫했다. 강립의 말은 이어졌다.

"총탄과 총탄이 날아든 각도를 보면 금방 알 수 있겠지만, 내 생각에 이들이 죽은 것은 자살이 아니라 타살일 가능성이 커. 생포된 자가 있다니 곧 밝혀지겠지만, 죽은 11명은 아마도 공작원이 아니라 공작 임무와는 아무런 상관이 없는 승조원일 거네. 돌아가서 좀 더 철저히 조사하도록 하게."

강립은 여전히 윤기형에게서 등을 돌리고 있었다. 윤기형은 슬그머니 뒷걸음질쳐서 방을 빠져나가려고 했다. 하지만 다시 이어진 강립의 목소리가 그의 발걸음을 붙잡았다.

"지금쯤 이광수라는 작자는 자신의 목숨을 부지할 수 있다는 생각을 갖게 되었을 거야. 그러면 이제 같이 남파한 동료들과의 의리를 생각하게 되겠지. 당분간 그 사람의 입에서 나오는 말은 50퍼센트 정도만 신뢰하면 될 거네."

"당분간이라면 어느 정도……?"

윤기형 대령은 자기도 모르게 물음을 던졌다. 그는 강림의 정확하고 냉철한 분석력에 이미 압도를 당해 있었던 것이다.

"우리 군이나 경찰의 취조실력은 세계 최상급 아닌가. 그러니 곧 순순히 불겠지."

강림의 말투에는 약간의 조롱기가 스며 있었다. 하지만 윤기형은 미처 깨닫지 못했다.

"오늘밤이나 내일 중으로 한 바탕 교전이 펼쳐질지도 모르네. 침투한 북조선 군인들이 하나둘 쓰러져 가면 이광수도 상당히 약해질 거야. 아마도 3~4일 정도 걸릴 거네. 하지만 이광수에게서 그다지 신통한 정보는 얻을 수 없을 거네. 그 역시 공작 임무와는 무관한 사람일 테니."

취조실에서 나온 윤 대령은 자신의 수행장교를 불러 11명의 공비를 관통한 총탄과 주변에서 수거한 무기에 대해 면밀히 조사하라고 지시했다.

이튿날인 9월 19일 저녁 군당국은 11명의 공비가 자살했다는 발표를 철회하고, 죽은 공비들이 AK소총 관통상을 입고 사망했으며 현장 주변에서 AK소총이 발견되지 않는 점으로 미루어보아 이들이 공작원들에 의해 사살된 것일 가능성이 높다고 수정 발표했다.

한편 육군은 18일 저녁부터 19일 새벽까지 공수여단 3개 대대 병력을 대형수송기를 이용해 3차례에 걸쳐 간첩활동예상지역에 투입했으며, 해군은 6척이던 해상감시정을 19일 오전 13척으로 늘리고 해군 경비함정도 10척에서 16척으로 증파했다. 공군은 CN-235 조명 항공기 2대를 24시간 대기시켰다.

무장공비 출현 첫날인 18일의 야간 봉쇄작전에 투입된 병력은 예비군 12,101명을 포함하여 총 30,423명이었으며 군견 39마리, 조명 헬기 8대가 동원되었고, 192곳의 임시검문소를 설치하였다.

"너무 위험하지 않을까?"

"아이 참, 아저씨도. 지금이 딱이라니까요."

"아침나절까지만 해도 전쟁이 터진 것처럼 살벌하던 곳을 어떻게 올라가나?"

"아, 그러니까 더 안전하죠. 이미 국군이 이잡듯이 샅샅이 뒤진 곳에 그 놈들이 남아 있겠어요? 다들 몸 사리고 있을 때 한몫 해 놔야 한다니까요."

안상준은 양삼봉의 제안이 솔깃하긴 했지만 여전히 가슴속의 불안을 떨어내지 못하고 인상을 찌푸렸다.

"뭘 그렇게 고민하세요. 먼 산 보면서 코 후비는 것보다 더 쉬운 일을."

양삼봉은 점심 무렵부터 안상준을 찾아가 졸라대고 있는 중이었다. 지금 칠성산에는 송이버섯이 지천으로 널렸을 테니 그걸 둘이서 싹쓸이하자는 말이었다. 처음 안상준은 간밤에 전쟁통처럼 살벌했던 곳을 어떻게 올라가냐고 손을 내저었지만, 끈질기게 달라붙는 삼봉의 권유에 못 이겨 슬슬 마음이 넘어서고 있는 중이었다. 사실 따지고 보면 삼봉의 말이 맞기는 했다. 국군이 이미 지나간 자리에 무장공비가 남아 있을 리가 없었다. 게다가 요 며칠 산을 오르지 못하는 사이 칠성산에 흐드러졌을 송이가 눈앞에 아른거리기도 했다. 결국 그는 손을 들고 말았다.

"그럼 새벽에 후딱 올라갔다가 내려옴세. 그렇지 않아도 송이가 눈에 삼삼하게 밟히던 참이었어."

양삼봉은 두 손을 딱 소리가 나게 마주치며 함박미소를 지었다.

"새벽에 제가 모시러 가겠습니다. 아저씨랑 둘이서 캐면 두세 자루는 넉넉히 나올 거구만요."

다음날 새벽 3시경 일찌감치 자리를 털고 일어난 양삼봉은 안상준의 집으로 향했다. 객지에서 노동판을 전전하다 낙향한 지 오래지 않았지만, 천성적으로 산을 좋아했던 그는 이제 산사람이 거의 다 되어 있었다.

3시 30분경 안상준은 집을 나섰다. 대문 앞에는 애가 탄 삼봉이 담 너머를 기웃거리며 기다리고 있었다.

"자네, 잠은 좀 잤는가?"

"어제 아저씨랑 헤어지고 나서 집에 가서는 저녁 챙겨먹고 곧장 잠자리에 누웠습니다. 근데 소풍가는 초등학생 얼라 모양으로 기분이 붕 떠서는 좀처럼 잠이 안 오더라구요. 어쨌든 시간 맞춰 나와서 다행이네요."

안상준은 다소 침울해 보이는 얼굴로 걸음을 내딛었다. 그 모습을 보고 양삼봉이 안상준의 어깨를 툭 건드렸다.

"아따 아저씨, 인상 좀 펴세요. 어젯밤 꿈이 참 좋았습니다. 송이 캐다가 한 백 년 묵은 산삼이라도 건지는 건 아닌지 모르겠어요."

"무슨 꿈이었는데?"

"그게⋯⋯."

양삼봉은 말대답을 시원하게 하지 못했다. 그냥 한 번 해본 소리를 캐물으니 할 말이 없었던 것이다.

"난 어제 꿈이 안 좋았어."

안상준은 여전히 인상이 굳어 있었다. 양삼봉은 일부러 헛기침을 하고 팔을 휘두르며 어색해진 분위기를 풀려고 했지만 한 번 굳어진 안상준의 표정은 좀처럼 밝아지지 않았다.

두 사람은 채 밤기운이 가시지 않은 새벽 공기를 호흡하며 칠성산을 올랐다. 산을 오르는 길목에는 커다란 나무 둥치 아래 탐스런 송이들이 자태를 뽐내고 있었다. 양삼봉은 자기도 모르게 소리를 질렀다.

"아저씨, 저기 보십시오! 송이가 엄청나네요."

그 모습을 본 안상준은 굳어진 표정을 풀며 말했다.

"저런 잔챙이한테 정신을 팔면 안 되지. 지금부터가 진짜 시작인데."

안상준은 지난봄에 씨를 뿌려둔 8부 능선을 향해 삼봉을 이끌었다. 두 사람은 월척을 기다리는 낚시꾼의 잔잔한 흥분을 가슴에 안은 채 산을 올랐다.

비호부대 수색대원들은 다소 군기가 빠져 있었다. 전날 밤부터 새벽까지 특전사 대원들이 훑고 지나간 자리를 재수색하는 처지여서 긴장이 풀려 있었던 것이다.

김은동 병장이 상의 호주머니에서 담배를 꺼내 입에 물었다. 그는 주머니를 뒤지다가 곁에 따라오는 일병에게로 고개를 향했다.

"야, 불 있냐?"

일병은 가슴 주머니에서 라이터를 꺼내 김은동에게 내밀었다.

"소대장님 보시면 어쩌시려고 그러십니까?"

"야, 제대 말년에 내가 소대장 눈치 보게 생겼냐?"

"그러게 제대 말년에 적당히 핑계대고 그냥 계시지 왜 나오셨습니까?"

"내무반에 찌그러져 있으면 뭐하냐? 말년에 전우들이랑 산에 올라서 추억이라도 하나 더 쌓는 게 낫지."

김은동 병장은 전역을 불과 두 달여 남겨놓고 있었다. 그런 그에게 소대장은 부대에 남아 있어도 된다고 언질을 주었지만 그는 칠성산 수색작전에 참가하겠다고 자청했다. 하지만 김은동이 애국심이나 호국정신의 발로에서 수색작전에 참가한 것은 아니었다. 예비역들이 으레 그러듯이 다소 과장된 무용담을 그럴 듯하게 치장해줄 추억거리를 만들기 위해 그는 수색작전에 나선 것이었다. 어차피 전날에 특전사 대원들이 샅샅이 훑고 지나갔으니 무장공비들과 조우할 가능성은 극히 적었다.

비호부대 수색대원들은 칠성산 8부 능선에 자리를 잡아 매복하고 있었다. 혹시 있을지 모르는 무장공비들의 잔당이 그곳을 지날 경우 섬멸하기 위해서였지만, 수색대원들 중 어느 누구도 무장공비들과 조우하리라고는 생각하지 않았다.

"어제 몇 놈 잡았다고 그랬지?"

김은동이 담배꽁초를 손가락으로 퉁기며 일병에게 물었다.

"두 놈입니다. 참, 그놈들 대단합니다. 중화기로 무장한 우리 군인들한테 조금도 밀리지 않았답니다. 교전 중에 우리 군인들이 세 명이나 죽었다니까 손실은 우리 쪽이 크다고 볼 수 있습니다."

이틀 전인 9월 21일 오전, 칠성산 7부 능선에서 남한 수색대는 무장간첩 2명과 조우하여 교전을 벌였다. 교전 과정에서 3공수여단 소속 이병희 중사가 헬기에서 로프를 타고 내려오다가 흉탄 2발을 머리와 어깨에 맞고 숨졌다. 잠수함이 침투한 이후로 발생한 아군의 첫 희생이었다. 수색대는 추적을 계속하여 22일 오전 1시 30분쯤 육상 안내원 김윤호를 사살한 데 이어 6시 15분쯤 침투 잠수함 함장 정용구를 사살했다. 교전중에 육군 노도부대 소속 송종관 일병과 화랑부대 소속 강정영 상병이 숨지고 2명이 부상했다.

김은동 병장은 헬멧을 벗어 머리를 긁으며 물었다.

"그럼 이제 몇 놈 남은 거냐?"

"이광수라는 그 작자가 말을 자꾸 바꾸니 정확한 숫자를 파악할 수는 없지만, 25명이면 이제 4명 남은 거고, 26명이면 5명 남는 겁니다."

김은동은 철모를 벗어 머리를 긁으며 말했다.

"아, 지겹다, 이놈의 작전. 언제까지 계속될까?"

"어차피 김 병장님은 곧 제대할 텐데, 뭘 그러십니까."

"야, 요즘은 하루가 일 년처럼 더디게 흘러. 너도 말년 돼봐라. 내 심정 이해할 거다."

그때 소대장의 목소리가 들려왔다.

"누가 지금 잡담하나! 이것들이 작전을 장난으로 아나!"

김은동이 철모를 집어쓰며 투덜거렸다.

"니미, 진짜 공비라도 나타나서 시원하게 총질이라도 했으면 좋겠다."

안상준과 양삼봉이 칠성산 8부 능선에 도착했을 때는 새벽 5시 30분경이었다.

"자네는 저 왼쪽으로 돌아서 가게. 난 저기 오른쪽으로 가볼 테니까."

양삼봉이 허리에 묶어 두었던 자루를 풀면서 대답했다.

"그러세요. 누가 더 많이 따는지 내기할까요?"

"예끼, 이 사람아. 아무려면 자네 같은 잔챙이 산꾼에게 내가 지겠는가?"

"잔챙이라뇨? 제가 이래봬도 천성적으로 타고난 산꾼 아닙니까? 틀림없이 아저씨보다 많이 딸 겁니다."

"자자, 수다 그만 떨고 이제 시작함세. 저 왼쪽으로 돌아서 들어가면 거기 송이가 지천으로 널렸을 거야. 너무 욕심부리지 말고 7시에 여기서 보세."

안상준이 삼봉에게서 떨어져 걸어가기 시작했다. 삼봉은 그의 뒷모습을 보며 빙그레 웃음을 지은 후 걸음을 옮겼다.

10여 분 정도 걸어 들어가자 키 큰 나무들이 하늘을 가린 어둑어둑한 숲이 나타났다. 그 곳에는 안상준의 말대로 크고 작은 송이버섯들이 지천으로 널려 있었다. 무장공비가 출몰하는 바람에 산꾼들의 손을 타지 않은 탓이었다. 삼봉은 군락을 이루고 있는 송이밭에서 크고 탐스런 것으로만 골라 부지런히 자루에 담았다.

어느 새 자루가 가득 찼다. 안상준과 약속한 7시보다 조금 이른 시각이었지만 삼봉은 안상준이 갔음직한 장소로 천천히 걸음을 옮겼다.

김은동 병장은 참호에 웅크린 채 깜빡 잠이 들었다가 어떤 기척을 느끼고 눈을 떴다. 곁의 일병도 잠이 들어 있었다. 김은동은 졸음이 채 가시지 않은 눈을 비비며 참호 밖으로 고개를 내밀었다. 그때 무언가가 수풀 사이로 움직이는 것이 눈에 들어왔다.

'무장공비다.'

잠이 확 달아났다. 그는 일병을 깨울 생각도 못한 채 겁에 질려 두 눈만 치뜨고 있었다. 심장이 벌렁거리고 눈앞이 까마득히 멀어졌다. 수풀 속의 검은 그림자는 점점 더 가까이 다가오고 있었다.

김은동은 앞뒤 생각할 틈도 없이 총을 집어들고 발포했다. 첫발은 빗나갔다. 수풀 속의 검은 그림자는 잠시 주춤하더니 달아나기 시작했다. 김은동의 총이 다시 불을 뿜었다. 달아나던 검은 그림자가 풀썩 꼬꾸라졌다. 그러자 여기저기서 일제 사격이 가해졌다.

총성을 듣고 양삼봉은 짊어지고 있던 자루를 내팽개친 채 달리기 시작했다. 잠시 끊겼던 총성이 맹렬하게 이어졌다.

"아저씨!"

양삼봉은 총성이 나는 쪽으로 내달리며 소리를 질렀다. 잠시 뒤 총성이 멎은 산에는 삼봉의 처절한 울부짖음만이 울렸다. 삼봉은 우뚝 멈추어섰다. 일단의 군인들이 자신을 향해 총을 겨누고 있었던 것이다. 삼봉은 자기도 모르게 두 손을 번쩍 쳐들며 주저앉았다.

"쏘, 쏘지 마세요. 나, 나, 난 송이를 캐려고……."

군인들은 경계를 풀지 않았다. 그들의 발치에 피투성이가 된 안상준이 쓰러져 있었다. 그 곁에는 병장 계급장을 단 군인 한 명이 무릎을 꿇은 채 망연자실한 표정을 짓고 있었다. 다른 군인들은 안상준의 곁에 떨어진 자루를 총 끝으로 뒤지며 살펴보고 있었다.

"아저씨……."

삼봉의 눈이 뿌옇게 흐려졌다.

5. 사라진 공작원

청옥산에서 비트를 파고 은신에 들어간 지 벌써 4일이 지나고 있었다. 두타산은 여전히 경찰과 예비군 병력이 주둔하고 하고 있어서 접근이 용이하지 않았다. 문일광은 나무뿌리를 씹으며 꼼짝않고 버티고 있었다. 간간이 농을 주고받는 남자들의 목소리가 들려오기도 했고, 구수한 밥냄새가 코를 자극하여 텅 빈 내장을 요동치게 하기도 했다.

예비군 대여섯 명쯤 때려잡는 것은 아무런 문제가 아니었다. 하지만 그 일로 말미암아 두타산 일대에 경계가 강화된다면 앞으로 작전을 수행하는 데 있어 큰 어려움을 겪게 될 것이 가장 큰 문제였다. 동해안 지역은 해안선을 따라 해안부대가 군데군데 자리를 잡고 있어서 접근이 용이하지 않지만, 그나마 두타산 일대는 군부대의 경계망에서 다소 벗어나 있었던 것이다. 그런데 자신으로 인해 두타산 일대의 경계망을 강화하게 만드는 구실을 제공한다면 라종민 교수의 염원과 최고사령관 김정일 장군의 열망은 앞으로 요원한 일이 되고 말 것이었다. 때문에 어떠한 경우라도 자신을 노출시켜서는 안 된다고 문일광은 생각하고 있었다.

비트에서 웅크리고 있던 4일 동안 문일광의 머리 속으로는 많은 생각이 오갔다. 북으로 귀환한 무리들은 무사히 군사경계선을 넘었을까? 수색대의 눈길을 돌리기 위해 위험천만의 길을 떠난 엄태섭 중위는 어떻게 되었을까? 장길영 소좌는? 그는 기분 좋은 상상을 머리 속에 그리려 애썼지만 그가 떠올릴 수 있는 것이라고는 화약냄새와 무기가 손에 감겨오는 감촉과 군사훈련과 훈련 도중 자신의 손에 희생된 이름 모를 앳된 병사들의 겁에 질린 눈망울뿐이었다. 자연 그의 상상은 라종민 교수와 함께한 시간으로 방향을 잡을 수밖에 없었다. '많이 핼쑥해졌구나. 훈련이 많이 힘들었니?' 자신의 얼굴을 문지르며 안타까운 시선으로 바라보던 라종민 교수의 음성이 귓가에 울려왔다. 그는 그때 왈칵 울음을 터뜨릴 뻔했다. 그때껏 한 번도 들어본 적이 없는 종류의 말이었다. 그 생경하고 낯선 말 한 마디가 사상무장과 군사훈련을 통해 무디어진 그의 감정을 한 순간에 되살리고 말았던 것이다. 처음 라종민 교수를 만나는 자리에서 당간부가 자리를 비웠을 때 라종민 교수는 그를 '문 동무'가 아니라 '일광이'라고 불렀다. 그는 그게 자신의 이름이라는 사실을 뒤늦게 자각할 만큼 긴 시간 동안 '문일광'

이 아니라 단지 '문 동무'였던 것이다. 그는 라종민 교수로부터 '일광'이라는 자기의 이름을 대하는 순간 심한 부끄러움과 함께 자기연민을 느껴야 했다. 하지만 그 낯설고 어색한 감정은 그가 인간으로 되돌아오는 첫 출발점이었다.

날이 어두워진 후 문일광은 비트에서 나왔다. 숲의 짙은 어둠이 그의 시야를 가로막고 있었다. 그는 어둠 속으로 눈길을 던지며 하늘을 이고 우람하게 서 있을 두 그루의 나무를 떠올렸다. 지금 자신이 있는 위치가 청옥산이니 두타산은 지척이었다. 당장 걸음을 내달리고 싶은 충동을 그는 가까스로 참아냈다. 잠수함이 좌초되고 자신들의 움직임이 남한 군대에 포착된 이상 양무의 나무를 찾아낸다고 하더라도 주변 정찰은 수행할 수가 없는 처지였다. 우선은 안전지대로 대피하여 사태의 추이를 살피는 수밖에 없었다. 그는 가방에서 남한에서 활동하고 있는 고정간첩 조준영의 위조 신분증과 한 일본인의 위조 여권, 자금, 옷 등을 꺼냈다.

'꼭 다시 돌아오리라.'

지금으로서는 철수하는 것이 상책이었다. 우선은 삼척시내로 진입한 후 부산으로 향할 계획이었다. 거기에서 고정간첩 조준영의 도움을 받아 머물며 사태를 지켜보고 있다가 경계가 완화되면 다시 두타산으로 들어가면 되는 것이었다. 최악의 경우가 닥칠 경우, 부산은 해외로 도피할 수 있는 가장 용이한 곳이었다.

그는 옷을 갈아입은 후 가방과 총기류를 자신이 파놓은 비트 속에 넣고 흙을 덮은 후 낙엽으로 그 위를 위장했다. 문일광은 안타까움을 뒤로 한 채 걸음을 옮겼다. 그의 등을 비추던 엷은 달빛이 서서히 스러지고 있었다.

　1996년 9월 28일, 강릉시 성산면 보광리에서 성묘객들이 두고 간 음식을 훔쳐먹고 달아나던 무장공비 한 명이 대한민국 수색대에 발각되어 사살되었다. 그는 나중에 이광수에 의해 부함장인 류림으로 밝혀졌다. 그의 가슴주머니에는 벼이삭이 들어 있었다. 수척한 그의 외모에서 고생의 흔적이 역력했다. 그 이틀 뒤인 9월 30일 다시 한 명의 무장공비가 강릉시 왕산면 도마리 석우동 칠성산 서쪽 3km 지점에서 옥수수 더미에 숨어 있던 중 비호부대원들에게 발각되어 사살되었다. 그는 처음에 김영일로 발표되었으나 다음날인 10월 1일 군은 그가 기관장인 만일준 중좌라고 정정하여 발표했다. 10월 1일 현재 잠수함을 타고 침투한 26명의 무장공비 중 잔당은 3명이었다.

　강립은 10월 1일 오후 군당국의 발표가 있은 직후에야 기무사 사무실에서 풀려날 수 있었다. 윤기형 대령이 그를 배웅했다.

　"고생 많으셨습니다, 선배님. 조만간에 찾아뵙도록 하겠습니다."

　"내가 홀애비였길 망정이지 가족이 있었으면 어쩔 뻔했나? 이 주일 가까이 집을 비웠으니 완전히 이혼감이지 않겠어?"

　"죄송합니다. 저희 군의 입장을 헤아려 주시기 바랍니다."

　"됐네. 오랜만에 군인들이랑 같이 생활하는 것도 나쁘지 않았어."

"돌아가시더라도……."

윤기형 대령이 말끝을 흐렸다. 윤기형의 심중을 파악한 강립이 그의 어깨를 두드렸다.

"걱정 말게. 내 끽소리 않고 지낼 테니까. 잠수함을 발견한 사람이 나요 하고 떠들어봤자 어디 믿어줄 사람이라도 있겠어?"

"고맙습니다."

두 사람은 강립의 코란도가 서 있는 곳으로 같이 걸음을 옮겼다. 차는 뿌옇게 먼지를 뒤집어쓰고 있었다. 강립이 윤기형 대령에게 물었다.

"그런데 작전은 언제까지 계속될까?"

"지금 도피중인 놈들이 공작원인 데다가 이미 포위망을 빠져나갔을 가능성이 커서 장담할 수가 없습니다."

"그냥 북으로 돌아가도록 놔두는 게 좋을 텐데……."

강립의 말에 윤기형 대령이 의아한 표정을 지었다. 잠시 생각에 잠겨 있던 윤 대령이 혼잣말을 하듯 입을 열었다.

"역시 선배님은 적에게 관대하군요."

그 말에 강립이 윤기형 대령의 얼굴을 빤히 바라보며 대꾸했다.

"그게 무슨 말인가?"

"저도 들은 이야기가 있습니다. 선배님께서 월남에서 이적행위를 한 적이 있다고……."

윤기형 대령의 얼굴이 벌겋게 달아올랐다. 해선 안 될 말을 했다는 자책이 그의 가슴에 스며들었지만 이미 선을 넘어서고 난 뒤였다.

"그때 그 일을 이적행위라고 말한대도 난 할 말이 없어. 하지만 지금도 그때의 내 행동에 후회는 없네."

강립은 월남전 참전 당시 레콘도 임무를 수행하던 중 월맹군에게 포로로 붙잡혔다가 탈출한 적이 있었다. 강립은 부대로 귀환한 후에 월맹군 기지의 위치를 밝히지 않았다. 군은 회유와 강경책을 거듭하며 강립의 입을 열려 했지만 그는 끝내 입을 다물고 말았다. 때문에 귀국한 후에도 인사조치에서 부당하게 누락되는 경우가 종종 있었다. 강립이 왜 적군의 기지 위치를 발설하지 않았는지에 대해서는 어느 누구도 알 수가 없었다.

"만나서 반가웠네. 앞으로 아무런 불상사 없이 수색작전이 수행되도록 빌겠네."

강립은 차에 올랐다. 시동을 켜자 켜켜이 앉은 먼지를 털어내며 차가 떨리기 시작했다. 윤기형 대령은 고개를 떨군 채 우두커니 서 있었다. 멀어지는 윤기형 대령의 모습을 보며 강립은 쓸쓸한 표정을 지었다.

문일광은 고첩 조준영이 마련해준 은신처에서 기거하며 사태의 추이에 촉각을 세우고 있었다. 신문이나 라디오를 통해 들려오는 소식에 의하면 9월 30일 만일준 중좌가 사살된 후 수색작전은 답보상태에 빠져들어 있었다. 문일광은 때를 기다렸다. 이제 조금만 더 기다리면 수색작전은 종결될 것이었다. 그런 이후에 그는 자유롭게 정찰활동을 펼칠 수 있으리라고 생각했다.

시간이 흐르면서 신문을 가득 메웠던 무장공비 출몰 기사도 정치인들의 스캔들에 밀려 코너 기사로 다뤄질 뿐이었다. 군당국은 계속해서 수색작전을 수행했지만 시민들 사이에서 잠수함 무장공비 침투 사건은 서서히 일단락되어 가고 있었다. 그러던 중 10월 8일 버섯을 채취하던 주민 3명이 무장공비 잔당들에게 무참히 살해당하는 사건이 발생했다. 무장공비 침투 사건이 다시 수면 위로 떠오른 것이었다. 주민들을 살해한 당사자는 엄태섭 중위일 것이었다. 그는 아직도 문일광의 임무를 돕기 위해 희생적인 투쟁을 계속하고 있었다. 하지만 이번의 경우, 엄태섭의 그 갸륵한 희생적 행동은 수색작전이 종결되기만을 기다리고 있던 문일광에게 오히려 해(害)가 된 것이었다. 주민 3명이 살해된 것으로 말미암아 잠시 느슨해졌던 수색작전에 채찍이 가해진 셈이었다. 수색대의 경계망이 두타산까지 미치지 않는다 하더라도 며칠간 산에 머무르며 정찰을 펴기에는 아무래도 위험이 따랐다. 그렇다고 언젠까지고 조준영이 마련해준 은신처에 숨어 있을 수도 없는 일이었다. 때마침 북으로부터 문일광에게 지령이 떨어졌다.

'조속히 귀환할 것.'

조준영이 가지고 온 지령을 접한 문일광은 분통을 터뜨렸다.

엄태섭과, 그와 동행한 전투원 김철진은 10월 22일 2사단 표종욱 일병과 조우하여 다시 살인을 저질렀다. 그들은 진로를 북방한계선으로 잡았다. 민통선까지 도달하는 데는 별 문제가 없었지만 경계가 강화되어 휴전선을 넘어서지는 못한 채 주위를 맴돌고 있었다.

11월 3일 오후 그들은 벙커 작업중이던 남한 군인들에게 발각되었다. 대한민국 국군은 거동수상자가 발견된 그 지점으로 헬기와 특공연대 병력을 투입했다. 그리고 다음 날 새벽 4시 30분 경 1차 교전이 있었다. 다시 오전 7시 무렵 2차 교전을 벌였다. 국군의 포위망은 점점 더 엄태섭과 김철진에게로 조여들어 갔다.

　엄태섭과 김철진은 최초로 발각된 지점에서 남동쪽으로 16km 떨어진 지점까지 내몰렸다. 쫓고 쫓기는 숨막히는 추격전은 10시 30분에야 막을 내렸다. 엄태섭과 김철진은 교전 중에 총탄이 떨어지자 맨몸으로 무장한 국군에게 달려들었다. 두 사람의 시신은 형체를 알아보기 힘들 정도로 이지러져 있었다. 교전 과정에서 국군은 오영안 대령과 서형원 대위 등 6명의 아까운 목숨을 잃고 말았다.

　잠수함으로 침투한 26명 중 25명이 생포되거나 사살되었다. 나머지 신원미상의 공작원 1명은 끝내 모습을 나타내지 않았다. 군측의 분석가들 사이에서도 의견이 분분했다. 여러 가지 정황으로 미루어보아 그가 교전중에 부상을 입자 동행하던 다른 공작원에 의해 사살된 것 같다는 의견이 나오기도 했고, 잠수함에서 상륙을 시도하다가 파도에 휩쓸렸다는 의견도 있었다. 군은 간첩들의 최초 집결지로 예상되는 칠성산에서 오대산, 설악산까지의 태백산맥 줄기를 따라 경계망을 펴기는 했으나 나머지 1명의 공작원은 끝내 찾아내지 못했다. 결국 국군은 잔당 1명을 '행방불명'으로 처리하고 수색작전을 종결했다.

　11월 6일, 나리타 공항 출구로 부산발 비행기에서 내린 사람들이 나서고 있었다. 그들 가운데 짙은 선글라스를 낀 정장 차림의 젊은 남자도 섞여 있었다. 그는 공항을 나서자마자 공중전화 부스로 다가갔다.

"우리 작전은 실패했습니다. 아시다시피 살아남은 사람은 저밖에 없습니다. 두타산은 먼 발치로 보았을 뿐 경계가 삼엄해서 탐사하지 못했습니다. 처벌은 달게 받겠습니다."

공중전화 부스를 나선 젊은 사내는 주위를 한 번 둘러보고는 대기하고 있던 승용차에 올라탔다.

운전석의 남자가 백미러로 뒷좌석에 앉은 사내를 보며 말했다.

"문 동무, 고생이 많았소. 너무 걱정 마시오. 잠수함이 그 지경이 됐으니 불가항력 아니겠소?"

젊은 사내는 선글라스를 벗었다. 그간의 고생으로 인해 많이 수척해 있었지만, 문일광의 형형한 눈빛은 여전히 살아 있었다.

"당분간 푹 쉬는 게 좋을 거요. 아무튼 문 대위 같은 인력이 무사히 귀환한 것만 해도 우리로서는 다행스러운 일이요."

문일광은 아무런 대꾸도 없이 차창 밖으로 시선을 던지고 있었다.

6. 백두대간 산악구조대

수색작전이 종결된 후 강릉 일대는 다시 활기를 되찾았다. 이례적으로 북한은 대한민국에 사과 성명을 발표했으며, 우리 정부는 무장공비들의 시체를 북으로 보냈다.

그 해 연말에 정부는 잠수함 무장공비 침투 사건 때 투철한 신고정신을 보여준 주민들을 국가보안유공자로 포상하도록 방침을 결정했다. 잠수함을 최초로 발견하여 신고한 것으로 알려진 이진수 씨가 1억원에 가까운 포상금을 받았고, 공로의 정도에 따라 수백만원에서 수천만원에 이르는 포상금이 지급되었다.

강립도 군으로부터 비공식적인 차원에서 포상금을 지급받았다. 1억원 가까운 돈이었다. 그는 그 돈을 어떻게 쓸까 궁리하던 끝에 이번 무장공비 침투 때 희생된 민간인 피해자들의 집을 방문하여 약간의 위로금을 전달하고 나머지로는 오래 전부터 구상하고 있던 계획을 실행에 옮기기로 마음먹었다.

10월 8일 무장공비들에게 무참하게 살해된 희생자들의 가족들은 아직도 충격에서 벗어나지 못한 듯했다. 괜히 위로의 말을 건넨답시고 지난 일을 다시 끄집어내는 것은 그들에겐 가혹한 일이 될 것 같았다. 강립은 면사무소에 위로금을 맡겨놓고 발길을 돌릴 수밖에 없었다.

강립은 송이버섯을 캐러 칠성산에 올랐다가 매복하고 있던 국군의 오인사격으로 희생된 안상준의 집으로 향했다. 그는 수소문 끝에 집의 위치를 알아내기는 했지만 집안의 분위기가 어떤지 몰라 밖에서 기웃거리고만 있었다. 그때 하얗게 눈을 뒤집어 쓴 채 담벼락에 기대어 쪼그리고 앉아 있는 청년이 눈에 띄었다. 강립은 청년에게로 다가갔다.

"여기가 돌아가신 안상준 씨 댁이 맞죠?"

청년은 고개를 들어 강립을 올려다보고는 아무런 대답도 없이 고개를 떨구었다. 청년의 눈은 핏발이 벌겋게 일어선 것이 무척 피로해 보였으며 옷도 먼지때가 잔뜩 끼여 있었다. 강립은 청년이 아무런 대답이 없자 그에게서 물러났다.

"계십니까?"

강립이 소리를 지르고 난 뒤 슬리퍼 끄는 소리가 안에서 들려오더니 이내 대문이 벌컥 열리며 50대 초반의 사내가 머리를 내밀었다.

"누구요?"

"네, 저는……."

강립의 말이 채 끝을 맺기도 전에 사내가 문 밖으로 나서더니 버럭 소리를 질렀다.

"너, 아직도 그러고 있냐!? 우리 중에 아무도 니를 탓하는 사람 없어! 형님도 마찬가지일 거라고! 그만 돌아가거라. 언제까지 그러고 있을 거냐. 네 어머니 생각도 좀 해라!"

사내의 고함소리는 담벼락에 쪼그리고 있는 청년에게로 향하고 있었다. 청년은 강립과 사내가 있는 쪽을 한 번 흘겨보더니 다시 제 무릎 사이로 고개를 처박았다.

사내가 다시 강립에게 물었다.

"근데, 뉘시라고요?"

강립은 자신을 어떻게 소개해야 할지 몰라 머뭇거렸다.

"그냥…… 지난 번 무장공비 때문에…… 위로나……."

사내가 다 알겠다는 듯 팔을 내저어 강립의 말을 막았다.

"나는 돌아가신 분 동생 되는 안상윤이라고 합니다. 지금 형수님 심기가 불편해서 뵙게 해드릴 수가 없습니다."

"네, 그러시겠죠. 얼마나 상심이 크시겠습니까?"

"나라에서 찾아오기도 하고, 군대에서도 사람이 나오고, 기자들도 찾아오고…… 이젠 좀 그만했으면 좋겠습니다."

"네, 저도 충분히 이해합니다."

강립은 위로금이 든 봉투를 꺼내기 위해 외투 안주머니에 손을 찔러넣었다. 그때 안상윤이 담벼락에 기댄 채 쪼그리고 있는 청년을 측은한 눈길로 바라보며 입을 열었다.

"딱한 게 우리뿐이겠습니까? 저 자식도 어서 정신을 차려야 할텐데."

청년은 여전히 무릎 사이에 고개를 처박은 채 꼼짝도 않고 있었다.

"저 청년은 누굽니까?"

"양삼봉이라고 하는 우리 마을 청년입니다. 형님 돌아가실 때, 자기가 우리 형님을 산에 가자고 꼬드겨서 돌아가시게 만들었다고 벌써 두 달째 시도 때도 없이 나타나서는 저러고 있지 않습니까?"

"저 청년도 약초를 캐나보죠?"

"시골 살기 싫다고 서울로 내뺐다가 돌아와서는 그럭저럭 산 타는 데 재미를 붙여서 착실하게 살아간다 싶더니 저번 일로 저렇게 망가졌지 뭡니까."

순간, 좋은 묘안이 강립의 머리에 떠올랐다.

"저 청년이랑 술 한 잔 하면서 이야기를 좀 하고 싶은데, 동행해 주시겠습니까?"

"뭐, 그럽시다. 저 앞에 가겟집에 가면 얼큰한 찌개에 막걸리 한 사발 할 수 있을 겁니다."

안상윤이 가기 싫다는 삼봉을 억지로 이끌었다. 세 사람은 동리 초입에 있는 가겟집으로 향했다. 아침나절에 그쳤던 눈발이 다시 흩날리기 시작했다. 칠성산도 하얗게 눈을 뒤집어쓰고 있었다. 와 하고 고함을 지르면 넉 달 전에 온 산을 뒤흔들었던 격전의 총성이 눈사태처럼 쏟아질 것만 같았다.

가겟집은 양편의 벽에 과자며 통조림, 양초 등이 놓여 있는 진열장이 서 있었고 그 사이로 탁자 두 개가 놓여 있었다. 강림 등 세 사람이 들어섰을 때는 이미 청년 한 명이 탁자 하나를 차지한 채 막걸리를 마시며 눈발이 흩날리는 바깥 풍경에 시선을 던지고 있었다.

"할머니, 여기 두부찌개랑 술 좀 주십시오."

백발의 꼬부랑 노파가 소리도 없이 방에서 나와서는 부엌으로 향했다.

안상윤은 옆 탁자에 앉은 청년에게 저어한 눈길을 던졌다. 시골 사람들이 으레 그렇듯이 낯선 사람에게 경계심을 품고 있는 눈치였다. 청년은 군에서 갓 제대한 모양으로 짧은 스포츠형 머리를 하고 있었다. 아직 동안이긴 했지만 바깥을 향한 처연한 눈길이 얼굴 생김새보다 더 나이 들어 보이게 했다. 청년을 찬찬히 훑어본 안상윤이 옆자리에서 고개를 떨구고 있는 양삼봉에게 말했다.

"삼봉아, 인사 드리거라. 이 양반은……."

강립이 다음 말을 얼른 받았다.

"강립이라고 합니다. 지난 사건으로 아깝게 돌아가신 분들의 유가족들에게 위로를 전하려고 돌아다니고 있습니다."

양삼봉은 여전히 고개를 떨군 채 강립 쪽은 쳐다보지도 않았다. 자리가 어색해지자 안상윤은 노파가 가져다 놓은 막걸리를 손수제 사발에 채우고는 들이켰다. 그는 입가를 쓰윽 문지르고는 강립에게 물었다.

"아까 이 녀석한테 할 말이 있다고 하지 않았습니까?"

"아, 네……."

그제야 삼봉은 고개를 약간 들어 강립을 보았다.

"저는 지금 동해시에서 등산용품점을 하고 있습니다. 이쪽으로 집을 옮긴 지도 그럭저럭 15년이 다 되었습니다. 이 근방에 좋은 산이 많아서 주말이나 공휴일에는 산 타는 재미에 푹 빠져 지냈습니다."

안상윤이 강립의 말에 끼여들었다.

"나도 낚시에 빠져서 마누라한테 지청구 꽤나 듣는 편인데, 형씨도 마찬가지겠구려."

"아내는 동해시로 집을 옮긴 지 2년 만에 세상을 떴습니다. 아이도 없이 저 혼자 살고 있습니다."

강립의 말에 안상윤이 멈칫하더니 뒷머리를 긁적였다. 강립의 사발에 막걸리를 부으며 그가 말했다.

"내가 괜한 말을 했군요."

"아닙니다. 괜찮습니다."

강림은 사발에 입만 살짝 대고는 다시 말을 이었다.

"산을 타다보니, 그냥 재미로 산을 타는 것도 좋지만 뭔가 뜻 있는 일을 병행할 수 있다면 더 좋지 않을까 하는 생각이 들었습니다. 그 동안은 제 입에 풀칠하기도 여의치 않은 형편이라 그걸 실행에 옮기기가 어려웠습니다만, 이번에 공돈이 좀 생겨 이제 그 일을 시작할까 합니다."

"무슨 일을……?"

"산악구조대를 만드는 겁니다. 이 근방의 산에서 조난을 당한 사람들에게 도움을 주고 싶습니다."

내내 무표정하던 양삼봉의 얼굴에 변화가 생겼다. 그는 강림의 말에 관심이 많은 듯했다. 그때를 놓치지 않고 강림이 삼봉에게 말을 건넸다.

"양삼봉 씨가 이 일을 도와주었으면 좋겠습니다. 산에 대해서도 잘 알 테니 큰 도움이 될 겁니다. 그리고……"

잠시 말을 끊은 강림이 생각에 잠겨 있다가 다시 입을 열었다.

"돌아가신 안상준 씨에 대한 마음의 짐도 덜 수 있을 겁니다."

강림의 말이 떨어지기가 무섭게 옆 탁자에서 술을 들이켜던 청년이 사발을 떨어뜨리고는 놀란 표정으로 강림 쪽으로 고개를 돌렸다. 강림과 시선이 마주친 청년은 황급히 시선을 거둬 창 밖으로 던졌지만 안절부절못하는 기색이 역력했다. 청년의 급작스런 반응에 세 사람은 어리둥절해졌다. 그들은 청년의 뒤통수에다 시선을 모았다. 자신의 뒷덜미에 끈적끈적한 시선이 와 닿는 것을 느낀 청년이 몸을 돌려 세 사람에게로 향했다.

"저도 그 산악구조대에서 일을 하고 싶습니다. 아니, 꼭 해야 합니다."

강림은 여전히 어리둥절한 표정을 풀지 못한 채 청년을 바라보았다. 안상윤이 청년에게 물었다.

"젊은 양반, 꼭 산악구조대에 참가해야 하는 이유가 있소?"

청년은 곧바로 대답을 못하고 잠시 머뭇거렸다. 청년은 막걸리가 든 사발을 집었다가 내려놓았다. 청년의 입술이 달싹거렸지만 말은 새어나오지 않았다. 청년의 얼굴은 심하게 일그러져 있었다. 한참 뜸을 들인 청년이 이윽고 입을 열었다.

"좀전에 돌아가신 안상준 씨 얘기가 나오던데, 그 분과는 어떤 관계이십니까?"

안상윤이 대답했다.

"내가 그 양반 동생 되는 사람이오."

청년은 안상윤의 얼굴을 슬쩍 일별하고는 눈길을 거두었다. 무언가 고통스러운 기억이 청년을 잠식하고 있는 듯했다.

"그 날…… 저희 소대는 칠성산에서 매복을 하고 있었습니다. 전날 교전이 치열하게 벌어지기는 했지만 특전사대원들이 한 번 휩쓸고 지나간 곳이라서 우리는 다들 긴장을 풀고 있었습니다. 새벽에…… 부스럭거리는 소리를 듣고 차, 참호 밖으로 고개를 내밀었더니…… 뜨, 뜻밖에도 거기 사람이…… 저, 저는 겁에 질려 무조건 총질을 해댔습니다. 하지만 머리 속으로 뭔가가 잘못되었다는 생각이 언뜻 스치고 지나갔습니다. 하지만…… 제 총격을 시작으로 잠복하고 있던 대원들이 무차별…… 초, 총격을…… 이미 너무 늦었던 겁니다."

양삼봉이 청년을 살펴보았다. 그의 입술이 드디어 열렸다.

"그때 아저씨 곁에서 무릎을 꿇고 있던 그 군인양반이시군요."

청년이 고개를 떨군 채 말했다.

"아마 그랬을 겁니다."

안상윤이 몸을 뒤로 젖히며 '어허' 하고 긴 탄식을 내뱉었다. 청년은 고개를 떨군 채 손으로 눈을 가리고 있었다. 양삼봉은 청년을 동정 어린 시선으로 바라보았다. 마음의 짐을 나누어 가진 처지여서인지 삼봉은 청년이 아주 가깝게 느껴졌다.

청년이 다시 입을 열었다.

"지난 달에 제대를 했습니다. 곧장 여기로 찾아오려 했지만 올 수가 없었습니다. 죄송합니다."

안상윤이 청년의 말을 받았다.

"자네도 우리 삼봉이처럼 마음고생이 심했겠구만. 눈발도 날리고 참 기분 묘하다! 형씨도 입술만 적시지 말고 시원하게 한 잔 하소!"

안상윤이 강림에게 사발을 내밀었다. 강림은 난처한 표정을 지었다.

"차 때문에……."

"차는 무슨 차! 오늘은 그냥 우리 집에서 주무시오. 즉석에서 대원이 둘이나 생겼는데, 이런 날 한 잔 하지 않는단 말이오!"

강림이 고개를 끄덕이더니 사발을 단숨에 비웠다. 그는 연거푸 세 사발을 비우더니 그래도 성이 차지 않는 듯 혀로 입술을 핥았다.

"내가 아무래도 잠자는 사자를 건드린 모양이구만. 할머니, 여기 막걸리 한 주전자 더 주쇼. 주전자가 좀 커야겠습니다. 이런 말술을 건드려 놨으니 온전히 집에 가기는 틀렸구만."

청년이 안상윤에게 술을 따르며 머리를 조아렸다.

"진작 찾아뵙지 못해 죄송합니다."

"잊어버려! 대신에 앞으로 좋은 일 많이 하면서 살고! 그런데 자네 이름이 뭔가?"

"김은동입니다."

"김은동이? 형님, 여기 은동이 술 한 잔 받으소오오!"

안상윤이 창을 하듯 길게 목소리를 뽑아 올렸다. 창 밖에는 눈발이 점점 더 굵어지고 있었다.

1997년 1월 23일 강립, 양삼봉, 김은동 세 사람은 산악구조대를 결성하고 이름을 '백두대간 산악구조대'라고 붙였다. 백두대간 산악구조대는 삼척, 동해, 강릉 지역의 산악지대에서 활발한 구조활동을 펼쳐 경찰청과 소방본부로부터 공로패를 받기도 했다. 강립은 동해시에서 여전히 등산용품점을 운영했고, 양삼봉은 약초꾼 생활을 계속하며 홀어머니를 봉양했다. 김은동은 동해에서 택시를 몰았다. 같은 해 여름, 강릉 아산현대병원에서 간호사로 근무하던 27살의 장경화가 백두대간 산악구조대에 합류했다. 그녀는 간호사 생활을 청산하고 꽃집을 차리면서 지금껏 익힌 기술을 썩히기 싫어 강립을 찾아온 것이었다. 장경화는 170센티미터의 큰 키에 탄력 있는 몸매를 가졌으며 어디 내놔도 빠지지 않을 만한 외모를 지니고 있었다. 그런 그녀에게 29살의 양삼봉이 연정을 품은 것은 당연한 일이었다. 하지만 함께 하는 시간이 길어지면서 양삼봉은 장경화를 같은 대원 이상으로 생각하지는 않았다. 그도 그럴 것이 그녀는 성격이 남자처럼 괄괄한 데다 호신용으로 이것 저것 배워둔 무술이 도합 6단에 이르고 있었던 것이다.

대원들은 평소에는 각자의 생활에 충실하다가 비상사태가 발생하면 열일 제쳐두고 구조 작업에 나섰다. 그리고 시간이 나는 틈틈이 산을 타며 산세와 지형을 익히기도 했다.

1998년부터 강립은 구조 구난 활동에 필요한 지도를 만드는 작업을 시작했다. 그는 휴일이면 어김없이 산에 올라 직접 발로 뛰며 지도를 만들어 나갔다. 그가 만드는 지도는 위도와 경도를 중시하는 일반 지도와는 달리, 어디에서 무슨 방향으로 얼마만큼 가면 어디가 나온다는 식으로 작성이 되었고, 지명도 그 지방 사람들 사이에 통하는 '속칭'으로 표기를 했다. 그래서 다른 지방 사람이 그 지도를 본다면 제대로 알아보지 못할 수도 있었지만, 약간의 설명만 곁들인다면 일반 지도보다 훨씬 더 유용한 것이었다.

같은 해 6월 21일에도 강립은 두타산에 올라 지도 제작 작업에 몰두하고 있었다. 그는 두타산성을 지나 대궐터(옛 수덕사 총불원이 있던 자리)에 올랐다가 무릉계곡을 타고 내려오는 중이었다. 휴일이라 계곡은 행락객들로 붐볐다. 강립은 그들 사이를 오가며 지형 지세를 살피고 사진을 찍으며 특이한 점을 발견하면 노트에 기록했다.

　행락객들 사이로 걸음을 옮기던 강립은 무언가에 정신을 놓고서 우두커니 서 있는 남자 한 명을 발견하고는 걸음을 멈추었다. 그는 남자가 넋을 놓고 있는 게 무엇인지 궁금하여 그의 눈길을 따라가보았다. 남자의 눈길이 멈춘 곳은 계곡 가에 장승처럼 서 있는 소나무 두 그루였다. 그 크기나 형태가 우람하고 장엄하여 강립도 여러 번 넋을 뺏긴 적이 있는 나무들이었다.

　강립은 나무에 넋을 놓고 있는 남자에게로 다가갔다. 그는 이십대 후반에서 삼십대 초반 정도의 나이에 인상이 서글서글하고 품성이 좋아 보였다. 하지만 온화한 인상과는 달리 180센티미터 정도 되어 보이는 키에 군살 없이 단단하게 자리잡은 근육은 그가 엄한 체력 단련을 거친 사람이라는 사실을 드러내고 있었다.

　"족히 500년은 되었겠죠?"

　강립이 말을 걸자 젊은 남자가 돌아보았다. 그는 가볍게 미소를 지은 후 대답했다.

　"적어도 800년은 넘었습니다."

　"그걸 어떻게 아시죠? 나무에 대해서 잘 아시는 모양이군요."

　남자는 잠시 생각에 잠겼다가 말을 이었다.

　"혹시 '양무의 나무'라고 들어보신 적이 있습니까?"

　"글쎄요…… 처음 들어보는데요."

　"옛날 고려시대에 이양무라는 사람이 삼척현감과 고을 주민들로부터 절대 베어내지 않는다는 약속을 받아낸 뒤 거금을 주고 나무 두 그루를 샀다고 합니다. 그래서 주민들은 땔감용으로 다른 나무는 베어내면서도 그 두 그루의 나무는 절대 베지 않았다고 합니다. 이후로 사람들은 그 나무를 '양무의 나무'라고 불렀답니다."

"하하하, 재밌는 이야깁니다. 그래서 저 나무 두 그루가 그 나무들일지도 모른다는 말씀이로군요. 그런데 어디서 그렇게 재밌는 이야기를 들으셨습니까?"

젊은 남자가 강림을 돌아보며 미소를 지었다.

"제 아버님께서 향토사학자이셔서 여기저기 떠도는 이야기를 많이 수집하셨습니다. 저도 아버님에게서 들은 이야깁니다."

강림과 젊은 남자는 가벼운 목례를 나눈 후 헤어졌다. 그날 저녁 강림은 집으로 돌아온 후 두타산을 그린 지도의 무릉계곡 부분에 나무 두 그루를 그려넣고는 '양무의 나무'라고 표시를 해두었다.

그로부터 이틀 뒤인 6월 23일 저녁 뉴스에 강원도 속초시 동쪽 18km 지점 우리 영해에서 북한의 유고급 잠수정 1척이 어선이 뿌려놓은 꽁치잡이 그물에 걸려 표류하다 해군 함정에 의해 동해안으로 예인되었다는 소식이 보도되었다. 잠수정에는 모두 9구의 시체가 발견되었다. 4명은 머리에 총상을 입었고, 나머지는 난사당한 것으로 보아 잠수정이 그물에 걸리자 공작조가 승조원들을 죽인 뒤 자폭한 것으로 추정되었다. 강림은 뉴스를 보면서 왜 북한이 실패를 거듭하면서도 동해안으로 공작원들을 침투시키려 하는지 강한 의문이 들었다. 통일이 되어 군사지역으로 묶여 있는 동해안의 절경과 비경이 공개된다면 이 곳은 세계적인 관광명소로 급부상하리라는 안타까움도 함께 그의 가슴으로 파고들었다.

제2장 산성 살인사건

1. 두타산성 살인사건

2002년 초겨울이었다. 낮 동안 내내 찌푸리고 있던 하늘은 저녁이 되자 기어이 비를 뿌리기 시작했다. 이 비가 그치고 나면 계절은 완연한 겨울로 성큼 들어설 터였다.

횡단보도에서 신호대기중인 강립은 빗물이 타고 흘러내리는 차창 밖으로 막연히 시선을 던지고 있었다. 아내의 무덤을 다녀오는 날이면 그는 어쩔 수 없이 우울함에 젖어들곤 했다. 젊고 아름답던 아내의 모습도 병석에 누워 있던 창백한 얼굴도 20년의 세월이 지나면서 차츰 흐려졌다. 하지만 그녀와 함께 보낸 시간들은 바로 어제의 일인 양 눈앞에 선명하게 떠올랐으며, 그녀가 들려준 음성은 아직도 귓가를 맴돌았다. 그 선명한 영상 속에서 유독 아내의 모습만이 마치 모자이크 처리를 한 것처럼 흐렸다. 아무리 기억하려 해도 아내의 모습은 시간이 지나면서 점점 더 흐려지기만 할 뿐이었다.

'똑똑똑'

누군가 조수석의 차창을 두드렸다. 차창을 내리자 우산을 든 중년 여자가 전단지를 차 안으로 집어던지며 소리쳤다.

"국가의 미래를 책임지겠습니다. 기호 ○번 ○○○입니다."

선거운동원이었다. 도로까지 달려나온 일단의 여자들이 신호대기중인 차에 달라붙어 있는 모습이 그제야 강림의 눈에 들어왔다. 그뿐만이 아니었다. 비 때문에 인적이 드문데도 불구하고 선거운동원들은 비를 맞으면서도 유세에 열심이었다. 다음 달인 12월이면 새로운 대통령이 탄생하게 될 것이었다.

강림은 어느 남도 시인의 시구 한 자락을 읊조렸다.

"터는 좋은데 이 땅을 이끌 인물이 없어."

백두대간을 타고 내달리던 기세등등한 토종범이 이 땅을 두고 내뱉는 탄식이었다. 이 땅을 이끌던 고사(古史) 속의 진정한 영웅들은 다 어디로 갔단 말인가. 지금은 영웅이 너무 많거나 아예 없는 시대였다. 강림은 아내에 대한 슬픔에 착잡한 심정까지 겹쳐져 더욱 우울해지고 말았다.

다음날 아침, 밤새 뒤척이다가 새벽녘에야 잠이 든 강림은 깊은 잠에 빠져 있었다. 간혹 빗소리가 그의 귀로 틈입해 들어와 단잠의 포근함을 더해주었다. 그래서 그는 좀전에 전화벨이 울릴 때도 두 귀를 틀어막고 단잠의 고리를 이었던 것이다. 하지만 곧 다시 휴대폰이 울렸다. 강림은 휴대폰마저 무시할 수는 없었다. 그의 휴대폰 번호를 아는 사람은 손에 꼽을 만큼이었으며 그만큼 중요한 일일 가능성이 컸다.

강림은 전신을 노곤하게 짓누르는 잠의 기운을 털어내며 폴더를 열었다. 전화를 건 사람은 천곡동 성당의 조 신부였다.

"강 대장님, 제가 잠을 깨운 건 아닌지 모르겠습니다."

강림은 벽시계를 올려다보았다. 이미 10시를 넘어서고 있었다. 자신의 늦잠을 조 신부에게 들켰다는 생각에 그는 무안해서 얼른 말꼬리를 돌렸다.

"조 신부님, 안녕하셨습니까? 무슨 일로 전화를 주셨습니까?"

"아무래도 강 대장님께 또 신세를 져야 할 것 같습니다. 일본에서 온 여자 관광객이 남편이 실종되었다고 전화를 했었습니다. 경찰에도 신고를 했다고 하는데, 아무래도 미덥지가 않았던 모양입니다."

"경찰들이야 일정 시간이 경과하지 않으면 손을 쓰지 않지요."

"그래서 그런데, 강 대장님께서 고생을 좀 해주셔야겠습니다."

"물론 도와드려야지요. 다른 사람도 아니고 조 신부님 부탁인데 어떻게 거절을 하겠습니까."

"고맙습니다. 삼화사 입구에서 기다리고 있겠다고 했으니까 그리로 가시면 될 겁니다."

"알겠습니다. 곧 그리로 출동하도록 하겠습니다."

폴더를 닫으려던 강림은 다시 급하게 말을 이었다.

"잠깐만요, 신부님."

"네, 말씀하십시오."

"일본에서 왔다면, 일본인인가요?"

"하하하, 말이 통하지 않을까봐 걱정이 되어서 그러시는군요? 일본인이 맞습니다만 한국어가 유창합니다. 남편인 우에다 교수의 조상이 조선 사람이어서 집안 대대로 한국어를 잊지 않고 습득했다더군요. 지난 주일에 미사에 참석했길래 잠깐 이야기를 나누었는데 웬만한 한국인 뺨칠 수준이었습니다."

"그렇다면 다행이군요. 잘 알았습니다."

"고생해 주십시오."

강립은 전화로 대원들을 소집했다. 먼저 양삼봉과 김은동에게 연락을 취해 급히 무릉계곡 주차장으로 오라고 전했다. 장경화에게도 연락을 취해야 했지만 선뜻 내키지가 않았다. 요사이 장경화가 자기를 대하는 것이 영 껄끄러웠기 때문이었다. 당찬 30대 미혼여성의 발랄함 때문이겠거니 생각을 하며 가볍게 넘기기에는 그녀의 행동이 너무 저돌적이었다.

'30살의 젊은 아가씨와 50대 후반의 홀아비라⋯⋯.'

그는 장난기가 동해서 잠깐 머릿속으로 장경화와 나란히 선 자신을 떠올려보았다. 그리고는 코웃음을 치며 머리를 흔들었다.

"아무래도 그림이 너무 추해."

하지만 엄연히 장경화도 백두대간 산악구조대의 일원인데 따돌린다면 그렇지 않아도 성격이 괄괄한 그녀에게서 나중에 무슨 지청구를 들을지 모를 일이었다. 강립은 장경화에게 전화를 건 후 욕실에서 간단하게 세수를 했다.

거울 속에 비친 그의 모습은 50대 후반이라고는 믿어지지 않을 만큼 탄탄했다. 굵은 목으로부터 비스듬히 내려온 양 어깨는 쇄골과 절묘한 조화를 이루며 균형 있게 자리잡고 있었고 두툼한 근육이 감싸고 있는 가슴과 배는 로마 병정의 갑옷처럼 유연한 질곡을 이루고 있었다. 윤기가 흐르는 숱이 많은 머릿결도 언뜻언뜻 보이는 흰머리만 아니라면 20대의 그것으로 보아도 무방할 정도였다. 짙은 눈썹과 깊은 눈, 또렷하게 솟은 코와 야무지게 다물어진 입술, 강인해 보이는 턱은 알맞게 잡힌 주름과 함께 호남아의 기상과 연륜을 동시에 드러내고 있었다. 그의 신체 중에서 가장 두드러진 것은 가슴에서부터 배꼽까지 역삼각형으로 자라난 가슴털이었다. 검은 털이 뒤덮은 가운데 양쪽 유두 사이에 자라난 흰 털은 반달곰의 가슴을 그대로 닮아 있었다. 강림은 세수를 마치고 나서 물기 묻은 손가락으로 대충 머리를 빗어 넘긴 후 길을 나섰다.

아내의 건강이 악화된 것은 그가 군복을 벗은 이듬해의 일이었다. 강림은 아내의 건강을 위해 동해로 집을 옮겼지만, 시름시름 앓던 아내는 곧 세상을 뜨고 말았다. 자신이 계속 군에서 복무를 했다면 의료 혜택이라도 받을 수 있었겠지만 이미 엎질러진 물이었다. 군에 복귀하려고 했지만, 그것은 아내가 원하지 않았다. 사람의 명이 하늘에 달렸다고는 하지만 강림은 아내의 죽음에 대해 심한 자책감을 갖지 않을 수가 없었다. 그래서 강림은 평생 아내의 무덤을 돌보며 살기로 작정하고 동해에 남았다.

조그마한 등산용품점에서 벌어들이는 수입이야 보잘것없었다. 그는 6년 전 군으로부터 받은 포상금으로 장비와 차량을 구입하고 수입의 일부를 쪼개 산악구조대를 운영했다. 자신의 힘으로 여러 사람의 목숨을 구할 수 있다면 아내에 대한 죄책감이 조금은 상쇄

되리라고 믿었던 것이다.

전날 밤부터 시작된 비는 아직도 추적추적 내리고 있었다. 비가 내리는 데다 기온이 갑자기 내려간 탓에 무릉계곡 주차장은 한산했다. 늘 자리를 지키고 있는 산림원들의 승용차가 듬성듬성 놓여 있을 뿐이었다. 그리고 주차장 구석에 흰색 승용차 한 대가 놓여 있었다. 강림은 얼른 차번호를 외웠다.

'가 7214'

주변 사물에 대해 허투루 지나치는 법이 없는 오랜 버릇이 또다시 발동된 것이었다.

곧 대원들이 나타났다. 양삼봉과 김은동이 같은 차를 타고 왔고, 조금 뒤에 장경화의 차가 도착했다. 강림은 그들과 함께 삼화사 입구로 향했다.

삼화사 입구에는 40대 중반으로 보이는 가냘픈 여자가 우산을 받쳐들고 서 있었다. 그녀는 척 보기에도 얼굴에 수심이 가득했다. 강림이 다가가 그녀에게 말을 걸었다.

"혹시 조 신부님께 도움을 청한……."

그녀의 얼굴이 환하게 밝아졌다. 강림이 채 말을 끝맺기도 전에 그녀는 자기 소개를 했다.

"우에다 기미코입니다. 도움을 주실 분이 오신다고 해서 기다리고 있었습니다."

"저는 강림이라고 합니다. 조 신부님께 연락을 받고 왔습니다. 급히 오느라고 왔는데 너무 오래 기다리신 건 아닌지 모르겠습니다."

"아닙니다. 이렇게 와 주셔서 정말 감사합니다."

기미코는 일본인인지 한국인인지 분간이 가지 않을 정도로 한국어가 유창했다. '우에다 기미코'라는 이름과 일본어투가 섞인 억양만 아니라면 그냥 한국인 행세를 해도 눈치챌 수 없을 정도였다.

강립은 곁에 선 대원들을 기미코에게 소개했다.

"이들은 제 대원들입니다."

김은동이 군에서 휴가 나온 사람처럼 절도 있게 앞으로 나섰다.

"저는 김은동입니다. 달리기에는 저를 따를 사람이 없을 겁니다. 급한 심부름이 있다면 제게 맡겨 주십시오."

이어서 양삼봉이 자신을 소개했다.

"저는 양삼봉입니다. 저희 대장님만은 못하지만 힘쓰는 데는 자신이 있습니다. 밧줄 타기와 환자 후송은 제 몫입니다."

뒤에 약간 처져 있던 장경화가 앞으로 나와 기미코의 손을 잡았다.

"얼마나 걱정이 많으시겠어요? 저는 장경화라고 합니다."

양삼봉이 장경화의 말에 덧붙였다.

"보기에는 약해 보이지만 저래뵈도 합기도가 3단에 유도, 태권도 도합 6단입니다. 뼈 맞출 때 보면 얼마나 무지막지한지 여자라는 생각이 전혀 안 들죠."

경화가 삼봉을 향해 눈을 흘겼다. 삼봉은 움찔하며 겁먹은 표정을 짓더니 이내 웃음으로 바꾸었다.

"여러분께서 와주셔서 얼마나 든든한지 모르겠습니다. 정말 감사합니다."

기미코가 일본인답게 연거푸 허리를 굽히며 감사를 표했다. 대원들도 따라서 연신 절을 했다.

"경찰에는 연락을 했다고 하던데……."

강립이 말했다.

"그렇습니다. 아침 일찍 실종 신고를 했지만 조금 더 기다려보라는 말만 들었습니다. 이대로 기다리다간 늦겠다 싶어 염치 불구하고 조 신부님께 연락을 한 겁니다."

양삼봉이 코방귀를 끼며 말했다.

"그치들은 꼭 중요할 때만 규정을 따진다니까."

강립은 품에서 자신이 만든 지도를 꺼내 기미코에게 내밀었다. 지도에는 두타산이 자세히 나와 있었다.

"여기 지도가 있습니다. 어떻게 된 일인지 상세히 설명을 해주시기 바랍니다."

기미코는 지도를 들여다보다가 손으로 지도를 짚으며 설명을 시작했다.

"그러니까 11월 10일 오후에 이 곳 삼화사에 도착해서 여장을 푼 뒤에 곧바로 산행을 시작했습니다. 용추폭포에 들렀다가 다시 계곡을 따라 1km쯤 내려와서 두타산성을 올랐어요. 북쪽 성벽을 타고 동쪽으로 돌다가 중간 지점에서 빠져나와 쉰음산에 올라 1박을 했습니다."

"첫날부터 강행군을 하셨군요. 산을 잘 타시나 봅니다."

"남편인 우에다 도라노스께〔植田虎之助〕씨는 동경대학 역사학과에 재직하고 있습니다. 그래서 남편은 역사적인 현장을 찾아 산을 많이 오르는 편이죠. 저 역시 그 분을 따라다니다 보니 산을 타는 걸 즐기게 됐어요."

강림이 고개를 끄덕였다. 기미코가 다시 말을 이었다.

"다음날 우리는 먼저 산성 전체를 살피고 두타산 정상과 박달령을 지나 청옥산 정상 샘터에서 또 1박을 했습니다. 12일 어제는 다시 산성 안의 분지와 분지를 흐르는 개울을 타고 내려오며 폭포수 아래까지 탐사를 한 뒤 다시 분지 안에 있는 대궐터에서 1박을 하기로 했어요. 그런데 어제 저녁부터 비가 많이 내리기 시작해서 저는 안내인 한 사람과 함께 하산했습니다. 비가 그치지 않았으니 아마도 폭포 아래는 탐사를 못했을 거예요."

"부인과 함께 내려왔다는 그 안내인은 지금 어디에 있습니까?"

"모르겠어요. 저를 삼화사에 데려다 주고는 온다간다 말도 없이 사라졌어요."

"다시 산으로 갔는지도 모르겠군요?"

"아마도 그럴 겁니다."

기미코의 얼굴이 다시 어두워졌다. 남편을 향한 걱정이 다시금 되살아나는 듯한 눈치였다.

"오늘 오전에 폭포 아래를 탐사했다 하더라도 돌아올 시간이 지났습니다. 남편은 저를 혼자 내버려두고 이렇게 소식이 없을 분이 아닙니다. 남편과 같이 있는 안내인의 휴대폰으로 전화를 해봤지만 받지를 않아요. 아무래도 무슨 일이 생긴 것 같아요."

장경화가 기미코의 어깨를 다독거렸다.

"부인, 걱정 마세요. 남편께선 아무 일 없을 겁니다."

강립도 덧붙였다.

"그래요. 너무 걱정하지 마십시오. 남편께선 곧 건강한 모습으로 나타나실 거니까요. 그런데 남편께서 한다는 탐사는 어떤 겁니까?"

"두타산성이 오래된 성이기 때문에 역사적인 고증이 될 만한 흔적이 많을 거라고 말씀하셨어요. 임진란 때의 산성전투에 대한 흔적도 있을 거고요. 그리고 남편 집안 대대로 전해오는……."

기미코는 거기서 입을 다물었다. 강립은 기미코의 다음 말을 기다렸지만 더 이상 그녀의 입은 열리지 않았다. 뭔가 감추고 싶은 것이 있는 듯했다. 어색해진 분위기를 털고 강립이 말했다.

"그러면 이제 출발하도록 하겠습니다. 먼저 부인께서 남편과 마지막으로 헤어졌던 장소로 가는 것이 좋겠습니다."

기미코와 강립 등 구조대원은 삼화사를 출발하여 두타산성으로 향하였다. 두타산성으로 향하는 골짜기와 능선 주변에는 소나무와 박달나무, 굴참나무 군락지가 많았고 피나무, 팽나무, 회양목, 노가지나무, 잣나무 등이 무수히 자라나 햇볕이 들지 않을 정도로 숲은 우거져 있었다. 공기는 달고 상쾌했다.

비가 내려 산행길이 질척거렸고 구조대원들의 걸음이 빠른데도 기미코는 처지지 않기 위해 부지런히 걸음을 옮겼다. 간밤의 근심으로 피로가 심할 텐데도 기미코는 힘들다는 기색을 전혀 보이지 않았다. 강립은 그런 그녀가 대견해서 미소를 건네주었다.

"천곡동 조 신부님은 어떻게 아는 사이입니까?"

강립의 물음에 숨을 고르며 기미코가 대답했다.

"남편과 저는 천주교 신자입니다. 부산에서 출발해 동해에 도착했을 때가 토요일 밤이었어요. 다음 날이 주일이라 산에 오르기 전에 성당에 들러 미사를 드리기로 미리 마음먹고 있었습니다. 두타산에 온 것이 이번이 처음이 아니에요. 전에도 천곡동 성당에서 여러 번 미사를 드린 적이 있습니다."

"네, 그랬군요."

기미코가 숨차 하는 것을 보고 강립은 더 이상 묻기를 그만두었다.

일행은 출발한 지 2시간쯤 후에 전날 기미코와 그녀의 남편이 헤어졌던 대궐터에 도착하였다. 일행은 우선 멈추어서 주위를 살폈다. 골짜기 안은 조용했다. 매미와 벌레 우는 소리만 골짜기에 가득하였다.

"저기 바위 뒤에 텐트 2개가 있습니다!"

김은동이 큰소리로 외쳤다. 일행은 김은동이 가리키는 곳으로 향했다.

"읍!"

일행보다 앞서 가던 김은동이 비명을 지르며 돌아섰다.

"왜 그래? 무슨 일인가?"

김은동은 손짓으로 어딘가를 가리키며 떨리는 목소리로 대답했다.

"두 사람이 저기 있습니다. 둘 다 죽은 것 같습니다."

강립이 급히 달려갔다. 뒤를 이어 양삼봉과 정신을 차린 김은동이 달려갔다. 장경화는 기미코의 어깨를 감싸고 멀찌감치 떨어져 있었다. 하지만 기미코는 궁금증과 불안함을 이기지 못하고 장경화의 손길을 뿌리쳐서 강림 일행이 향한 곳으로 달려갔다.

"악, 여보!"

우에다 교수는 등에 칼이 꽂힌 채 엎드려 있었다. 안내인 한 사람은 십여 미터 떨어진 곳에서 등에 도끼가 박힌 채 엎드려 있었다. 강림은 우선 우에다 교수의 가슴에 손을 대보았다.

"아직 살아 있어. 빨리 119에 연락해."

장경화는 핸드폰의 폴더를 열었다. 신호음이 울리고 있을 때 119대원들의 주황색 유니폼이 다가오는 것이 보였다. 김은동이 고개를 갸웃거렸다.

"아니, 어떻게 저들이 알고 왔지?"

안내인을 살펴본 양삼봉은 강림을 향해 고개를 절레절레 저었다. 이미 죽었다는 뜻이었다.

우에다 교수의 몸은 싸늘히 식어 있었지만 아직 숨은 붙어 있었다. 장경화는 교수의 혁대와 신발을 풀고 가지고 간 담요로 몸을 덮었다. 등에 박힌 칼은 뺄 수가 없었다. 칼을 뺄 경우 출혈이 심해져서 더욱 위험해질 수가 있었다.

강림은 주변을 둘러보았다. 숙영지 주변에는 풀들이 어지럽게 짓밟혀 있고 가지가 꺾인 나무도 보였다. 그 광경은 두 사람 사이에 심한 결투가 있었음을 대변하고 있었다.

119대원들은 환자와 시신을 거두어 병원으로 후송했다. 기미코와 산악구조대원들은 병원으로 따라가고 강림은 현장에 남았다.

시신이 쓰러져 있던 자리에 휴대폰이 떨어져 있었다. 비가 온 뒤라 휴대폰은 흙바닥에 반쯤 파묻혀 있었다. 강림은 현장을 훼손할 수 없어서 휴대폰을 그대로 두었다.

그로부터 약 40분 뒤 경찰들이 들이닥쳤다. 평소 안면이 있는 김 형사에게 강림이 물었다.

"119대원들이 어떻게 알고 나타난 거죠?"

"익명의 신고가 있었다더군요. 휴대폰 번호니까 곧 추적할 수 있을 겁니다."

"휴대폰이라고요? 혹시 저거 아닙니까?"

강림은 흙바닥에 파묻혀 있는 휴대폰을 가리켰다. 경찰 감식반이 휴대폰을 집어들었다.

"이거 아직 작동이 되는데요. 가만 보자…… 맞아요! 신고전화의 그 번홉니다."

그렇다면 신고전화를 할 때까지만 해도 죽은 안내인은 살아 있었다는 이야기가 되었다. 죽기 직전에 안내인은 자신의 휴대폰으로 구조를 요청한 것이다.

현장만 보고 판단한다면 일본인 교수와 안내인이 무언가를 놓고 다투다가 교수는 안내인의 등을 내리치고 안내인은 교수의 등에 비수를 꽂았다고 볼 수 있었다. 하지만 교수에게 도끼로 얻어맞아 쓰러진 안내인이 어떻게 교수의 등에 비수를 꽂을 수 있단 말인가. 그 반대의 경우도 마찬가지였다. 그렇다면 두 사람이 서로 동시에 상대방의 몸에 흉기를 꽂았다는 얘기가 되는데, 그것도 불가능한 일이었다. 두 사람이 흉기에 찔린 위치가 등이기 때문이었다.

경찰은 제3자의 개입에 수사의 초점을 맞추었다. 결국 용의자는 기미코와 함께 먼저 하산했다는 안내인이 될 수밖에 없었다. 경찰은 그 안내인의 행방을 찾기로 결정하고 모두 하산했다. 강립도 경찰들과 함께 하산했다. 처음 주차장에 도착했을 때 보았던 흰색 승용차는 보이지 않았다.

'가 7214'

강립은 좀전에 외워두었던 차번호를 다시 한 번 머리 속에 되새겼다.

2. 악연의 고리

우에다 교수는 병원으로 후송되던 중 앰뷸런스 안에서 숨을 거두었다. 강립은 경찰서에 들러 수사방향에 대해 듣고 난 뒤에 병원으로 향했다. 기미코는 경황이 없어 남편이 살해당했다는 사실도 제대로 느끼지 못하고 있는 것처럼 보였다. 만약의 사태에 대비해서 병원은 양삼봉이 지키도록 하고, 장경화와 김은동은 귀가하도록 지시했다. 강립은 기미코를 데리고 식당으로 향했다.

"부인, 상심이 크시겠습니다. 무어라 위로를 드려야 할지 모르겠습니다."

기미코는 음식을 앞에 놓고 멍하니 있을 뿐이었다.

"경찰에서는 다녀갔겠죠?"

기미코는 아무 말 없이 고개만 끄덕였다.

"아침부터 아무것도 안 드신 것 같은데, 그러다가는 부인께서 병이 나실까 걱정입니다. 우선은 아무것도 생각 마시고 이걸 좀 드십시오."

하지만 기미코는 테이블 모서리에 시선을 둔 채 꼼짝 않고 있었다.

"경찰에서 밝혀낸 사실에 대해 들려드려도 되겠습니까?"

기미코는 역시 고개만 끄덕였다.

"부군에게 상처를 입힌 칼에는 곁에 죽어 있던 안내인의 지문이 묻어 있었고 안내인의 등에 꽂힌 도끼에서는 부군의 지문이 나왔습니다. 정황으로 미루어보면 두 사람이 크게 다투다가 서로의 등에 흉기를 찌른 것이 되는데, 그게 수수께끼입니다. 어떻게 가슴 부위도 아니고 서로의 등에 흉기를 찌를 수가 있었을까요. 이번 사건의 가장 큰 난점이 그것입니다. 그리고 죽은 안내인 곁에 떨어져 있던 휴대폰의 번호와 신고를 한 전화번호가 일치했습니다. 그러니까 안내인이 죽어가면서 자신의 휴대폰으로 구조 요청을 한 것이 됩니다. 이번 사건의 열쇠를 쥐고 있는 사람은 부인과 함께 하산했다는 나머지 안내인이 쥐고 있는 셈입니다. 죽은 신고엽은 거주지가 부산으로 되어 있더군요. 그 사람과는 부산에서부터 동행했나요?"

강림의 말을 듣고 있던 기미코가 갑자기 소리를 질렀다.

"그럴 리가 없어요!"

"네?"

"신고엽이라는 사람은 어제 저와 함께 하산했어요. 산에 남아 있었던 사람은 도경식이라는 사람이었어요."

"네? 그럼 죽은 사람이 어제 부인과 함께 하산을 했던 그 안내인이란 말입니까?"

"아까는 경황이 없어 그 사람의 얼굴을 보지 못했지만 신고엽이라는 사람은 분명 어제 저와 함께 하산했습니다."

"그럼 어떻게 되는 거지? 하산했던 안내인이 다시 산으로 올라가 부군과 다투었다는 이야기가 되는군요. 그렇다면 어제 부군과 함께 산에 남아 있었던 그 안내인은 지금 어디 있을까요?"

기미코는 생각에 잠겼다가 다시 입을 열었다.

"그러고 보니까 이상한 것이 또 있어요. 남편의 목에 걸려 있던 목걸이가 보이지 않았던 것 같아요."

"목걸이라……."

"남편 집안 대대로 장자에게 전해 내려온 아주 오래된 목걸이예요. 금줄에 청옥 구슬이 세 개 달린 것입니다. 가운데에 있는 청옥 구슬은 어두울 때 빛을 발하기 때문에 금방 알아볼 수가 있습니다."

"잠깐만요. 금줄에 청옥 구슬이 세 개 달려 있다고 하셨습니까?"

강립이 놀란 표정을 지으며 눈을 위로 치떴다.

"왜 그렇게 놀라시죠?"

"아, 아무것도 아닙니다."

강립은 잠시 생각에 잠겼다가 곧 말을 이었다.

"그 목걸이 때문에 이런 참극이 발생했을까요?"

"그건 모르겠습니다. 남편 말로는 그 목걸이 안에 엄청난 비밀이 숨겨져 있다고 했습니다. 그 목걸이는 임란 당시 이 곳에 살았던 남편의 조상께서 일본으로 가지고 온 것이라고 했어요. 그래서 남편은 시간을 내어 이 곳에 탐사를 온 것입니다. 물론 부산 대독과학기술고등학교 바텔 씨의 도움이 없었다면 엄두도 내지 못할 일이었습니다만……."

"네!? 지금 바텔이라고 하셨습니까? 바텔 오페르트……."

강립의 목소리가 너무 컸기 때문에 식당 안에 있던 사람들의 시선이 그에게로 모였다.

"강 선생님께서 바텔 씨를 알고 계신가요?"

강립은 등받이에 몸을 기대며 입을 열었다.

"사실 잘은 모릅니다. 그 사람에 대한 얘기를 누군가에게 들었던 것뿐입니다."

"그렇게 놀라시는 걸 보면 좋은 얘기는 아니었던 것 같군요."

강립은 기미코의 그 말에 대해서는 아무런 대꾸를 하지 않았다.

"하지만 저희 부부에게는 아주 고마운 분이셨습니다. 제 남편이 한국 역사에 관심이 많다는 걸 알고는 원조를 많이 해주셨거든요. 바텔 씨는 특히 남편의 가문에 대해 강한 호기심을 보이셨어요."

강립은 오래 전 꾸르실료 교육에 참가했을 때 만난 박성훈 신부가 들려준 이야기 속의 주인공이 긴 세월을 넘어 다시 살인사건에 연루되어 자신과 연결되었다는 사실이 놀라웠다.

"그렇다면 혹시 안내인은 바텔 씨가 소개해준 건가요?"

"그렇습니다. 직접 나서겠다는 걸 저희가 부담스러워서 안내인을 소개받는 정도로 그친 겁니다. 지금에 와서야 하는 말이지만, 부산에 있을 때도 좋지 않은 일이 있었어요. 잠시 외출을 나간 사이에 누군가가 객실을 온통 뒤져서 엉망으로 만들어 놓았거든요."

강림은 점점 더 사건에 흥미를 느꼈다. 이십 년 전 부산의 수도원에서 대독 과학기술고등학교의 불빛을 바라보며 훗날 악연으로 맺어질지도 모른다는 예감에 사로잡혔던 때가 떠올랐다.

"부인, 힘드신 줄 압니다만 부산에 도착해서 동해로 오기까지의 일을 상세히 말씀해 주시겠습니까?"

기미코는 머리 속을 정리하는 듯 잠시 생각에 잠겼다가 이내 이야기를 시작했다.

"두타산에 탐사를 온 게 이번이 처음은 아니었습니다. 이미 전에도 세 번이나 이 곳을 다녀간 적이 있어요. 그때도 부산의 바텔 씨가 비용을 대주었습니다. 바텔 씨는 임란 당시 두타산에서 있었던 의병들과 일본군의 전투에 대한 연구에 보탬이 되라고 원조를 해주었지만 남편의 관심은 다른 데 있었어요. 남편은 무언가를 찾고 있었어요. 그게 뭔지는 저도 정확히는 모릅니다. 단지 꼭 만나야 할 사람이 있다고만 입버릇처럼 말하곤 했습니다. 이번에도 바텔 씨의 도움이 컸습니다. 남편의 연구에 진척이 없다고 판단했던지 바텔 씨는 안내인 두 사람을 붙여주기까지 했습니다. 남편과 저는 지난 11월 8일 부산항에 도착해서 신고엽, 도경식 두 사람과 합류했습니다. 그 날은 해운대에 있는 호텔에 투숙했어요. 그런데 다음날 아침 산책을 나갔다 오니 객실이 엉망이 되어 있었습니다.

누군가가 객실에 침입해서 남편과 제 짐을 뒤진 것이었습니다. 잃어버린 물건이 없었기 때문에 남편과 저는 그냥 덮어두었지만 지금에 와서 생각하면 그때부터 뭔가 좋지 않은 일이 시작되었던 것 같아요. 그날 오후 안내인 두 사람과 함께 우리는 이곳으로 향했습니다. 그 이후로는 낮에 말씀드렸던 그대롭니다.”

기미코가 이야기를 마치자 강림은 자신의 턱을 매만지며 생각에 잠겼다가 천천히 입을 열었다.

“지금으로서는 그 날 객실을 뒤진 가장 유력한 용의자는 그 두 안내인이라고 볼 수밖에 없겠습니다. 어쩌면 그 사람들은 부군께서 차고 있었다던 목걸이를 찾고 있었는지도 모르죠. 조금 전에 부군께서 무언가를 찾고 계신 것 같다고 말씀하셨는데, 바텔 오페르트도 그 사실을 알고 있었습니까?”

“아니에요. 그렇진 않을 거예요. 남편은 제게도 그 사실을 숨겼으니까요. 제가 그렇게 말씀 드린 건 단지 제 직감일 뿐입니다.”

“여자의 직감은 어떤 추론으로도 돌파할 수 없는 진실을 드러내기도 하죠. 제 생각으로 바텔이라는 작자의 진짜 목적도 두타산 연구가 아니라 부군께서 찾고자 했던 그것이었을 겁니다. 그런데 바텔과는 언제 어떻게 알게 되신 거죠?

“저와 남편이 결혼할 무렵이니까 한 십 년쯤 전이었던 것 같아요. 평소 역사 연구에 관심이 많던 바텔 씨가 남편이 임란 당시의 전투사를 연구한다는 걸 알고 일본으로 찾아와 원조를 하겠다고 자청했습니다.

“네, 그랬군요.”

기미코는 다소 지친 기색으로 고개를 떨구었다. 앞에 놓인 음식은 전혀 손도 대지 않은 채 그대로였다.

"제가 귀찮게 한 건 아닌지 모르겠습니다. 오늘은 이만 쉬시기 바랍니다. 내일 다시 뵙도록 하겠습니다."

강립은 기미코에게 숙소를 잡아주었지만 그녀는 한사코 병원에 남기를 고집했다. 하는 수 없이 강립은 양삼봉으로 하여금 병원에 남게 하고 자신은 집으로 향했다. 운전대를 잡은 그의 손이 가늘게 떨리고 있었다. 묘한 흥분이 그의 전신에 흐르고 있었다. 그는 23년 전 군종 신부의 권유로 참가했던 부산에서의 꾸르실료 교육을 떠올렸다.

3. 도둑맞은 병원

1980년 1월, 강립 소령은 부산에 위치한 수도원에서 그 지역 교구청이 마련한 꾸르실료 교육에 참가하고 있었다.

밤새 뒤척이며 잠을 이루지 못하던 강립은 침대에서 천천히 몸을 일으켰다. 옆 침대에 누워 있는 젊은 사제는 깊은 잠에 빠져 있었다. 창문을 열자 새벽 찬바람이 얼굴을 덮쳤다. 1월의 바닷바람은 매서웠다. 그는 창문 밖으로 고개를 내밀고 심호흡을 했다. 폐부 깊숙이 스며든 냉기가 무겁게 가슴을 짓누르던 마음의 체중을 시원하게 뚫어놓는 듯했다.

마주 보이는 영도는 어둠에 휩싸여 있었다. 듬성듬성 놓인 가로

등만이 졸음에 겨운 눈을 끔벅였다. 봉래산을 타고 내린 산자락이 바다와 만나는 끄트머리에서 빛을 발하고 있는 큼지막한 간판이 영도의 숙면을 방해하고 있었다.

'대독 과학기술고등학교'

1주일 동안의 교육 기간 동안 지친 몸을 침대에 누일 때마다 창가에 스며들어 눈가를 어지럽히던 그 빛이었다. 강립은 수도원에 처음 도착했을 때부터 바다 건너편의 그 건물이 왠지 눈에 거슬렸다. 산과 바다가 연결되는 통로를 끊어 놓으려는 듯 엉큼하게 들어앉은 형세 때문만은 아니었다.

오랜 세월 군에서 생활하면서 감각은 서서히 무뎌져 갔다. 그러나 그럴수록 더욱 예민해지는 것이 있었다. 신내림을 받은 무녀나 예언자의 예지력처럼 날선 감각이 오랜 시간 그를 괴롭혀 왔던 것이다. 처음 대하는 사람에게서조차 기어이 적과 동지를 구분해내고야 마는 강박관념은 결코 생활에 이로운 것이 아니었다. 강립은 '대독 과학기술고등학교'라는 큼지막한 간판을 머리에 이고 있는 그 건물을 처음 보는 순간 언젠가 자신과 악연으로 엮어질지도 모른다는 불길한 예감을 가졌다.

'단지 학교일 뿐이야. 단지 학교일 뿐이라고……'

그는 속으로 되뇌며 검은 바다를 향해 눈을 돌렸다. 그는 고민과 갈등 때문에 분별력을 잃은 탓이라고 생각하며 세차게 머리를 흔들었다.

강립이 군복을 벗어야겠다고 생각했던 게 이번이 처음은 아니었다. 그러나 매번 결단의 순간에서 주춤거리고 말았다. 그는 차라리 월남에 있을 때가 좋았다고 생각했다. 그 곳의 격전장에서야 그는 자신이 진정 군인이라고 느낄 수 있었다. 하지만 자유를 수호하겠다던 당시의 젊은 신념도 지금은 색이 많이 바래 있었다. 월남에서 산화해간 무수한 젊은 목숨들도 결국 권력자들의 정치놀음에 무고한 희생을 치른 것뿐이었던 것이다. 지금 그는 군인도 무엇도 아니었다. 무력으로 정권을 찬탈한 무리들의 하수인에 불과했다. 몇 달 전에는 무력으로 정권을 잡은 최고 권력자의 처참한 최후도 목격했다. 그 즈음 강림은 자신의 처지에 대해 깊은 회의를 느끼고 있었다.

꾸르실료 교육은 교회가 선교 엘리트를 양성하기 위하여 사회적으로 지도층에 오를 수 있는 사람들을 모아 행하는 일종의 밀봉 교육이었다. 하지만 강림이 이 교육에 참가한 것은 다른 곳에 이유가 있었다. 그는 군복을 벗겠다는 자신의 각오를 다지고 생각을 정리할 시간이 필요했다. 군의 규율에 얽매어 있던 자신이 사회생활을 제대로 해 나갈 수 있을까 하는 두려움과 이제 권력자들의 하수인 노릇은 그만해야 한다는 갈등 사이에서 그는 자신을 추슬러 가는 중이었다.

"악이 부화한 둥지죠."

강림은 화들짝 놀라며 뒤를 돌아보았다. 잠들어 있는 줄 알았던 옆 침대의 젊은 사제가 어느 새 등뒤로 다가와 있었다. 젊은 사제의 눈은 대독 과학기술고등학교에서 뿜어져 나온 빛을 받아 반짝였다.

젊은 사제는 강림에게 고개를 숙여 보였다. 강립도 얼떨결에 고개를 숙였다.

원래 꾸르실료 교육 기간 동안에는 말소리를 입밖에 내는 것이 금지되었다. 옆사람과 알은체를 하는 것도 금기사항이었다. 그런데 그 금기가 사제복을 입은 이로 인해 깨어진 것이었다.

강림은 의외라는 듯 한쪽 눈을 찡그린 채 사제를 향해 웃음을 지었다. 젊은 사제 역시 강림을 향해 가볍게 미소를 지었다.

"혹시…… 담배 태우십니까?"

강림은 여전히 입밖으로 소리를 내는 것이 껄끄러워서 주머니를 뒤지는 시늉만 했다. 그러자 젊은 사제가 손을 내저었다.

"아, 아닙니다. 제 말은 한 대 태우시겠냐고요?"

낮은 기침 소리가 들려왔다. 뒤이어 짙은 침묵에 묻힐 듯 말 듯 한 발자국 소리가 이어졌다. 순찰을 도는 수도원측의 사제였다. 강림과 같은 방을 쓰는 젊은 사제는 오른손 검지로 입술에 빗장을 걸고는 귀를 기울였다. 발소리가 멀어지자 그는 강림에게 담배를 내밀었다.

젊은 사제가 지포라이터를 꺼내 강림에게 내밀고는 불을 켰다. 흔들리는 라이터의 불빛을 따라 사제의 눈빛도 흔들리고 있었다. 부리부리한 눈망울 위로 그려진 짙은 눈썹과 강인해 보이는 턱이 자기주장이 강해 보이는 사람이라는 인상을 풍기게 했다. 강림은 잠시 머뭇거리다가 담배에 불을 붙였다. 젊은 사제 역시 담배에 불을 붙이고는 길게 연기를 들이마셨다. 담배 끄트머리의 불씨가 벌겋게 타올랐다가는 곧 사그라들었다.

강림도 용기를 내어 한 모금을 빨아들였다. 요 며칠 동안의 금연 때문인지 머리가 핑 돌며 현기증이 일었다. 하지만 그는 그 느낌이 싫지만은 않았다. 오래 전 담배를 처음 배우던 때가 떠올라 입가에 웃음이 그려졌다.

담배를 빨아들임으로써 한층 대담해진 강림이 드디어 말문을 열었다.

"좀전에 그게 무슨 말씀이십니까?"

"네?"

젊은 사제는 오히려 반문하고는 곧 자신의 말이 생각난 듯 고개를 끄덕거렸다.

"제가 실언을 했군요. 이젠 다 지나간 일인 것을……."

하지만 강림은 강한 호기심이 일었다. 그는 조금 전까지 자신의 본능을 자극하던 대독 과학기술고등학교의 불빛이 점점 더 강하게 가슴에 파고드는 것을 느꼈다.

"'악이 부화한 둥지'라고 하셨는데요?"

"그냥 제 개인적인 감정 때문에 나온 말이었습니다. 너무 개의치 마십시오."

"사실은 저도 저 간판에서 뿜어져 나오는 불빛을 보며 불길한 예감에 휩싸여 있던 중이었습니다. 그래서 사제님의 그 말씀이 더욱 궁금해집니다."

"그럴 리가요. 내막을 모르는 사람이 보기에 저 곳은 단지 학교일 뿐일 텐데요…… 역시 군인이시라 남다른 감각을 지니고 계신 모양이군요."

"……."

강립은 순간, 젊은 사제에게 경계의 눈빛을 보냈다.

"아, 오해는 마십시오. 제 룸메이트이시고, 게다가 교육에 참가한 다른 분들과는 남다른 분위기가 느껴지길래 좀 알아본 것뿐입니다. 다른 의도는 없었습니다. 결례를 했다면 용서하십시오."

강립은 자기도 모르게 바짝 당겨놓았던 눈매를 풀기 위해 눈을 아래 위로 굴렸다.

"용서라니요? 당치 않습니다. 하지만 그 '내막'이라는 것을 좀 들려주시면 어떨까요?"

젊은 사제는 잠시 당혹스러운 눈빛으로 창 밖을 내다보았다. 그리고는 피우던 담배를 창 밖으로 날려버렸다. 강립은 피우던 담배를 땅바닥에 비벼 끄고는 담배꽁초를 자신의 호주머니에 찔러 넣었다.

"사실 이 이야기는 제가 모시던 신부님으로부터 전해들은 것입니다. 그 신부님께선 오래도록 그 일을 안타까워하셨죠. 드러내놓고 말씀을 하실 수도 없는 상황이라 많이 답답하셨을 겁니다. 하지만 '임금님 귀는 당나귀 귀'라는 이야기도 있지 않습니까? 어느 날 제게 신부님께선 하소연을 하더군요. 이제……."

강립이 조용히 하라는 동작을 취했다. 방문 틈으로 희미한 불빛이 스며들었다가 곧 사라졌다. 순찰을 도는 수도원측의 사제였다. 발소리가 멀어진 것을 확인하고 난 후 강립은 젊은 사제를 향해 고개를 끄덕였다. 사제는 이야기를 계속했다.

"저는 곧 외국으로 선교를 떠날 몸입니다. 이제 그 신부님도 돌아가셨으니 저만 조용히 떠난다면 이 이야기는 완전히 묻히고 마는 것이지요. 하지만 강림 소령님께서 저 학교를 보며 불길한 예감에 사로잡히셨다면 그건 예사로운 일이 아니군요. 공공연히 이야기를 퍼뜨리지 않는다고 약속하시면 이야기를 들려 드리겠습니다."

"약속하겠습니다. 저 혼자만의 비밀로 간직하겠습니다."

"명심하십시오. 그 일은 이미 지나간 일인 데다 이제 와서 시비를 가린댔자 소령님만 난처해질 뿐입니다. 아무런 증거도 남아 있지 않으니까요."

강림은 상대방에게 확신을 심어주겠다는 의도로 입술을 굳게 다문 채 고개를 끄덕였다. 그러고 나서 그는 이야기를 들을 자세를 취하기 위해 침대 위에 걸터앉고는 손바닥으로 턱을 괴었다. 젊은 사제는 강림의 두 눈을 응시하고 있다가 입을 열었다.

"원래 저 학교는 병원이 되었어야 마땅한 것이었습니다. 물론 학교의 주인도 지금의 이사장이 아니라 카톨릭 재단이 되었어야 하고요. 지금 저 학교의 재단 이사장으로 있는 바텔 오페르트라는 독일인은 교회의 재산을 빼돌려 자기 것으로 만들었습니다. 먼 타향, 가난한 이 땅에 들어와 교육을 일으켜 사회적으로 명망을 얻고 있는 참된 교육자의 이면에는 그런 추악한 과거가 숨어 있는 것입니다."

젊은 사제는 잠시 말문을 끊었다가 창 밖의 불빛을 바라보며 이야기를 이었다.

슈바르츠 신부는 독일에서 선교사로 한국에 파견된 사제였다. 그는 6·25전쟁 때 부산에 정착하여 성당을 세웠다. 또한 그는 구호소를 열어 집 없이 떠도는 이들과 병들고 힘없는 이들을 보살펴 왔다.

슈바르츠 신부는 한국의 열악한 의료환경에 대해 늘 개탄했다. 작은 염증조차 치료하지 못해 죽어나가는 어린아이들, 기본적인 의료 혜택도 없이 혼자서 아이를 낳다가 목숨을 잃는 산모, 운 좋게 세상의 빛을 보았지만 아무런 보살핌도 받지 못한 채 버려지는 신생아. 그는 한국정부에 의료시설을 늘여줄 것을 요청하였으나 그 당시의 정부는 그럴 만한 여력이 없었다.

그는 국제적십자사, UN 식량기구 등의 구호단체에 편지를 보냈다. 구호단체에서는 일정액의 원조금을 슈바르츠 신부에게 보내왔다. 그는 그 돈으로 구호소를 꾸려 나갔고 가난한 임신부들과 미혼모들을 보살폈다. 전쟁이 끝난 후에도 슈바르츠 신부의 헌신적인 노력은 그치지 않았다.

슈바르츠 신부가 한국에서 지낸 지 그럭저럭 10년이 되어가던 1962년, 그의 미담이 조국 독일에 전해져서 미세레올이라는 원조 단체에서 상당한 기금을 보내왔다. 슈바르츠 신부는 그 돈으로 최첨단 의료시설을 갖춘 병원을 지어 이 지역의 가난하고 병든 사람들을 도우려고 하였다.

교구장 주교의 승인을 받아 병원 설립 계획은 착착 진행되었다. 그 즈음 독일에서 20대의 한 젊은이와 그의 아내가 슈바르츠 신부를 찾아왔다. 그들은 독일에 전해진 슈바르츠 신부의 미담을 듣고 감동을 받아 자신들도 가난한 이 나라에 봉사하기 위해 왔노라고 하였다. 슈바르츠 신부는 그 젊은 부부의 봉사정신에 감복하여 그들을 받아들였다. 그들이 바로 바텔 오페르트와 그의 아내 줄리엣이었다.

바텔 오페르트는 이발사였다. 그는 붙임성이 좋고 성격이 원만하여 낯선 이국의 사람들과도 스스럼없이 지냈다. 바텔은 낡은 판잣집이 뒤엉켜 있는 산동네를 돌아다니며 주민들의 머리를 깎았고 그의 아내 줄리엣은 슈바르츠 신부와 수녀들을 도와 구호소에서 일했다.

오페르트 부부는 대단히 성실했다. 그들은 날이 갈수록 슈바르츠 신부의 신임을 얻었다. 특히 바텔은 계산이 빠르고 영리하여 성당의 재정을 담당하기에는 적임자였다. 그는 남다른 수완을 발휘하여 성당의 재정을 늘였으며, 자연스럽게 병원 설립 계획에도 깊이 관여하게 되었다.

그러던 어느 날, 주교는 바텔이 들고 온 병원 설립 허가 신청서에 서명을 해주었다. 서류의 내용이야 그 동안 협의하여 온 것이라 자세히 들여다보지도 않았다. 주교는 부산시에 제출할 잡다한 서류에 쓰도록 재단의 직인과 증명도장까지 내주며 병원 설립 작업에 여념이 없는 바텔을 치하하기까지 하였다.

그런데 이게 어떻게 된 일인가! 병원 설립자금이 온데간데없어지고 재무 관리를 맡아보던 바텔마저도 잠적하고 만 것이었다. 주교와 슈바르츠 신부를 비롯한 카톨릭의 사제들은 백방으로 수소문하여 바텔의 행방을 찾았다. 몇 달 뒤 뜻밖에도 바텔은 슈바르츠 신부 앞에 스스로 모습을 드러냈다. 하지만 그는 이미 예전의 그가 아니었다. 표정이나 몸짓에서 옷차림까지 완전히 다른 사람이 되어 있었다. 성당의 재무를 성심껏 돌보고 산동네를 돌아다니며 가난한 사람들의 머리를 깎아주던 이발사 바텔은 교만하고 거만한 재산가로 탈바꿈해 있었다.

바텔은 슈바르츠 신부에게 이 지역에 필요한 것은 병원이 아니라 학교라고 역설했다. 그리고 이미 재단을 설립했으며 학교를 건립할 부지도 마련했다는 것이었다. 슈바르츠 신부는 아연실색했으나 일이 이렇게 되어 버린 이상 문제를 원만하게 해결하고자 했다. 그는 재단을 설립하고 학교를 건립할 재산은 교회의 것이니 돌려달라고 바텔을 타일렀다. 하지만 바텔은 억지를 부렸다. 그만큼 봉사했으니 이제 자기도 보상을 받을 때가 되었다는 것이었다. 그리고 서류상에는 아무런 하자가 없으며 미세레올에서도 자신을 사업의 대표로 인정했다는 것이었다. 그가 어떻게 머리를 굴렸는지 부산 교구장인 주교의 원조자금 집행 권한이 모두 바텔에게로 이양되어 있었다.

슈바르츠 신부는 부산시 당국의 도움을 받아 이 문제를 해결하려 했으나 그것도 쉬운 일이 아니었다. 정부의 관리들과 바텔 사이에 은밀한 뒷거래가 오간 듯 관리들은 모두 냉담한 태도만 취했다. 교회에서는 독일로 사람을 보내 미세레올 재단과 접촉을 시도하기도 했지만 일은 쉽게 해결되지가 않았다.

바텔에게 재무 관리를 일임한 것이 화근이었다. 주교와 슈바르츠 신부는 병원 설립 계획이 무산되고 신뢰하던 측근으로부터 뒤통수를 얻어맞은 배신감에 치를 떨었다. 하지만 곧 그들은 마음을 가라앉혔다. 주교는 자신의 경력에 큰 오점으로 남을 그 일에 대해 눈을 감아버렸으며, 슈바르츠 신부는 하나님의 뜻이 병원보다는 학교를 지으라는 것이었는지도 모른다고 자위하며 그냥 덮어두고 말았다.

"독일의 원조단체인 미세레올 재단에서는 병원도 좋고 학교도 좋지만 교회의 재산이 교구장의 관리에서 한 개인에 의해 집행된 것을 이유로 들어 공식적인 승인을 하지 않았어요. 슈바르츠 신부님은 이 문제를 해결하기 위하여 뮌헨 대학교에서 공부를 한 적이 있어 독일어에 능통하고 교회 사업에 대해서도 잘 아는 저를 독일로 보냈습니다. 저는 수년 전부터 이 문제를 해결하기 위해 여러 차례 독일을 드나들며 미세레올 재단과 접촉을 했지만 원만한 합의를 이루지 못했습니다. 이 일로 인해 앞으로 독일을 비롯한 유럽의 원조단체에서는 더 이상의 원조를 기대할 수 없게 되었습니다. 한국교회는 그들로부터 원조금 관리가 허술하다고 외면당한 것이지요."

이야기를 마친 젊은 사제는 품에서 담배를 꺼내 강림에게 한 개비를 건네고 자신도 하나를 입에 물었다. 담배에 불을 당긴 뒤 강림이 입을 열었다.

"참 어처구니가 없는 일이군요. 이 곳 교구청은 물론이고 독일의 그 원조단체마저 바텔이라는 작자의 술수에 놀아난 꼴이니…… 하지만 무슨 방법이 있었을 텐데요?"

"1960년대였으니까요. 정국이 어수선하던 때 아닙니까. 어떤

식으로든 독일의 원조금이 한국에 쓰인다는 사실에만 주목했지 그 자세한 내막에는 아무도 관심을 가지려 하지 않았을 겁니다. 그리고 종교단체와 외국원조단체, 외국인 등이 얽힌 사건이라 법적 시비를 가릴 형편도 못되었지요."

강림은 쓸쓸한 표정으로 끄덕였다.

젊은 사제는 피우던 담배를 다시 창 밖으로 던져 버렸다. 그 모습을 지켜보며 강림은 입가에 미소를 떠올렸다.

"결례가 되는 말씀인 줄은 압니다만 신부님께선 사제복보다는 군복이 더 어울릴 것 같다는 생각이 드는군요."

"그런 얘기는 많이 들었습니다. 오히려 사제복이 어울리는 건 강 소령님인 것 같습니다."

두 사람은 잠시 낮게 웃음소리를 흘렸다. 웃음소리가 잦아들자 젊은 사제가 다시 입을 열었다.

"사실 슈바르츠 신부님이 아니었다면 저는 이 땅에 태어나지도 못했을 겁니다. 그래서 그 분을 아버지처럼 따랐죠. 제가 하나님의 종이 된 것도 그 분을 닮고 싶었기 때문입니다. 물론 저는 슈바르츠 신부님의 발뒤꿈치도 따라가지 못하는 위인입니다만……."

두 사람 사이에 잠시 침묵이 흘렀다. 강림은 일어서서 창가로 다가갔다. 여전히 어둠이 짙게 깔려 있었고 대독 과학기술고등학교의 간판만이 밝게 빛을 발하고 있었다.

"그럼 저 학교의 재단 이사장은 여전히 그 바텔이라는 작자인가요?"

"그렇습니다. 재단이 설립된 게 1963년이고 학교가 생긴 게

1965년이니까 지금까지 17년 가까이 그 사람 혼자 이사장을 맡고 있는 셈이죠. 1년의 반은 독일에서, 나머지는 한국에서 생활하는 것으로 알고 있습니다."

"그의 아내는 어떻게 되었나요?"

"독일로 돌아갔다고 하더군요. 바텔이 교회 자금을 빼돌린 후 양심의 가책으로 한동안 바텔과 갈등이 잦았다는 이야기를 들었습니다."

"바텔에 대한 평판은 어떻습니까?"

"척박한 이 땅의 인재 양성을 위해 헌신적인 노력을 기울인 참된 교육자. 바텔을 늘 따라다니는 수식어죠. 슈바르츠 신부님에 대한 배신행위만 없었다면 저도 그렇게 믿었을 겁니다."

"방법이야 잘못되었지만, 이후로 훌륭한 교육자로 거듭났고 많은 인재를 길러냈다면 그나마 다행이군요."

"글쎄요."

"글쎄요라뇨?"

젊은 사제는 생각에 잠겼다. 강립은 그의 다음 말을 기다렸지만 젊은 사제는 좀처럼 입을 열 기색이 없었다. 강립은 궁금증을 이기지 못하고 물음을 던졌다.

"뭔가 석연치 않은 구석이 있나보군요?"

"글쎄요. 뭐라 확답을 하기는 어렵습니다만, 저 학교는 보통의 학교와는 다른 점이 있습니다."

"그야 그럴 수도 있겠죠. 외국인이 이사장으로 있는 학교니만큼 그 운영방식이나 교육방식도 남다를 수 있겠죠."

강립은 자신의 말이 불필요한 것인 줄 알면서도 대화의 고리를 계속 연결시키기 위해 말을 내뱉었다.

"그뿐만이 아닙니다. 슈바르츠 신부님을 돕기 위해 제가 개인적으로 조사해본 적이 있는데, 저 학교의 졸업생 가운데 행방이 묘연해진 사람들이 여럿 있다는 사실을 알아냈습니다. 그들은 모두 우수한 학생이었습니다. 바텔 재단의 지원하에 독일이나 일본, 프랑스 등지로 유학을 떠난 것으로 되어 있지만, 그 이후로 그들은 감쪽같이 사라져 버린 것입니다."

"그것 참 이상한 일이군요."

"조금 더 캐내면 뭔가 덜미를 잡을 수 있을 것 같았는데…… 휴우."

젊은 사제는 격앙된 감정을 가라앉히려는 듯 심호흡을 했다. 그는 성직자답지 않게 성질이 불같은 면이 있어 보였다. 하지만 강립에게는 오히려 그의 그러한 면이 더욱 친근하게 다가왔다.

"말해 무엇하겠습니까? 이제 저는 떠날 몸인 걸요."

"멀리 가시나 보죠?"

"네. 베트남으로 갈 겁니다. 거기서 하나님의 역사를 전파하고 어려운 처지에 놓여 있는 이들을 도와야죠."

"하지만 아직 그 곳은 입국이 불가능할 텐데요?"

"제3국을 통해서, 국제 선교단의 일원으로 참가하게 될 겁니다. 가능하다면 그 곳에 뼈를 묻을 생각입니다."

"훌륭하십니다. 두터운 신앙심이 아니고는 불가능한 일이지요."

"제게 신앙이 있는지는 모르겠습니다. 제가 비록 사제직에 몸을 담고는 있지만, 어쩌면 저는 제게 어울리지 않는 옷을 입고 있는 지도 모릅니다."

"역시 신부님은 다른 분들과 다른, 특별한 분이라는 생각이 드는군요."

어느덧 날이 밝아오고 있었다. 교육을 주관하는 수도원측의 사제들이 복도를 돌아다니며 기상을 알리는 종을 울렸다.

젊은 사제는 강림에게 손을 내밀며 악수를 청했다. 강림이 그 손을 맞잡았다.

"박성훈입니다. 소령님과의 인연은 이것으로 끝나지 않을 것 같은 예감이 드는군요. 다시 뵙게 되기를 희망하겠습니다."

"강림입니다. 저 역시 신부님을 다시 뵙게 되길 빌겠습니다."

박 신부가 먼저 복도로 나섰다. 복도에서는 교육생들의 무거운 발걸음 소리가 들려왔다. 강림도 기지개를 쭉 펴고 나서 복도로 나섰다. 교육생들은 수도원측 사제들의 인솔 하에 마냐니따(새벽)를 노래하며 긴 복도를 따라 조그만 성당 안으로 들어서고 있었다.

미사에는 그 지역의 유지들과 교육생들의 가족들이 자리를 같이했다. 미사 도중 한 백인 남자가 강림의 시선을 끌었다. 강림은 그가 바텔 오페르트임을 직감했다. 바텔은 은발의 중년으로 온화한 인상의 소유자였다. 은빛 콧수염 아래 얌전하게 다물어진 입술은 그가 과묵한 사람임을 느끼게 했다. 전혀 악의가 담겨 있지 않은 서글서글한 눈매도 상대방에게 호감을 주기에 충분했다. 박성훈 신부가 악의를 품고 엉뚱한 이야기를 지어낸 것이 아닐까 하는 생각이 들 정도로 바텔은 선량해 보였다. 강립은 미사를 드리며 주위를 둘러보았지만, 박성훈 신부의 모습은 찾을 수가 없었다. 새벽에 들은 이야기가 모두 꿈인 것처럼 느껴졌다. 그 날 오후, 강립을 비롯한 교육생들은 교육 수료를 기념하는 미사를 끝으로 해산했다.

강립은 군대로 복귀하고 난 뒤 곧바로 사직서를 제출하려 했으나 당시의 얼어붙은 정국과 군대 분위기는 그에게 기회를 제공하지 않았다. 그렇게 다시 몇 달간 시간을 끌며 기회를 노리고 있던 중 1980년 5월 전국에는 비상계엄령이 발동되었다. 광주에서는 무고한 시민들이 군인들의 총칼 아래 죽어가고 있다는 소문이 들려왔다. 강립은 스스로에 대한 모멸감을 견디지 못하고 결국 사직을 했다.

제3장 오페르트

1. 대독 과학기술고등학교

1990년 가을, 바텔은 독일로의 출국을 하루 앞두고 있었다. 이번 한국행에서도 아무런 소득을 얻을 수 없었다. 그의 가슴에는 선대로부터 전해져 온 이야기가 단지 전설에 불과할지도 모른다는 생각이 고개를 들기 시작했다.

바텔이 한국으로 들어온 지도 벌써 삼십 년이 가까워지고 있었다. 욕망을 이루겠다던 당시의 젊은이는 뜻밖에도 남의 나라 인재를 양성하는 교육자로 변해 있었다. 그는 이 인생의 아이러니에 대해 생각할 때마다 입가에 쓴웃음을 지어야 했다. 그는 만약 이삼 년 안으로 단서를 찾지 못한다면 한국에 있는 모든 재산을 처분하고 영원히 이 땅을 떠나리라고 마음먹고 있었다.

그가 깊은 생각에 빠져 있을 때 신호음이 울렸다. 송수화기를 들자 비서의 나긋나긋한 목소리가 흘러나왔다.

"일본에서 온 전화입니다."

"돌려."

일본에 보낸 김선자로부터 걸려온 전화였다. 그는 졸업생들 중에 우수한 학생들을 외국으로 유학을 보낸다는 명목 하에 프랑스와 일본 등지에 심어놓고 정보를 수집하고 있었다. 수화기에서 흘러나오는 음성에 귀를 기울이고 있던 바텔이 갑자기 깜짝 놀라며 몸을 일으켰다.

"내, 내 것과 비슷한 그림을 가진 사람이 일본에 있다고!? …그래, 그래. 그림 왼쪽 상단에 시가…… 틀림없어! 틀림없다고!"

바텔은 송수화기 너머에서 들려오는 말을 한 마디라도 놓칠세라 온 신경을 귀에 집중시켰다.

"우에다 도라노스께라…… 그래, 틀림없어! 드디어 우에다 가문이 베일을 벗고 세상에 모습을 드러낸 거라고!"

바텔의 말은 어느 새 독일어로 바뀌어 있었다. 뭐라고 몇 마디 더 덧붙인 뒤 그는 송수화기를 내려놓고 나서 커다란 홍분에 휩싸인 듯 몸을 부르르 떨었다. 그는 감격스러운 표정으로 창밖을 바라보다가 서랍을 열어 곱게 접힌 그림 한 장을 꺼냈다. 그림을 집어든 손이 가늘게 떨렸다. 그림은 태양이 떠오르고 있는 두 개의 산봉우리 사이로 나 있는 계곡을 따라 등짐을 진 세 사람이 산을 오르고 있는 모습을 그려둔 것이었다. 그림은 조금만 힘을 가하면 금세 부스러질 것처럼 낡아 있었다.

그가 물려받은 단서는 그 그림과 '강화도'라는 지명, 일본에 있다는 '우에다' 가문의 이야기가 전부였다. 지난 삼십 년 동안 강화도 전역을 뒤지며 그림에 나오는 것과 비슷한 지형을 찾아다녔지만 모두가 허사였다. 그리고 그림에 씌어 있는 글귀가 무엇을 뜻하는지조차 그는 알아내지 못했다.

> 태양을 향하고도 눈을 피하지 않는 자에게 길은 열릴 것이다
> 노을을 그리워하는 거북이의 눈, 비로소 문은 열리고
> 어둠을 밝히는 자의 머릿결을 해풍이 빗어 넘기리
> 대지의 중심을 향해 달려가는 마른 바다
> 치솟는 불기둥은 그대의 영광

그림에 적힌 한시(漢詩)에 대한 해석이 틀리지 않는다면 그런 내용이었다. 하지만 그 말이 뜻하는 바를 전혀 알 수가 없었다. 그림에 대한 믿음도, 전설을 실현하기 위한 욕망도 점점 사그라들고 있었다. 그런데 조금 전 일본에서 온 전화는 전설과 비밀에 대한 믿음을 포기할 수 없는 단서를 제공하는 것이었다. 일본에서 자신이 가지고 있는 그림과 비슷한 것이 발견된 것이다. 그림의 왼쪽 상단에 씌어진 한시도 일치했다. 그리고 무엇보다도 '우에다'라는 이름. 그가 전해들은 이야기 속에도 우에다가 등장하지 않았던가! 그렇다면 전설은 전혀 터무니없는 옛날 이야기가 아닐 수도 있다는 생각이 바텔의 머리를 스쳤다.

'그림을 가지고 있다는 우에다 교수를 만나면 뭔가 단서를 찾을 수 있을지도 모른다.'

그는 즉시 비서에게 일본으로 가는 비행편을 예약하도록 지시

했다.

그는 그림을 들여다보며 전설의 실체와 조우하게 될 순간을 머릿속으로 떠올렸다. 가슴이 부풀어오르며 몸이 떨렸다.

'똑똑똑.'

그는 허둥지둥 그림을 서랍 속에 숨기고는 서랍을 잠갔다.

"들어와."

이사장실의 업무를 보는 비서였다.

"내일 오전 10시 비행기로 예약을 해두었습니다."

"수고했네."

비서를 올려다보는 바텔 오페르트의 눈가에 욕망이 번들거렸다. 온화해 보이던 그의 표정이 순간 일그러지며 입가에 음흉한 미소가 번지기 시작했다.

2. 에르네스트 오페르트

에르네스트 오페르트는 독일 사람으로 동양과 유럽을 무대로 무역을 하는 세계적인 거상이었다. 그는 인도와 청국을 거쳐 일본에까지 진출하였으며 조총과 대포, 선박을 팔고, 황금과 비단, 약재 그리고 각종 보물을 가져다가 유럽에 팔아 엄청난 부를 거머쥐었다. 그는 재력을 바탕으로 독일 정부의 지원 아래 해외 주둔군의 장교들과 외교관들을 부하처럼 거느렸고 현지에서 선교 활동을 하는 성직자들까지도 통역관으로 수행하게 하였다.

1865년 겨울, 오페르트와 그의 선단은 일본에 머물며 차(茶)와 다기(茶器)를 싣고 있는 중이었다. 그것들을 유럽으로 가지고 가서 동양의 신비로 약간의 색채를 더하면 차와 다기는 우수한 상품으로 탈바꿈할 것이고 많은 이윤을 남길 수 있을 것이었다.

상품의 선적이 끝나고 출항을 며칠 앞둔 어느 날, 낭인 행색의 한 일본인이 오페르트를 찾아왔다. 그 일본인은 오페르트에게 자신이 일본 후쿠이현의 우에다 가(家)에서 집사장 노릇을 하던 사람으로 우에다 가문 대대로 전해 내려오는 비밀을 염탐한 죄로 쫓기는 중이라고 털어놓았다. 그 집사의 말에 의하면 우에다 가는 베일에 싸인 신비로운 가문이었다.

우에다 가는 일본 내에서 그 세력이 크지 않은 가문이었지만, 대대로 천황의 비호를 받고 있어서 어느 누구도 함부로 대할 수 없는 권위를 누리고 있었다. 우에다 가문의 사람들은 자신의 영토 내에만 거주하며 외부에 자신들이 노출되는 것을 꺼렸다. 그리고 그들은 가문에 아들이 태어나면 더 이상의 출산을 하지 않았다. 정계나 군에 진출하지 않아서 크게 이름을 떨치진 않았지만 우에다 가의 영주들은 대대로 범상치 않은 인물들이었으며 그들은 후쿠이현의 주민들로부터 두터운 신망을 얻고 있었다.

우에다 가의 적자(嫡子)에게는 '칠성검법'이라는 독특한 무예가 전수되었다. 그 검법에 대해 세상에 알려진 바는 없었다. 아무리 뛰어난 고수라도 칠합을 견디기 어렵다는 소문만 나돌 뿐이었다. 수많은 무사들의 도전에도 불구하고 우에다 가의 적자가 단한 번도 패배한 적이 없다는 사실만으로도 칠성검법의 위력은 입증되고도 남는 것이었다.

　이 비밀스러운 가문에 대해 사람들이 호기심을 품는 것은 당연한 일이었다. 더군다나 우에다 가의 성 안에는 가문의 적자인 영주만이 출입할 수 있는 방이 있어서 사람들의 호기심을 더욱 부추겼다. 그러던 중 집안 대대로 우에다 가의 집사 노릇을 하던 이에 의해 우에다 가의 비밀이 노출되고 만 것이다. 비밀의 방에서 우에다 가의 가사(家史)가 적힌 책을 훔쳐본 집사는 그 엄청난 비밀의 무게에 지레 겁을 먹고 곧장 달아나고 말았다. 우에다 가의 비밀을 훔쳐본 집사는 신변에 위협을 느껴 낭인 행색을 하고 숨어 지내다가 때마침 일본을 찾아온 오페르트에게 자신의 목숨을 의탁하려는 것이었다.

　"제가 이제부터 들려 드리려는 이야기는 한 왕조를 탄생시키고 오백 년 동안이나 그 왕조를 존속할 수 있게 할 만큼 어마어마한 양의 황금에 관한 이야깁니다."

　그때까지만 해도 시큰둥한 표정으로 통역관의 말에 귀를 기울이고 있던 오페르트의 눈빛이 달라지기 시작했다.

　"조선의 왕조에는 극소수의 왕족에게만 전해지는 왕가의 비밀이 있습니다. 조선에는 캐도 캐도 끝이 없는 황금이 묻혀 있는 보물산이 있는데, 왕족들은 그 황금으로 왕권을 쥘 수 있었습니다. 그리고 왕조에 위협이 닥칠 때마다 황금으로 위기를 모면했던 것입니다."

　오페르트는 그때까지만 해도 조선이라는 반도 국가에 큰 관심을 두지 않았다. 대원군의 쇄국정책으로 접근이 어려운 탓도 있었지만, 저 작은 나라에서 무슨 이득을 볼 수 있겠는가 하는 생각이 조선을 눈여겨보지 않은 가장 큰 이유였다. 하지만 이 초라한 행색의 일본인 말이 사실이라면 조선은 자기 인생 최대의 사업을 벌일 수 있는 나라라는 계산이 탐욕스러운 무역상의 뇌리를 스치고 지나갔다.

"그 정도의 황금이 있었다면 지금쯤 조선은 대단히 강력한 국가가 되었어야 하지 않는가? 저렇게 작고 볼품없는 나라에 그런 보물산이 있다니, 괜한 허풍 떨지 말게."

"자세한 사정이야 저도 알 수 없는 노릇입니다만, 조선을 가볍게 생각해서는 안됩니다. 그들은 수많은 외침에도 불구하고 자기들의 민족성을 굳건하게 지켜낸 민족입니다. 우리 일본도 조선을 정복하기 위해 7년 동안이나 전쟁을 벌였습니다만 그들을 정복하진 못했습니다. 게다가 고대와 중세에 조선에서 전해진 선진문물 덕분에 일본은 발전을 이룰 수 있었습니다."

통역관이 전하는 말을 듣고 난 뒤 오페르트는 지그시 눈을 감은 채 깊은 생각에 잠겼다. 그는 말의 앞뒤를 따져가며 우에다 가의 집사가 전하는 이야기의 사실여부를 판가름하는 중이었다. 눈을 뜬 오페르트는 곁눈으로 그를 약간 흘겨보며 물었다.

"그런데 왜 그러한 비밀이 우에다라는 일본가문에 전해진 것일까? 내가 알기로는 조선과 일본은 긴 세월 동안 서로 적대관계에 놓여 있었다고 들었는데. 그 우에다라는 작자 말야, 괜히 누가 지어낸 이야기 따위를 적어놓은 책을 사실로 믿고 자기네의 가보로 믿고 있었던 거 아닌가?"

통역관의 말을 전해들은 낭인 행색의 일본인은 갑자기 눈가에 힘을 주고 오페르트를 쳐다보며 말을 내뱉었다.

"이 자리에서는 우에다 님의 가문에 조선인의 피가 흐르고 있다는 사실만 말씀드리겠소. 그리고 오페르트 회장님, 우리 집안은 대대로 우에다 가문을 모셔왔소. 내 비록 지금 배신자의 신세가 되고 말았지만 나의 주인을 함부로 얘기하지 마시오. 우에다 님은 결코 허무맹랑한 이야기에 귀를 기울이는 분이 아니며 그 책이 가짜라면 진작에 알아보았을 것이오."

일본인은 분이 삭지 않는 듯 거칠게 숨을 내쉬었다. 한 동안 그 모습을 지켜보고 있던 오페르트는 입가에 엷은 웃음을 띠었다.

"그렇다면 그 책에 보물산의 위치가 어디인지도 나와 있던가? 조선이 아무리 좁은 나라라고 해도 그 땅을 다 파헤칠 순 없지 않겠나?"

"더 이상은 말하지 않겠습니다. 이 일본 땅을 벗어나서 안전이 보장되고, 회장님께서 제게 살 길을 마련해 주신다면 그때 가서 나머지를 이야기하도록 하겠습니다."

오페르트는 그 일본인의 말을 전적으로 믿지는 않았다. 하지만 황금과 관련된 이야기였기에 호기심이 동하지 않을 수는 없었다. 그는 우선 통역관에게 함구하도록 명령하고 독일인 선원 중에서 힘깨나 쓰게 생긴 두 사람을 붙여 그 일본인을 보호하도록 조치했다.

다음 날 아침 뜻밖의 사건이 벌어졌다. 그 낭인 행색의 일본인이 죽은 것이다. 그는 예리한 검에 몸통이 반으로 잘려 죽어 있었다. 그를 보호하던 독일인들은 외상은 없었으나 몸을 제대로 가누지 못했으며 간밤의 일에 대해 전혀 기억을 하지 못했다.

이 사건으로 인해 오페르트는 그 일본인의 말이 사실인지도 모른다는 생각을 하게 되었다. 오페르트는 출항 일정을 늦추고 후쿠이현으로 사람을 보내 우에다 가문에 대해 알아오도록 시켰다.

며칠 뒤에 돌아온 정탐꾼들은 놀라운 소식을 가지고 왔다. 우에다 가문의 영주와 그의 가족들이 갑자기 자취를 감추었다는 것이다. 영주는 재산을 자기 식솔들에게 나누어주고 자기 소유였던 땅과 염전을 그 일대의 주민들에게 양도한다는 서신 한 장만 달랑 남겼다고 했다. 후쿠이의 주민들은 뜻밖의 재산을 갖게 되었지만 영주 가족의 안위가 걱정되어 함부로 좋아하지도 못하고 있다고 정탐꾼들은 전했다.

가문의 오랜 비밀이 노출된 것, 그 비밀을 발설할 수 있는 자가 피살된 것, 그리고 비밀을 보전하고 있던 이들의 갑작스런 증발. 거기에는 분명 가볍게 넘길 수 없는 엄청난 일이 숨겨져 있음을 오페르트는 직감했다.

오페르트의 무역선단이 일본을 떠난 며칠 뒤 시모노세키 항구에는 한 백인 남자의 시신이 떠 밀려왔다. 그 백인 남자는 오페르트의 통역관이었다.

3. 조선으로의 잠입

오페르트는 조선에 대한 정보와 자료를 수집하기 시작했다. 그는 자신이 수집한 정보와 자료를 토대로 차근차근 조선에 대해 연구했다.

오페르트는 조선에 대해 알아나가면 알아나갈수록 조선 민족의 우수성과 창의성에 대해 감탄하지 않을 수가 없었다. 특히 쿠텐베르크보다 200년이나 앞서서 금속활자를 발명해냈다는 사실을 알고는 자신이 왜 그토록 조선이라는 나라에 대해 무지했던가 하는 심한 자책감을 가질 정도였다. 그리고 이렇게 우수한 두뇌를 가진 민족이 왜 지금껏 세계역사에 두각을 나타내지 않았던가 하는 의문이 꼬리를 물었다. 조선에 대한 경외감이 커질수록 보물산의 실체도 더욱 선명하게 다가오는 듯했다. 진작에 그 낭인 행색의 일본인 말을 믿고 그를 잘 구슬렸다면 어렵지 않게 보물산을 손에 넣었을 거라는 아쉬움 때문에 그는 밤잠을 이루지 못했다.

오페르트는 조선족이 많이 살고 있는 일본의 도토리현으로 사람을 보내 보물산에 대한 정보를 수집하도록 했다. 도토리현은 한반도에서 배를 띄우면 물살과 바람에 의해 저절로 가 닿을 수 있는 곳이었다. 그래서 그 곳은 한반도에서 역적으로 몰린 이들이 최후로 선택하는 도피처였고, 그런 만큼 한반도 왕가의 핏줄이 많았다. 그런데 의외로 도토리현의 조선족들은 아무렇지도 않게 보물산에 대한 이야기를 떠들어댔다. 보물산에 대한 이야기는 이미 민간에 널리 알려져 있던 것이다. 하지만 조선인들은 그 보물산이 실체하지 않는, 단지 소문일 뿐이라고 생각하고 있었다. 왕조의 탄생에는 으레 신화나 설화가 따르기 마련이기 때문이었다.

하지만 오페르트는 집념이 강한 사람이었다. 그는 자신의 천부적인 예감을 믿었다. 요 며칠 동안 겪은 사건 속에서 그는 황금의 냄새를 맡았던 것이다. 그에게 보물산은 이미 소문 속에만 떠도는 상상의 산이 아니었다. 그는 조선 사람들이 단지 풍문으로 여기고 대수롭지 않게 생각하는 보물산에 대한 이야기를 하나도 빼놓지 않고 수집했다.

보물산은 지금까지 구전으로만 전해올 뿐 실체를 본 사람은 단한 명도 없다, 그 보물산을 파헤치는 날에는 온 나라가 엄청난 재앙에 덮이고 말 것이다, 그래서 보물산은 죽음을 뜻하는 '검은산'이라는 이름으로 더 많이 불린다, 검은산은 해가 떠오르는 동쪽에 있다, 아니다, 해가 지는 서쪽에 있다, 검은산에 대한 이야기는 어떤 재담꾼이 만들어낸 허위이다, 아니다, 그렇다면 어떻게 이씨들이 왕권을 쥘 수 있었겠는가, 그거야 고려의 국운이 다해 조선이 건국된 것이지 그게 황금이랑 무슨 상관이 있느냐 등등. 조선사람들 사이에서도 검은산은 수많은 억측과 추측을 야기하고 있었다. 그 이야기의 대부분은 신빙성이 없는 것들이었지만, 오페르트는 하나도 놓치지 않았다. 그는 아무리 하찮은 이야기라 할지라도, 또 구전되는 동안 수많은 변형과 가감이 생겼다 할지라도 그 속에는 반드시 진실에 접근하는 단서가 숨겨져 있을 것이라고 믿었다.

오페르트는 검은산이 갑자기 나타나지는 않았을 것이라고 생각했다. 적어도 조선의 삼국시대부터 검은산은 권력자들의 든든한 금전적 배경으로 이용되었을 것이라고 믿었다. 그렇다면 황금산을 지키기 위한 방어망이 갖추어져 있을 것이다. 예를 들면, 성(城) 같은 것. 해가 뜨는 곳 아니면 지는 곳이니 동해와 황해에 있는 산성을 조사하면 될 것이다! 그는 급히 서둘러 베이징으로 향했다. 청국에 와 있는 독일 외교관들과 군인들을 통해서 그는 필요한 정보를 수집하기 시작했다.

그들을 통해 수집한 자료에 따르면 바닷가에 위치한 산성은 그리 많지 않았다. 동해에 있는 몇 군데 산성은 관심을 가질 만한 곳이 못되었다. 그런데 서해에는 강화도라는 섬이 있었다. 강화도에는 전시에 임금이 피난하는 행궁이 있었으며, 섬의 북쪽 바닷가와 면한 산봉우리에는 강화산성이 있고 남쪽 바닷가 산봉우리에는 정족산성이 있었다. 그리고 내륙에서 한강을 타고 강화도에 이르는 관문에 문주산성이, 다시 내륙의 한강변에 행주산성이 위치하고 있었다. 오페르트는 이 곳이야말로 검은산이 있는 곳이라고 확신했다.

에르네스트 오페르트는 강화산성과 정족산성에 대해 더 많은 자료가 필요했지만 베이징에서 지도와 문서를 뒤지는 것만으로는 성에 차지 않았다. 그는 직접 강화도로 가서 답사를 해야겠다고 마음먹었다.

그러나 조선인들은 외국인, 특히 서양사람들을 짐승처럼 피하고 상종을 하려 하지 않았다. 서양의 여러 나라에서 장삿길을 뚫어보려고 온갖 방법을 동원했지만 대원군이 세운 쇄국의 담을 넘을 수는 없었다.

오페르트는 궁리 끝에 중국인으로 가장하고 중국인 상인 무리에 섞여 1866년 4월 강화도에 잠입하는 데 성공했다. 그는 그 곳 민가를 돌며 비단을 싸게 풀어 호감을 사고 며칠을 묵으면서 자료를 수집하였다. 이 곳의 옛날 지명이 무엇이었느냐, 검은산이라고 들어봤느냐. 혹시 이 근처에서 금이 발견된 적은 없느냐……. 하지만 되돌아오는 대답은 그가 이미 알고 있던 이야기에서 크게 벗어나지 않는 것들이었다.

강화도에 오래 머물 수 없는 처지여서 오페르트는 마음이 조급했다. 그래서 그는 시간을 벌기 위해 자신을 독일 정부를 대표하는 인물로 사칭하고는 강화 유수를 찾아가 통상을 요구했다. 그러나 강화 유수는 오페르트를 프랑스의 밀정꾼으로 보고 옥에 가두려고 하였다. 곤경에 처한 오페르트는 유수에게 중국의 비단과 약재 등을 뇌물로 주고 겨우 풀려났다. 혼이 난 그는 그 길로 중국으로 돌아갔다. 그는 황금에 대한 미련이 컸지만, 먼 훗날을 기약할 수밖에 없었다. 오페르트는 아쉬움을 뒤로한 채 비단과 향료, 약재 등을 배에 싣고 본국으로 떠나려고 하였다. 그때 베이징 외교가에서는 프랑사 공사 대리 드 벨로네가 1866년 7월 13일 공친왕(청나라의 황족)에게 편지를 보내 조선에 선전포고를 하였다는 소문이 나돌았다.

프랑스는 다른 유럽 열강들과는 달리 유독 조선에 대해 눈독을 들였다. 26년 전인 1840년에 중국 주재 인도-프랑스 함대 세실 해군 소장이 세 척의 군함을 이끌고 외연도에 들어가서 통상 외교를 강요하는 서한을 남겼고, 이듬해 라피에르 대령이 군함 두 척을 이끌고 세실 제독의 서한에 대한 답신을 받으러 조선 해역으로 들어갔다가 태풍에 밀려 고군산도에서 좌초되는 바람에 되돌아간 적이 있었다. 이번에는 프랑스의 극동함대 사령관인 로즈 제독이 중국과 일본 근해에 원정 중인 모든 프랑스 군함들을 끌어모아 조선으로 출병할 것이라는 소문이 나돌고 있었다.

오페르트는 의문에 잠겼다. 왜 프랑스인들이 별로 얻을 것도 없는 가난한 조선 땅에 관심을 갖는 것일까? 생각에 생각을 거듭한 끝에 오페르트는 어쩌면 프랑스인들이 자신보다 먼저 보물산에 대한 정보를 입수했던 것이 아닐까 하는 의혹을 품었다. 그래서 지구 동쪽 땅 끄트머리의 조그만 반도 조선에 그토록 애착을 가진 것인지도. 프랑스군의 의중을 꿰뚫을 수는 없었지만 오페르트는 조선에 대한 프랑스 함대의 선전포고가 어쩌면 자신에게 유리하게 작용할지도 모른다고 생각했다.

그는 무역선단의 출항 일정을 조금 늦추고 프랑스 함대가 집결해 있는 즈푸로 갔다. 즈푸는 중국 산둥 반도 북쪽 끝에 위치한 군항으로서 당시 프랑스 함대가 기지로 쓰고 있었다. 오페르트는 항구가 내려다보이는 언덕으로 올라갔다. 그 곳에는 많은 사람들이 모여 프랑스 함대가 연출하는 장관을 구경하고 있었다. 그 틈에는 조선인으로 보이는 이들도 더러 있었다. 그들은 얘기를 주고받으며 불안한 표정들을 짓고 있었다.

항구에는 수많은 프랑스 병사들이 분주히 움직이고 있었고, 바다에는 거대한 군함들이 떠 있었다. 일본과 인도 등지에서 집결한 게리에르호, 프리모게호, 타르디프호, 데룰레드호, 라플라스호, 르브르통호, 겡장호, 미라주호 등은 대륙을 집어삼킬 듯한 당당한 기세로 진을 형성하고 있었다.

오페르트는 추진기가 달린 범선인 게리에르호로 찾아가서 지휘관과의 면담을 신청했다. 함장 올리비에 대령의 부관인 리모 중위가 그의 신분, 이름, 직업, 용무 따위를 세세하게 물었다. 오페르트는 예를 갖추는 동시에 품위를 잃지 않으려 노력하면서 리모 중위의 물음에 충실히 답변을 했다. 잠시 뒤 오페르트는 함장실로 안내되었다. 함장 올리비에는 약간 과장된 동작을 취하며 오페르트를 맞았다.

"오페르트 회장님, 어서 오십시오. 저 같은 일개 군인을 다 찾으시고, 어쩐 일이십니까?"

"함장님, 처음 뵙겠습니다. 이렇게 불쑥 찾아 와서 죄송합니다."

"전부터 오페르트 회장님 얘기는 많이 들었습니다. 국제 무역의 일인자를 여기서 뵙게 되다니 참으로 반갑습니다."

"저도 대프랑스국의 고명하신 올리비에 함장님을 만나 뵈니 영광입니다. 긴히 부탁 말씀을 드리려고 이렇게 왔습니다."

"말씀하십시오. 저도 찾아오신 일이 무엇인지 궁금합니다."

"프랑스 함대가 조선에 출병한다는 소문을 들었습니다. 그게 사실이라면 제가 보급 물자를 지원해 드리고 싶습니다."

"베이징에 있는 프랑스 공사 대리 드 벨로네가 조선에 대하여 선전 포고를 하였으니 소문이 퍼졌을 겁니다. 그런데 어떤 의도로 보급 물자를 지원하겠다는 겁니까? 계산에 능통한 분이시니 뭔가 조건이 있을 듯한데요."

오페르트는 조금 속이 뒤틀렸다. 상인에게 '계산에 빠르다'는 말은 칭찬이자 동시에 비난이기도 했던 것이다. 하지만 그는 어떠한 표정의 변화도 없이 계속 말을 이었다.

"프랑스 함대를 타고 조선 원정에 참전하고 싶기 때문입니다. 저는 전투에 참여한 경험이 없기 때문에 전장에 참여한 젊은 용사들의 무용담을 들을 때면 그들이 무척 부러웠습니다. 더군다나 조선은 은둔의 나라라 이런 기회가 아니면 발도 붙이기 힘들지 않겠습니까. 안개 속에 가려진 신비의 나라……."

"회장님, 우리는 조선에 유람하러 가는 것이 아닙니다. 그리고 전쟁이란 경험도 없는 작자들이 자기 멋대로 지껄여 놓은 소설 나부랭이에 나오는 것처럼 그렇게 낭만적인 것도 아닙니다. 피아간에 죽고 죽이러 가는 것입니다. 목숨이 위험한 상황에 놓일 수도 있습니다. 그래도 호기심을 충족시키려 참전하시겠다는 말씀입니까?"

"꼭 참전하고 싶습니다. 함장님께서 꼭 허락해 주시길 바랍니다."

함장은 잠시 생각에 잠긴 채 자신의 턱을 쓰다듬었다. 그러다가 조금 비굴한 눈빛으로 오페르트의 목 언저리를 살피며 입을 열었다.

"그런데…… 좀전에 말씀하신…… 보급품이라는 건 뭐지요?"

오페르트는 투자가로서의 자세가 되살아나 목소리에 힘을 실었다.

"이번 조선 원정에 몇 명의 병사가 출전합니까?"

"오페르트 회장님, 나더러 군사기밀을 말하라는 겁니까! 질문이 너무 뜻밖입니다."

또 다시 저울의 추가 함장에게로 기울었다. 두 사람은 팽팽한 신경전을 벌이며 서로를 탐색하는 중이었다.

"실례했습니다. 제가 질문한 취지는 전쟁 물자를 대려면 군사 규모와 원정 일수를 알아야 제대로 보급품을 조달할 수 있을 것 같아서 그랬습니다."

"듣고 보니 그렇기도 합니다. 그러나 그것은 누설할 수 없는 비밀입니다. 양해하여 주시면 고맙겠습니다."

"물론 함장님 말씀을 이해합니다. 보급품은 고기와 물, 야채를 대겠습니다. 병사 200명이 한 달 동안 먹을 수 있는 분량을 제공하겠습니다."

올리비에 대령의 눈이 휘둥그레지면서 얼굴에 웃음이 피어올랐다.

"아니 그렇게 많은 물량을요! 너무나 뜻밖입니다. 제 상관인 로즈 제독님께 보고를 드리겠습니다. 내일 다시 한 번 오시기 바랍니다."

오페르트는 항구를 빠져나오면서 너무 성급한 제안을 해서 손해를 본 것은 아닐까 하는 생각에 그다지 마음이 개운치 않았다. 하지만 그는 자신이 이미 어떤 보이지 않는 운명의 그물에 걸려들었음을 깨달았다. 그 운명의 악력이 깊이 느껴질수록 보물산은 한층 더 선명하게 다가왔다.

그는 무역선단이 정박해 있는 천진항으로 사람을 보내서 자신은 급한 일 때문에 중국에 남겠으니 유럽에 가서 물건을 넘기고 암스테르담에서 다음 지시를 기다리라고 전했다.

오페르트는 다음 날 즈푸항의 사무실에서 로즈 제독을 만날 수 있었다.

"로즈 제독님, 반갑습니다. 이렇게 만나 뵙게 되어 영광입니다."

"천만의 말씀이십니다. 오페르트 회장님처럼 고명한 분을 만나 뵙게 되어 오히려 제가 더 영광입니다."

프랑스 함대 사령관 로즈 제독은 귀족풍의 점잖은 신사였다. 출전을 앞둔 군인이라기보다는 장원의 영주처럼 몸짓이 여유로웠다. 오페르트는 제독의 품위와 위엄 앞에서 잔뜩 주눅이 들고 말았다. 사실 오페르트는 중인 계급의 가계를 타고났기 때문에 귀족을 대할 때면 자기도 모르게 위축되고는 했다. 그가 악착같이 부에 탐닉한 것도 그러한 콤플렉스를 재물로 만회하고자 하는 욕구에서 비롯된 것이었다.

"제독님, 조선 원정을 하신다기에 저도 종군하고 싶어서 간청을 드립니다. 제가 할 수 있는 일은 다 할 테니, 제발 저도 그 원정의 여정에 참가하도록 선처하여 주십시오."

오페르트는 올리비에 대령을 대할 때보다 한층 더 비굴해진 자신의 말투와 몸짓을 스스로 깨달으며 심한 모멸감에 사로잡혔다.

"사실 조선의 야만인들을 응징하는 일이 우리 프랑스만의 문제는 아니지요. 그들은 우리의 프랑스 주교님 세 분과 신부님 일곱 분을 살해했어요. 하나님의 뜻을 거스른 그들의 야만 행위는 믿음을 지닌 모든 신앙인들을 적으로 만든 어리석은 짓이었어요."

"참으로 끔찍한 일입니다. 조선인은 아직 개화하지 못해 그런 끔찍한 일을 저지르고도 잘못을 뉘우칠 줄 모르니 더욱 안타까운 일입니다. 이번에 제독님께서 그 모든 일들에 대한 배상을 받아내시고 그들을 깨우쳐 프랑스 제국의 위대함을 내보이시어 하나님의 역사를 바로 세우리라 믿습니다."

"하하하. 오페르트 회장님 같은 분께서 이토록 지원을 해주시니 반드시 그 뜻이 이루어지겠지요."

로즈 제독은 기분이 좋은 듯 만면에 웃음을 머금었다. 그때 보좌관이 들어와 만찬이 준비되었다고 알려왔다. 로즈 제독은 손수 오페르트를 만찬이 준비된 장소로 안내하였다.

4. 조선의 신비

만찬은 주로 제독을 비롯한 상급장교들이 대화를 주도하는 가운데 진행되었다. 오페르트는 그들의 대화에 끼여들지 못해 자리가 불편했다. 식사를 마친 뒤 제독은 비로소 오페르트에게 말을 걸었다.

"올리비에 대령에게 대충 이야기는 들었습니다만, 설마 그게 다는 아니겠죠? 조선 원정에 참가하는 의도가……."

오페르트는 냅킨으로 입술을 훔친 뒤 일부러 장사꾼 특유의 음흉한 표정을 지어 보였다. 일이 이만큼 진행되었으니 앞으로는 연막을 치지 않겠다는 의사를 상대방에게 내보이기 위한 것이었다.

"제가 조선에 들어가려는 이유는 보물 때문입니다."

"보물이라고요! 조선 땅에 오페르트 회장님의 구미를 당길 만한 보물이 있다니, 참 궁금합니다. 그 보물이라는 거 구하거든 저도 좀 나누어 가집시다."

로즈 제독의 말에 장교들은 웃음을 터뜨렸다. 오페르트도 제독의 비위를 맞추기 위해 호탕하게 한 번 웃어젖혔다. 좌중의 웃음이 잦아들자 오페르트는 입을 열었다.

"제가 알기로 조선에는 질 좋은 비단과 인삼, 금부처 등이 많이 있다고 들었습니다. 하지만 뭐니뭐니해도 보물 중의 보물은 그 뿌리가 어린아이 크기만한 산삼인데, 조선 사람들은 그 산삼을 '동삼'이라고 부른다고 하더군요. 그 동삼만 구해 먹으면 늙은이도 젊어지고 불로장수할 수 있다고 들었습니다. 2천 년 전 중국 진시황이 이 동삼을 구하려고 조선 땅에 방사(方士)들을 보냈다고도 하더군요."

"하지만 진시황은 결국 죽지 않았습니까?"

"물론 진시황은 죽었습니다. 동삼을 구하지 못한 것이지요. 동삼은 분명 산에서 자라는 산삼의 일종이기는 하지만 이름 그대로 움직이는〔動〕삼입니다. 멀리서 보면 산삼이었는데 가까이 가보면 다른 풀잎으로 변해 있기도 하고, 어떨 때는 동자로 둔갑하기도 하고, 또 어떨 때는 무서운 뱀으로 변하여 사람들을 쫓아버린다고 합니다."

"그렇다면 동삼을 캐낸 사람은 아무도 없겠는데요?"

"글쎄요. 사실 동삼은 전설 속에나 등장하는 신비의 약초인지도 모릅니다. 하지만 그에 못지 않은 산삼은 더러 발견되는 경우가 있다고 하니 그거라도 한 번 구해봐야지요."

"산삼이라……."

"산삼은 '심마니'라고 하는 전문 약초꾼들에 의해 발견되는데, 그들은 입산하기 7일 전부터 몸과 마음을 깨끗이 하고 고기는 멀리하며 매일 하늘에 치성을 올린다고 합니다. 그러면 꿈에 산신이 나타나서 산삼이 있는 장소를 점지하여 준다고 하니 참 신기한 일이지요. 산삼이 얼마나 귀한 약초인가 하면 평생 한두 뿌리만 캐도 팔자를 고칠 수 있을 정도라고 합니다."

"그러면 조선에는 불노불사하는 사람들이 많겠는데요?"

"그래서 삼천갑자 동박삭이라는 말이 생겼지요."

"삼천갑자 동방삭이라뇨? 그건 또 뭡니까?"

로즈 제독은 점점 더 오페르트의 이야기에 빠져들고 있었다. 로즈 제독뿐만이 아니라 만찬에 참석한 모든 장교들이 상체를 테이블 쪽으로 바짝 끌어당긴 채 그의 이야기에 몰두하고 있었다.

"동양 사람들은 60년을 1갑자라고 합니다. 그러니까 3000갑자면, 60년 곱하기 3000이니까…… 18만 년을 뜻합니다. 삼천갑자 동박삭이란 바로 18만년을 사는 존재들을 가리키는 것이지요."

"도대체 무슨 말인지 황당해서 알아들을 수가 없네요."

"그러실 겁니다. 무척 황당한 이야기지요. 그렇지만 신비로운 것은 사실입니다. 조선에 가면 한양에 탄천이라는 개울이 흐른다고 합니다. 강물에 숯가루를 풀어서 강물이 까맣다는 것이지요.

이 탄천은 저승사자들이 동방삭이들을 가려내고 저승으로 잡아가는 낚시터라는 말이 있습니다."

"까만 강물에 낚시터라니…… 점점 더 알아듣기 힘든 말만 하십니다그려."

"동방삭이들이 2갑자를 넘게 살면 그때부터는 신처럼 변해서 형체가 보이지 않게 된다고 합니다. 그러니 동방삭이들이 태어날 때 정해진 수명이 다하여 저승사자들이 잡아가려고 해도 도대체 눈에 보이지 않아서 잡아갈 수가 없는 거지요. 그래서 반도의 남쪽 한양에 낚시터를 만들어놓았다는 겁니다. 동방삭이가 세상 구경을 하고 돌아다니다가 탄천을 건널 때 바짓가랑이에 검은 물이 들어 아랫도리가 드러나면, 바로 이때 저승사자는 때를 놓치지 않고 잡아가는 것이지요."

"그것 참 재미있군요!"

장교들은 박수를 치며 좋아했다. 오페르트는 자신의 이야기가 좌중의 관심을 끌어서 기분이 좋았다. 그는 자칫하다가 감정이 격앙되어 검은산에 대한 이야기를 떠들어대게 될까봐 호흡을 가다듬으며 감정을 추슬렀다.

"도대체 오페르트 회장님께선 어디서 그런 이야기를 들으셨습니까? 장사에만 소질이 있으신 줄 알았는데 견문도 대단히 넓으신 모양입니다."

오페르트는 로즈 제독의 칭찬에 어깨가 으쓱했다.

"세상을 돌아다니다 보면 여기저기서 주워듣는 이야기가 많아지는 법입니다."

"그럼 회장님께선 산삼을 구해서 동방삭이가 되려고 하시는 거군요."

로즈 제독의 농담에 장교들은 또 한 번 웃음을 터뜨렸다.

"제독님께서 재미있게 들어주시니 다행입니다. 동삼이나 산삼 외에도 제 관심을 끄는 것들은 많이 있습니다. 조선인들의 정신세계가 담긴 왕궁의 서적이나 역사서적, 의학서적 등도 귀한 보물이 될 수 있겠지요. 특히 이번 기회에 도술이나 축지법에 관한 연구도 했으면 좋겠습니다."

"회장님께선 지적 욕구 또한 대단하시군요. 그런데 방금 말씀하신 도술과 축지법이라는 건 또 무엇입니까?"

"일본에서 재미있는 이야기를 들은 게 있어서 이 자리에서 들려드리겠습니다. 300여 년 전에 조선의 금강산에 있던 사명대사라는 유명한 고승이 조선과 일본의 전쟁이 끝나갈 무렵 사신으로 일본에 간 적이 있었습니다. 조선을 침략한 도요토미 히데요시는 이 사명대사라는 중을 죽이려고 온돌방에 가두고는 밤새 뜨겁게 불을 피웠다고 합니다. 일본군인들은 당연히 사명대사가 뜨거운 열기를 견디지 못하고 죽었을 것이라고 생각했지요. 그런데 다음날 아침에 방문을 열어보니 방안에 고드름이 얼어 있고 사명대사는 추위에 덜덜 떨고 있더라는 겁니다. 일본인들이 깜짝 놀라 방안을 살펴보니 벽에 '냉(冷)' 자가 씌어져 있었다고 합니다. 이런 것이 바로 도술이라는 것입니다."

"그것 정말 재미있군요. 그럼 축지법은 뭡니까?"

"축지법이란 하룻밤에 천 리를 걸어서 왕복한다는 도술의 한 갈

래입니다."

"어떻게 걷길래 하룻밤에 천 리를 가죠?"

"원리는 간단합니다. 가고자 하는 길의 거리를 순간적으로 좁혀서 걷는 것입니다. 가령 목적지가 5킬로미터 정도 떨어져 있다면 그 거리를 한 50미터 정도로 좁혀서 단숨에 걸어가는 것입니다. 사명대사는 한 걸음에 십 리를 걸었다고 하니 천릿길도 그에게는 이웃 나들이 가는 것보다 더 쉬운 일이었을 테지요."

"그 사명대사라는 사람, 지금은 죽었겠지요? 그 사람이 아직도 살아 있다면 이번 전쟁에서 우리는 참패를 당하고 말 것 아닙니까?"

로즈 제독의 말에 좌중에선 웃음이 터져 나왔지만 금방 잦아들고 말았다.

"그런데 넓고 넓은 중국이 아니라 왜 좁디좁은 조선 땅에 그런 신비로운 일이 있다고 믿는 걸까요?"

"사실 이 이야기는 중국 사람들에게서 전해들은 것입니다. 중국인들은 조선 땅을 신비의 땅으로 생각하고 있지요. 의서(醫書)만 해도 조선의 『동의보감』을 중국인이나 일본인은 자기네 의서보다 더 낫게 치지요. 이 자리에서 이런 말씀을 드려도 될까 염려가 됩니다만, 조선은 오랜 역사와 문화를 가진 지혜가 넘치는 민족입니다. 조선과 중국만이 세상의 전부인양 생각하는 지리적 폐쇄성 때문에 물질적으로는 빈곤을 겪고 있지만 그들은 풍요로운 정신문화를 지닌 훌륭한 민족입니다."

적군을 두둔하는 듯한 오페르트의 말에 장교들은 감정이 상했다. 헛기침을 하며 자세를 고쳐 앉는 이들도 있었다. 잠시 어색해진 분위기를 바꾼 사람은 역시 로즈 제독이었다.

"어쨌든 제가 회장님을 조선에 모셔다 드릴 테니, 그 축지법이라는 걸 알게 되거든 제게도 꼭 가르쳐 주십시오."

장교들은 다시 웃음을 되찾았다. 로즈 제독은 웃음이 그치자 갑자기 표정을 바꾸며 오페르트에게 말을 건네 왔다.

"올리비에 대령의 말에 의하면 이번 전투에 물자를 대겠다고 하셨다던데……."

"네, 그랬습니다. 200명의 병사가 30일 동안 먹을 수 있는 분량의 고기와 물, 야채를 대겠습니다."

"좋습니다. 독일과 프랑스 제국의 영광을 위하여 프랑스 극동함대는 오페르트 회장님을 진심으로 환영합니다."

만찬에 참석한 장교들과 오페르트는 잔을 높이 들고 건배를 했다.

5. 병인양요

카톨릭 교회 파리 외방전교회 소속 앵베르 주교와 모방 신부, 샤스탕 신부가 조선에서 몰래 선교활동을 하다가 처형당한 것이 1839년의 일이었다. 하지만 그 후에도 프랑스 성직자들은 계속 조선에 잠입하여 선교활동을 펼쳤다. 1866년 봄에 조선에서 선교활동을 하던 주교 2명과 신부 7명, 모두 9명의 성직자들이 다시 처형당한 것을 빌미로 프랑스군이 조선에 선전포고를 하기는 했지만, 사실 프랑스는 오래 전부터 지속적으로 조선을 호시탐탐 노리고 있었다.

20년 전인 1846년에는 중국 주재 프랑스 함대 사령관 소장 장 밥티스트 메데 세실 제독이 클레오파트르호, 빅토리외즈호, 사빈호를 이끌고 외연도에 들어가 통상 요구서를 놓고 돌아왔다. 그 이듬해인 1847년에는 라피에르 대령이 지휘하는 빅토리외즈호와 글루아르호가 세실 제독의 요구에 대한 답신을 받으러 갔다가 고군산도 앞바다에서 한꺼번에 난파된 일도 있었다.

그리고 이번 원정의 해도(海圖) 또한 프랑스군함 비르지니호가 조선연안에 들어가서 여러 달 동안 머무르면서 작성한 것이었다. 이 모든 사실을 종합해볼 때 프랑스군의 선전포고가 단순히 프랑스 성직자들의 처형에 대한 보복행위로 인한 것이라고는 보기 어려웠다. 프랑스는 오래 전부터 조선을 눈여겨보고 있었던 것이다.

그뿐만이 아니었다. 2개월 전인 8월에는 미국 상선 제너럴셔먼호가 대동강을 거슬러 올라가 통상을 요구하다 평양 군민들이 퍼붓는 화공에 침몰한 사건도 있었다.

제너럴셔먼호의 경우는 단순히 통상을 요구하다가 조선인의 과잉반응에 화를 입은 것으로 볼 수도 있지만 프랑스군의 경우는 확실히 이해하기 힘든 측면이 있었다.

오페르트는 프랑스군의 의중을 파악하는 것에는 실패했지만 조선 땅을 다시 밟을 수 있게 된 것만으로도 다행이라고 여겼다. 그리고 그는 최악의 경우 일이 잘못되어 아무런 성과를 얻지 못하더라도 프랑스 해군에 보급품을 지원함으로써 프랑스와 독일 양국가의 정계로부터 비상한 관심을 끌 수 있을 거라는 최후의 포석을 심어놓은 셈이었다. 하지만 무엇보다도 지금 에르네스트 오페르트의 마음을 사로잡는 것은 오로지 검은산뿐이었다. 그는 중국인 2명을 수행원으로, 조선말에 능통한 독일인 성직자 한 사람을 통역관으로 대동하고 프랑스 함대에 승선했다.

1866년 9월 18일, 프리모게호, 데룰레드호, 타르디프호는 즈푸항을 출발하여 조선인 물길 안내인을 따라 아산만 입구 외제니 섬〔立波島〕 근처에 닻을 내렸다. 강화도를 끼고 해안선을 지나갈 때 프랑스 병사들은 마니산 골짜기에서 피어오르는 안개와 고요한 숲, 여러 가지 형태의 검은 바위들이 이룬 절경에 넋을 놓았다. 한강 하구는 장대하였다. 도대체 이렇게 많은 수량이 어떻게 이 작은 반도 내륙에서 흘러나올 수 있는지 프랑스인들은 이해가 되지 않았다.

한강 중간중간에는 돛단배와 커다란 바지선들이 떠 있었다. 바지선은 조난당한 배를 구조하는 용도로도 쓰이는 인공 섬이었다. 이 인공 섬들은 프랑스 함대의 진입을 가로막는 큰 장애물이 되었다. 정찰 임무를 맡은 데룰레드호는 이 바지선을 피하여 가려고 했으나 수중에 목책이 둘러쳐져 있어서 그것도 용이하지 않았다. 강가로 바짝 붙었지만 이번에는 용골이 강가의 진흙 바닥에 닿아 전진할 수가 없었다.

1866년 9월 23일은 일요일이었고 한가위였다. 밤하늘에는 둥근 보름달이 조선의 국난을 외면한 채 높이 떠 있었다. 드넓은 김

포평야에는 잘 익은 벼들이 외적의 침입에도 아랑곳없이 탐스럽게 넘실대고 있었다. 하지만 조선으로서는 다행스럽게도 때는 추분 무렵이었다. 썰물이 커서 데룰레드호는 강바닥에 붙고 말았던 것이다. 밀물이 들어올 아침까지 기다려야 했다.

다음날 아침, 데룰레드호는 함포를 발사하여 바지선을 불태우고 양화진, 여의도를 지나 염창까지 정찰을 하였다. 함대의 이동 가능성을 알아보고자 물길을 살피고 수심을 재는 것이 그들의 주 목적이었다. 이러한 정찰활동을 하는 동안 그들은 아무런 제재를 받지 않았다. 그 동안 로즈 제독과 오페르트는 입파도에 정박한 프리모게호에 있었다.

데룰레드호는 정찰 임무를 성공적으로 마치고 9월 30일 입파도로 돌아와 그 곳에서 정박중인 프리모게호와 합류했다. 데룰레드호가 귀환하자 로즈 제독과 오페르트는 프리모게호를 떠나 데룰레드호로 옮겨타고 강화도 나루터인 갑곶이, 행주, 양화진을 거쳐 서강에 도착하였다. 행주산성을 지나면서 조선의 병사들이 말을 타고 강변을 따라 부산하게 움직이는 모습이 포착되었을 뿐 그때까지도 조선에서는 어떠한 군사적 움직임도 보이지 않았다.

강화도와 김포반도를 지나면서 오페르트는 커다란 흥분에 휩싸였다. 그가 정찰하는 주변에서 산성이 4개나 목격되었던 것이다. 강화도에는 정족산성과 강화산성이 있었고, 그 반대편 김포반도에는 문수산성, 그리고 한강변에는 행주산성이 있었다. 그러한 사실은 이미 사전 자료와 정보를 통해 알고 있었지만 그는 자신의 눈으로 그것들을 직접 확인하자 마치 검은산의 실체를 접한 것 같은 감격에 가슴이 부풀었다. 오페르트는 검은산이 분명 이 부근일 것이라고 확신했다.

'산성을 구축하는 일은 백성들이 대거 동원되는 큰 공사다. 이는 왕명이 아니고는 불가능한 일이다. 이 나라의 왕들은 검은산을 지키기 위한 방어요새로서 산성을 4개나 세운 것이다.'

그는 이미 황금을 손에 쥔 것처럼 들떠 있었다.

오페르트는 앞 뒤 가리지 않고 로즈 제독을 설득하기에 이르렀다.

"제독님, 한양에 가서 대원군을 만나기는 어려울 것입니다. 자신의 영토가 침범 당했다는 이유로 자존심이 상해 있을 텐데 육지에 상륙한다는 것은 위험한 일입니다. 여기 눈앞에 보이는 강화도를 먼저 점령하십시오. 그런 다음에 조선 왕실과 협상을 하자고 하시는 것이 바람직할 것입니다."

순간, 로즈 제독의 이맛살이 올라갔다. 오페르트의 말이 옳다는 사실을 인정하면서도 그는 지휘관으로서의 자존심이 크게 상했던 것이다. 하지만 그는 귀족의 품위를 잃지 않기 위해 내색을 하지는 않았다.

"오페르트 회장님, 좋은 조언을 해주셔서 고맙습니다. 하지만 그런 사항은 프랑스 함대 참모들과 예하 지휘관들의 작전회의를 통해 본인이 결정할 사항입니다. 그러니 너무 신경 쓰지 마십시오."

"제가 너무 경솔했습니다. 용서하십시오. 작전의 성공을 빌겠습니다."

오페르트는 사령관실을 물러 나오며 프랑스 귀족의 자존심을 건드린 것은 큰 실수였다고 자책했다. 그는 일이 뜻대로 되지 않을까봐 노심초사하며 자신의 침실로 돌아갔다.

6. 강화도 전투

프리모게호에서 있었던 작전회의의 결과는 오페르트에게 대단히 만족스러운 것이었다. 프랑스 함대의 결론은 강화도를 점령하고, 조선왕을 강화도로 불러내어 담판을 짓는다는 것이었다. 프랑스 함대가 강화도를 점령할 경우 오페르트는 그 일대를 정찰하며 검은산을 찾을 수 있는 시간을 벌 수 있었다.

프랑스 함대의 장교들은 강화도 점령을 위한 논의를 시작했다. 강화도 상륙 지점인 갑곶이 주변에는 철통같은 요새가 세 군데나 있었다. 이곳은 해안의 상륙 지점을 통제할 수 있는 천연적인 방어 요새였다. 이들 요새에는 상당수의 조선 병사들이 활과 소총, 대포로 무장하고 있었다. 프랑스 함대에 비해 그들이 가진 무기는 보잘것없는 것이었지만 근거리 접전이 벌어질 때에는 이쪽의 손실도 클 수밖에 없었다. 로즈 제독은 더욱 치밀한 공격을 펼치기 위해서는 이곳의 지형에 맞게끔 병사들을 훈련하는 것이 필요하다고 생각했다. 그들은 10월 2일 입파도에서 철수하여 다음날 즈푸로 귀환하였다.

즈푸에 돌아온 다음날부터 프랑스 해군은 강화도와 비슷한 지형을 골라서 공격 연습에 들어갔다. 그리고 7일 동안 공격 부대를 재편성하고 재보급을 받으면서 출전 준비를 갖췄다. 함대 7척에 병력 1천 460명을 승선시켜 강화도 점령을 목표로 출항하였다.

프랑스 함대는 10월 11일 오전 즈푸를 출발하여 13일 저녁에 작약도에 도착하였다. 다시 10월 14일 여명을 기하여 작약도를 출발하여 초지진, 광성보, 갑곶이 앞에 각 2척의 전투함을 배치하고 무력 시위를 벌였다.

바다가 내려다보이는 언덕에 배치되어 있던 조선 병사들이 프랑스 함대에 대포를 쏘기 시작했다. 포탄은 위협적이었다. 그러나 포탄이 날아오는 시간 간격이 상당히 멀었다. 조선군이 화력을 제대로 갖추지 못하고 있다고 판단한 로즈 제독은 프랑스 함대에 적군의 진지를 향해 일제히 함포 사격을 가하도록 명령을 내렸다. 선착장에 묶여 있던 돛단배와 뗏목 등이 순식간에 포화 속에 사라져 버렸다.

조선 병사들이 소총탄을 쏘며 저항했지만 프랑스 함대에까지 사정거리가 닿지 않았다. 이에 반해 프랑스 포함에서 발사하는 함포는 대단한 위력을 보였다. 포연이 해안의 숲 위로 퍼져 나가며 하나 둘 방어 진지가 무너지기 시작했다.

다음날 강화 부유수가 프랑스 함대를 찾아 왔다. 그는 게리에르호로 안내되었다. 부유수는 승선 병력만 500명이 넘는 쾌속 전함의 웅장함과 화려함에 질린 듯했지만 침착함을 유지하며 로즈 제독과의 담판에 나섰다. 제독은 위엄을 갖추기 위해 온갖 휘장으로 화려하게 장식된 의전복을 입고 담판에 나섰다. 통역은 프랑스인

펠릭스 클레르 리델 신부가 맡았다.

"나는 강화도 부유수다. 당신들은 누구이며 무슨 일로 여기에 왔는지 말하라."

"나는 프랑스 해군 극동함대 사령관 로즈 제독이다. 왜 그대들은 우리 프랑스 군함에 대포와 소총을 쏘았느냐?"

"그보다 앞서 프랑스 함대는 누구의 허락을 받고 우리 조선 땅에 들어왔는지부터 밝혀라. 조국 땅을 넘보는 침략자에게 공격을 가하는 것은 군인된 자의 당연한 도리다."

강화 부유수의 당당한 기세에 로즈 제독은 기가 꺾였다.

"우리는 대원군에게 항의를 하러 왔다."

"무슨 항의를 하려고 하느냐?"

"우리 프랑스 선교사들은 단지 조선에게 이로운 일을 해주려고 왔을 뿐이다. 그런데 조선 정부는 1839년 9월 21일 프랑스 사람인 파리외방전교회 소속 앵베르 주교와 모방 신부, 샤스탕 신부를 새남터에서 목을 베고 사흘 동안 그 머리를 매달아 놓는 야만적인 행동을 저질렀다. 금년 봄 3월 7일에는 베르뇌 주교, 브르트니에르 신부, 도리 신부, 블리외 신부를 새남터에서 군문효수하고, 사흘 뒤에 다시 푸르티에 신부, 프티니콜라 신부를 새남터에서 목을 잘라 매달았으며, 그것도 부족해 3월 30일에는 다블뤼 주교, 위앵 신부, 오메트르 신부를 보령 갈매못(일명 고마수영)에서 목을 베어 그 시신을 모래바닥에 버려 두었다. 너희 조선인들이 그러고도 어찌 문명인이라고 할 수 있느냐?"

"너희들이 말하는 그 '이로운 일' 이라는 건 단지 너희들의 시각에서 바라본 일방적인 관점에 지나지 않는다. 조선에는 조선 국법이 있다. 한 나라에 몰래 들어온 첩자는 처형해야 마땅하지 않은가? 상복 차림으로 사람들 눈을 속이면서 국법으로 금하는 사교를 퍼트리고 다녔으니 그리 된 것이다. 그런데 대원군에게 무엇을 어쩌겠다는 것이냐?"

"대원군에게 사죄를 받고, 조선의 통치권을 고종에게 넘기라고 하겠다."

"당신네 프랑스인들은 경우에 틀리는 말을 하고 있다. 조선의 통치권은 너희가 감히 이래라 저래라 할 성질이 아니다. 그런 요구라면 단호히 거절한다."

부유수의 딱딱 부러지는 말에 로즈 제독은 할말을 잃었다. 제독은 얼굴이 울그락불그락해지고 숨소리조차 고르지 않았다. 그와는 반대로 강화 부유수는 평정을 잃지 않고 있었다. 로즈 제독은 탁자를 쾅 내리치며 소리를 질렀다.

"우리의 뜻을 거절한다면 우리는 강화도를 점령하겠다."

"협박하지 마라. 우리도 목숨을 걸고 이 섬을 사수하겠다. 즉각 철수하기 바란다."

이렇게 쏘아붙이고 나서 부유수는 밖에 있던 수행원과 함께 되돌아갔다. 로즈 제독은 미개한 야만인과의 담판에서 기가 꺾였다는 사실에 대해 대단히 자존심이 상했다. 그는 무력을 과시하여 자신의 자존심을 회복하려 하였다.

기함 프리모게호로 돌아온 제독은 해병대의 상륙을 명령하였다. 프랑스 함대는 해병대가 상륙하기 전 30분 동안 섬 전체에 무차별 함포 사격을 감행하였다. 함포 사격에 이어 일본 요코하마에서 동원된 해병대 300여 명은 드 샤반 대위를 공격 선봉에 세우고 강화도에 상륙하였다.

강화도에 상륙한 해병대는 상대적으로 우세한 병기를 앞세워 진군하기 시작했다. 유효 사거리가 짧은 소총과 창, 활 등으로 무장한 조선 병사들은 변변찮은 저항도 못해보고 허무하게 적탄에 맞아 쓰러져 갔다. 도저히 상대가 되지 않았다. 전세가 불리하다고 느낀 조선 병사들은 일제히 퇴각하기 시작했고, 기세가 오른 프랑스군은 조선 병사들을 뒤쫓기 시작했다. 프랑스군은 내친김에 강화 성문까지 열었다.

프랑스 해병대가 마을을 점거했을 때는 노인들과 어린아이들만 남아 살려달라고 머리를 조아리고 있었다. 강화 유수를 체포하는 데는 실패했지만 첫 전투에서 그만한 성과를 올린 것은 프랑스군으로서는 크나큰 성공이었다.

강화성은 3개의 야산 사이에 둘러싸여 있는 천연 요새였다. 이곳에는 대포, 소총, 화약 등 수많은 군수물자가 쌓여 있었다. 프랑스군은 대포나 소총, 식량 등은 전리품으로 획득하고 화약고들은 폭파해버렸다. 마을이 내려다보이는 전망 좋은 곳에는 국가 비상시 조선왕이 머무는 행궁이 있었다. 로즈 제독은 이 행궁을 점령군 사령부로 삼았다.

행궁에는 봉황이 그려진 병풍, 왕골로 만든 화문석, 수술 달린 비단 방석, 얼룩무늬 호랑이 가죽, 용을 그려넣고 검붉은 옻칠을 한 상자들과 가구들, 조개껍질을 오려붙인 휘황찬란한 문갑, 문갑

안에는 옥으로 된 염주, 보석 목걸이와 팔찌, 금비녀 등 온갖 장신구가 가득 담겨 있었다. 그리고 긴 담뱃대, 잘게 썬 잎담배, 말총으로 만든 둥근 갓, 비단 도포 등도 있었다. 창고에는 값진 물건들이 쌓여 있었다. 화려한 꽃무늬가 그려진 비단천, 무명천, 모시베, 삼베 등이 가득하였다. 다른 창고에는 여러 모양의 도자기 그릇, 주전자, 호리병, 항아리, 화로, 검고 큰 무쇠 솥, 놋그릇, 수저, 젓가락 등이 가득하였다. 또 다른 창고에는 무두질이 잘된 쇠가죽, 밀랍, 닥나무 종이와 법유를 먹인 기름 종이, 갈대로 만든 우장, 은괴, 동괴, 납, 명반 등이 쌓여 있었다. 행궁에 있는 보물은 그 규모나 가치로 따져볼 때 프랑스나 독일 등의 유럽 왕실 박물관에 비해 뒤질 게 없었다.

1781년 조선 왕 22대 정조 때 만든 외규장각 강화 사고에는 역대 임금들의 실록과 왕실에 관한 기록, 의서 등 수천 권에 이르는 책들이 잘 보관되어 있었다. 서적들은 빨간 옻칠과 금칠을 한 나무 상자에 비단 보자기로 싸여 담겨 있었는데, 그러한 상자들이 창고에 가득하였다. 로즈 제독은 특히 이 서적들에 관심이 많았다. 그것들은 분명 은둔의 나라 조선의 신비를 들여다볼 수 있는 열쇠였기 때문이었다. 이 전리품들을 프랑스에 가져가면 유럽 전역의 비상한 관심을 불러일으키는 것은 물론이고 프랑스 국립 박물관은 세계적인 박물관으로 그 명성을 드높일 수 있을 것이었다. 그와 함께 자신의 이름 또한 역사에 길이 남으리라고 생각했다.

로즈 제독은 참모장 죠안 대령으로 하여금 노획물품정리위원회를 구성하게 하여 역사적 값어치가 있을 만한 물품들과 도서들을 모아서 품목별 수량을 파악하여 목록을 작성토록 하였으며, 조심스럽게 포장하여 배에 옮기도록 했다.

프랑스군의 만행은 거기에서 그치지 않았다. 간혹 무덤에서 귀한 보물이 출토된다는 사실을 안 프랑스군은 닥치는 대로 무덤을 파헤치기 시작했다.

로즈 제독과는 다른 목적에 의한 것이었지만 오페르트 역시 서적들에 큰 관심을 드러냈다. 그 속에 검은산을 향한 단서가 숨어 있을 것이라는 확신 때문이었다. 오페르트는 조선인 통역관의 도움을 받아 밤낮으로 그 책들을 읽어내려 갔다. 그런 한편, 오페르트는 리모 중위에게 각별히 부탁하여 무덤이나 행궁에서 서적이나 그림지도 같은 것이 나오면 빠짐없이 알려주도록 부탁해두었다. 오페르트는 곧 검은산을 자신의 수중에 넣게 되리라는 꿈에 부풀어 있었다.

7. 전등사 전투

프랑스군이 강화도 전역을 유린하는 동안 조선인들은 양이들의 만행에 죽음보다 더한 굴욕감과 분노를 느끼고 있었다. 조선인들은 죽음을 무릅쓴 일전을 각오하고 전등사로 모여들었다. 그러나 그들은 전투 경험이 없는 민간인이 대부분인 데다가 실전경험이 풍부한 지휘관이 없었기 때문에 조정에서는 제주 목사 양헌수를 급파하여 강화도 탈환을 모색했다.

강화도에 도착한 양헌수는 정족산성을 반격의 기점으로 삼고, 전국의 포수들과 민병들을 산성 아래 전등사로 모이게 하였다. 전등사의 승병들 역시 호국불교의 기치를 내걸고 강화도 탈환 작전에 참가하였다.

양헌수는 현 상황에 맞는 작전을 세우는 한편 병사들을 훈련시켰다. 훈련은 사격의 정확성과 담력배양에 중점을 두었다. 조선군이 가진 소총은 유효 사거리가 짧아서 목표물이 40보만 벗어나도 맞추기 힘들 뿐만 아니라 탄환을 장전하는 데에도 시간이 오래 걸렸다. 따라서 적을 가까이 유인하여 한 방에 제압하지 못하면 병기가 우세한 프랑스군에게 이길 방법이 없었다.

프랑스군은 전등사에 조선인들이 모여들고 있다는 정보를 입수하고 정찰에 나섰다. 문수산성 점령 때 이미 3명의 전사자를 낸 프랑스군이었지만, 워낙 조선군을 우습게 여긴 탓에 그들이 갖춘 것은 개인 화기가 전부였다. 게리에르호 함장 올리비에 대령은 11월 30일 오전 6시 30분에 상륙군 160명을 집합시키고 일장연설을 늘어놓았다.

"귀관들은 오늘 전등사를 점령한다. 전등사는 남쪽 약 8km 지점에 있는 정족 산성으로 둘러싸여 있으며, 이곳을 점령하여야 강화도 전체를 장악하는 것이다. 이곳 강화도는 조선의 중요한 전략적 위치로 조선 반도의 배꼽에 해당하는 곳이다. 우리가 이곳을 완전히 점령하여 대원군을 협상의 테이블로 끌어내 프랑스인 주교 3명과 신부 9명을 처형한 데 대하여 사죄를 받고 그에 상응하는 보상을 받아내는 것이다. 제군들의 양어깨에 대프랑스 제국의 명예가 걸려 있다. 승리는 시간 문제다. 제군들, 행운을 빈다!"

"와아! 프랑스 제국 만세! 로즈 제독 만세! 올리비에 만세!"

사기가 충천한 프랑스군은 총을 높이 쳐들며 함성을 질러댔다.

공격대형은 4개 제대로 나뉘었다. 투아르 대위가 이끄는 10여 명의 분견대가 먼저 출발을 하고, 10여 분 뒤에 선발대 지휘관 드라실르가 병사 30여 명을 지휘하여 전진했다. 올리비에 대령이 지휘하는 본대가 다시 10여 분의 간격을 두고 행군하였다. 본대 뒤에는 보급 부대가 노새에 탄약과 식량, 물통을 싣고 이동하였다. 그리고 전투 편성에 없던 장교들도 무슨 볼거리라도 구경하러 가는 듯 따라 나섰다.

말이 전투지 그들은 소풍이나 등산을 가는 가벼운 기분들이었다. 그래서 대포 2문을 가지고 가기로 했던 원래 계획도 취소해버렸다. 행군을 하는 중간중간에 조선 병사들과 마주치기도 했지만, 그들은 프랑스군을 보고는 기겁을 하고 멀찌감치 달아났다. 그 모습을 보고 프랑스군은 웃음을 터뜨리기도 했다.

오전 10시쯤 산성 아래의 주막에 이르렀을 때 코토랑디 군의관이 이곳에서 점심을 먹자고 제안하였다. 그러나 올리비에 대령은 자신만만한 표정으로 전등사를 점령하고 난 뒤에 식사를 해도 늦지 않을 것이라고 말했다.

선발대는 협곡을 따라 출발하고 본대는 완만한 길을 따라 돌아서 산성 입구가 보이는 곳에 도착했다. 선발대가 본대보다 늦게 합류했다.

산성입구에서 소총을 든 조선 병사들이 다람쥐처럼 지나갔다.

선발대원 몇이 추격하였지만 그들은 이미 감쪽같이 사라지고 난 뒤였다. 산성 위에서도 허수아비 머리 같은 것이 나타났다가는 사라지곤 하였다. 프랑스군은 공격 나팔 소리를 울리고 모두 전투대형을 갖췄다. 하지만 이후로 조선군에서는 어떠한 움직임도 보이지 않았다.

　본대의 엄호 아래 투아르 대위가 이끄는 선발대가 성문 가까이 다가갔다. 선발대가 성문 입구에 도달하기까지 조선군에서는 어떠한 저항도 없었을뿐더러 쥐죽은듯이 조용하기만 했다. 좀전에 보였던 조선 병사들도 멀리 달아난 듯 모습이 보이지 않았다. 본대를 지휘하는 올리비에 대령은 아무런 저항 없이 성에 입성하리라고 생각했다. 하지만 전등사까지 오르는 길이 경사가 급해 많은 시간이 소요될 것 같았다. 선발대는 정찰을 나가고 올리비에 대령의 본대는 성문에서 약 30미터 떨어진 곳에 진을 치고 점심 준비를 하였다.

　그때 성벽 안에 숨어 있던 조선 병사들의 일제 기습 사격이 시작되었다. 총격은 맹렬했다. 방심하고 있던 프랑스 병사들은 미처 총을 집지도 못하고 하나 둘 쓰러졌다. 프랑스군은 몸을 가릴 만한 엄폐물도 없이 그대로 조선군의 총탄에 노출되어 있었다. 프랑스군은 허공에다 총질을 해대며 퇴각했다.

　본대가 물러난 뒤 성문 쪽에서 누군가가 달려나왔다. 하지만 그는 곧 조선 병사들의 총탄에 벌집이 되고 말았다. 그는 선발대를 이끌고 전등사 쪽으로 정찰을 나갔던 드 라실르 중령이었다. 투아르 대위가 이끄는 분견대 역시 본대와 너무 멀리 떨어져 수색 정찰을 하다가 제대로 싸워보지도 못하고 퇴각하고 말았다.

갑자기 조선 병사들의 거센 함성이 일었다. 모두 어디에 숨어 있는지 실체를 드러내지 않는 허깨비 같은 함성만 산성에 메아리쳤다. 프랑스 병사들은 잔뜩 겁을 집어먹고는 눈에 보이지 않는 적을 향해 총질을 가하며 뒷걸음질쳐 퇴각했다. 이윽고 모습을 드러낸 조선 병사들이 구름떼처럼 그들을 향해 달려들었다. 프랑스 병사들은 유령이라도 만난 것처럼 혼비백산하여 달아나고 말았다.

"야 이 겁쟁이 오랑캐 놈들아, 다시는 얼씬도 마라!"

"달아나는 모습이 호랑이 만난 토끼 같구나!"

지금까지 그렇게 무섭게만 보이던 프랑스군도 별 것 아니었다. 사기가 충천한 조선 병사들은 프랑스군을 추격하여 전멸시키자고 하였지만 양헌수는 이를 제지했다. 조선 병사들은 산을 타는 데는 다람쥐처럼 날랬다. 만약 이들이 추격하여 퇴로를 봉쇄하고 포위하여 공격했다면 이 날 전투에 나선 프랑스군 160명은 전멸했을 것이다. 하지만 그날 양헌수의 군사들은 적을 쫓아버리는 것으로 만족했다.

강화 행궁에 주둔하고 있던 프랑스군의 진영에 이 날의 참담한 패배를 제일 먼저 알려준 것은 빈 물통을 차고 도망쳐 온 노새 한 마리였다. 전등사 전투에서 대패한 프랑스군은 로즈 제독의 명령으로 바로 다음날 강화도에서 철수하였다. 프랑스군은 철수를 하면서 강화 행궁에 불을 지르고 외규장각의 문화재와 보물을 닥치는 대로 약탈하였으며 가지고 갈 수 없는 것들은 파괴하였다. 성전(聖戰)을 치르러 온 프랑스 극동함대 사령관 로즈 제독은 그렇게 꼴사나운 약탈자의 모습으로 변모해 있었다.

로즈의 함대는 11월 23일 부상자와 전리품을 싣고 즈푸항으로 귀환하였다. 로즈는 프랑스황제 나폴레옹 3세에게 조선왕조의 성직자 살해에 대한 보복작전을 성공적으로 수행했다고 보고하였다. 그러나 대원군은 이 일로 말미암아 위정척사(爲正斥邪)의 명분을 더욱 높이 치켜들고 천주교 신자들을 닥치는 대로 학살하는 잔혹한 살육전을 펼쳐나갔다.

8. 남연군 묘 도굴

프랑스 함대가 강화도에서 물러난 뒤 6개월 동안 오페르트는 로즈 제독의 친구 자격으로 함대에 자유롭게 드나들며 강화도에서 약탈해온 모든 서적을 뒤졌다. 그의 속내를 모르는 프랑스 군인들은 오페르트의 지적 욕구가 대단하다며 칭찬을 아끼지 않았다. 하지만 오페르트로서는 답답할 뿐이었다. 서적들은 왕들의 치적을 찬양하거나 왕실의 역사를 기록한 것들뿐이었다. 동양의 의학과 철학, 유교에 관한 내용들은 그에게는 쓸데없는 것일 뿐이었다.

강화도에서 약탈해온 서적에서 아무런 단서를 찾지 못하자 오페르트는 검은산의 비밀을 향한 자신의 접근 방법이 틀렸는지도 모른다는 회의를 갖게 되었다. 그도 그럴 것이 극소수의 왕족에게

만 전해진 비밀이 버젓이 책에 기록되어 있을 리는 만무했다. 오페르트는 자신의 어리석음을 질책하며 괴로워했다. 하지만 그럼에도 불구하고 검은산을 향한 오페르트의 집념은 더욱 더 커져만 갔다.

그 이듬해인 1868년 4월, 오페르트는 680톤급 기선 차이나호와 소중기선 60톤급 그레타호에 백인 8명, 말라야인 20명, 조선 천주교인 3명과 청국인 100명으로 승무원을 편성하여 상하이에서 조선으로 출발하였다.

무기가 실려 있는 그레타호는 먼 바다에 그대로 두고 차이나호만 몰고서 강화도로 접근하였다. 오페르트는 강화도에 상륙하기 전 보트에 각종 보물을 실어보내 자신들은 조선에 대해 어떠한 반감도 없음을 명백히 하고, 강화 유수를 비롯한 고급관리들에게 뇌물을 바침으로써 강화도 앞바다에 닻을 내리고자 했다.

두 해 전 프랑스군으로부터 공격을 받은 적이 있는 강화도 사람들은 외국인에 대한 적대감정이 고조되어 있어서 오페르트의 상선은 강화도 인근 바다에서 몇 날을 대기하고 있어야 했다. 이윽고 강화 유수로부터 연락이 왔다. 배를 수색할 수 있도록 허락한다면 상륙해도 좋다는 전갈이었다. 물론 오페르트의 상선에는 조선에 위협이 될 만한 것은 없었다. 무기가 실려 있는 그레타호는 멀리 떨어져 있었기 때문이었다. 반나절이 걸린 수색과 검색 작업이 있은 후 오페르트는 비로소 강화도에 상륙할 수 있었다.

오페르트는 곧장 강화 유수를 찾아가 인사를 청했다. 그는 자신이 국제무역을 하는 독일의 무역상으로 조선의 훌륭한 문화에 도

취되어 찾아오게 되었다고 밝혔다. 강화 유수는 경계를 늦추지 않는 눈초리로 오페르트를 맞이했다. 오페르트는 갖은 감언이설로 강화 유수의 비위를 맞춰 나갔다.

"재작년에 프랑스 해군으로부터 공격을 받았다는 이야기는 들었습니다. 프랑스군의 군사력이 만만치 않았을 텐데 그들을 물리치신 걸 보면 유수께선 대단한 용맹과 지략을 겸비하신 분 같습니다."

"나야 뭐 한 게 있나요. 그때 양헌수 목사께서 고생이 많으셨지요. 그리고 우리 강화도민들도 일체단결했었구요. 그 놈들을 쫓아내긴 했지만 우리 쪽 피해가 너무 컸습니다. 그놈들은 군인인지 도적놈인지 분간이 안 가더군요. 귀중한 우리의 유산들을 깡그리 도둑질해갔지 뭡니까."

"국가의 보물을 잃어버려서 안타깝기는 합니다만, 그들도 그러한 유산들을 살펴보다 보면 조선을 달리 보게 될 것입니다. 조선은 오랜 역사와 훌륭한 문화를 지닌 문명국인데 그들이 조선을 잘못 생각했던 거지요."

사실 오페르트의 이 말은 진심이었다. 검은산을 향한 욕심 때문에 흑심을 품고는 있었지만 그는 프랑스 함대에서 약탈품과 조선의 서적을 살피는 동안 내심 조선의 문화에 대해 탄복했던 것이다.

"과찬의 말씀입니다. 귀국은 저렇게 큰 증기선과 뛰어난 항해술을 보유하고 있으니 저희보다 개화된 나라가 아닙니까?"

이렇듯 서로에 대한 찬사를 늘어놓는 가운데 분위기는 부드러워졌다. 오페르트는 장삿속이 밝을 뿐 아니라 외교적 수완에도 뛰어난 인물이었다.

강화 유수와 오페르트의 대화가 한창 무르익었을 때 오페르트는 슬며시 검은산에 대한 이야기를 꺼내 놓았다.

"유수님, 혹시 '검은산'이라고 들어보셨는지요?"

"검은산이라고요?! 아니, 회장님께선 어떻게 검은산에 대해서 알고 있습니까?"

"세상을 돌아다니다 보니 갖가지 흥미로운 이야기를 많이 접하게 되었습니다. 그 가운데에서도 특히 검은산에 대한 이야기가 흥미를 끌더군요."

오페르트는 한 마디 한 마디 신중하게 내뱉으면서 유수의 표정 변화를 살폈다.

"죽은 왕족의 영혼이 검은산으로 간다는 전설이 있긴 합니다. 세인들 입에는 그 산에 진귀한 보물이 엄청나게 묻혀 있다는 풍문이 돌기도 한다더군요. 하지만 다 헛소문이 아니겠습니까. 왕족의 영혼을 인도한다는 뜻에서 검은산이 그려진 그림을 관 속에 넣어 주기는 합니다만, 그거야 뭐 산 사람들이 서운하니까 그러는 거겠지요."

"검은산이 그려진 그림이라구요?!"

오페르트의 심장은 터질 듯이 부풀어올랐다. '검은산이 그려진 그림'이라는 말을 듣는 순간, 그의 머리 속에는 '지도'라는 단어가 퍼뜩 떠올랐던 것이다. 손은 떨리고 낯에는 열이 올랐다. 유수가 자신의 변화를 눈치채면 어떡하나 염려하면서도 좀처럼 자신을 주체할 수가 없었다. 그는 가까스로 감정을 추스르며 말을 이었다.

"그러면 왕족이 죽어 묘를 쓸 때에 그 그림을 관에 넣어주는 겁니까?"

"그뿐만이 아닙니다. 망자가 생전에 아끼던 물건을 함께 묻기도 하지요. 옛날 부여국이라는 나라에서는 물건뿐만이 아니라 산 사람까지도 함께 묻어 버렸다니, 참 어처구니가 없지요, 허허허."

"조선 사람들은 죽은 사람들에 대한 예우가 각별하군요."

예의 삼아 그렇게 내뱉긴 했지만 오페르트의 머리 속에는 온통 검은산뿐이었다.

"그런데 유수님께선 그 그림을 보신 적이 있습니까?"

"그림이라뇨? 아, 그 검은산을 그린 그림 말입니까?"

천연덕스럽기만 한 유수의 언행에 오페르트는 조급해서 견딜 수가 없었다. 마음 같아서는 유수의 멱살을 붙들고 그 그림에 대한 정보를 모조리 불게 하고 싶었다. 하지만 그는 극도의 인내력을 발휘하여 유수의 말을 기다렸다.

"왕이나 왕족이 죽으면 종이나 천에 그림을 그려서 관위에 다라니경과 함께 넣어드린다는 말을 들었지만 직접 본 적은 없습니다."

"종이나 천이라고요? 그럼 오래 가지 않을 텐데……."

그 순간 오페르트는 자신도 모르게 안타까운 기색을 여지없이 드러내고 말았다. 오페르트의 변화를 알아챈 유수가 장난스런 말투로 '그게 그렇게 아까우십니까' 하고 물었을 때에야 오페르트는 아차, 하고 표정을 다듬었다.

"아, 네, 그냥…… 한 번 꼭 보고 싶다는 마음이 간절하군요. 그 것 역시 이 아름다운 나라의 소중한 풍습 중 한 가지일 테니까요."

오페르트의 그 말에 유수는 여전히 장난기를 거두지 못한 말투로 응수했다.

"아마 남연군의 묘에 있는 그림은 아직 안 썩었을지도 모르겠구면……."

"남연군의 묘라니요? 그분도 왕이었습니까?"

"현왕의 부친이 흥선대원군이고, 고종의 할아버지가 남연군입니다. 그분은 왕은 아니었지만 현왕의 조부이니까 장례를 훌륭하게 치렀지요."

"그분의 묘는 어디에 있습니까?"

"충청도 덕산에 있습니다."

"그러면 그 검은산 그림은 누가 그리는 것입니까?"

"그거야 저도 모르지요. 왕궁의 예부 관리들에게 전수되어 오지만, 왕실의 문제에 접할 수 없는 저로서는 자세히 알 도리가 없습니다. 제가 듣기로는 현왕의 선조인 태조 이전부터 전주이씨 가문에 전해내려왔다고 하더군요. 그런데 오페르트 회장님, 왜 그렇게 검은산에 대해서 관심이 많으십니까? 검은산은 이 세상에 존재하는 실제 산이 아닙니다. 저승에 있는 가상의 산이에요."

유수는 그렇게 말해놓고 호탕하게 웃어젖혔지만, 자신 앞에 앉은 백인 남자가 어떤 생각을 품고 있는지 전혀 알지 못했다.

4월 18일, 오페르트의 선단은 충청도 홍주군 행담도 앞바다에 정박하였다. 오페르트는 기동성이 뛰어난 그레타호로 갈아타고 구만포에 상륙하였다. 오페르트의 지시를 받은 그레타호의 백인 선원들은 상륙하자마자 총격을 가하고 칼을 휘두르며 관군과 주민들의 접근을 막았다. 오페르트는 덕산 지방의 천주교도 김여강을 소개받고 자신을 독일에서 온 신부라고 속였다. 그리고 남연군의 묘를 발굴하여 그의 유골에 대세를 주려고 한다며 도와달라고 했다. 김여강은 거절했다. 당시 조선은 남의 묘를 발굴하는 것을 가장 파렴치한 범죄로 취급하여 극형으로 다스렸다. 형전[대명률직해]에 따르면 '남의 분묘를 발굴하여 관곽이 드러나게 한 자는 장(杖) 100대에 3천리 유배형에 처하고, 이미 관곽을 열어 시체가 보이게 한 자는 교수형에 처한다' 하였으니, 어찌 나는 새도 떨어뜨린다는 대원군 부친의 묘를 파헤칠 수 있단 말인가!

그러나 오페르트는 많은 돈과 값비싼 물건으로 그를 사로잡고 그에게 명분을 주었다.

"김여강 형제님, 생각해 보세요. 영혼은 세상의 목숨보다 귀한 것입니다. 천당에 가면 부귀영화가 무슨 소용이겠습니까? 내 영혼이 귀하면 남의 영혼도 귀합니다. 대원군이 천주교를 박해하는 것은 그의 부친이 천주교인이 아니기 때문이지요. 우리가 그의 부친 유골에 성수를 뿌리고 천주 성부와 성자와 성령의 이름으로 세례를 준다면 조선의 상황이 달라질 것입니다. 그러면 남연군의 영혼도 천당에 가고 우리도 박해받지 않게 되고 모두가 좋아지는 일입니다. 이를 마다한다면 그대의 신앙심은 무엇입니까?"

김여강은 결국 오페르트의 말에 넘어가고 말았다. 그는 오페르트 일행을 덕산 가동에 있는 남연군 묘소로 안내했다. 남연군의 묘에 이르자마자 뱃사람들은 묘를 파헤치기 시작했다. 묘가 왕릉처럼 커서 보통 고생이 아니었다. 묘지기와 주민들이 와서 그들을 제지하려 했으나 역부족이었다.

드디어 관이 모습을 드러내었다. 관 위에는 그림이 그려져 있는 두꺼운 천이 덮여 있었다. 오페르트는 탄성을 지르며 그림을 조심스럽게 집어 올렸다. 흙이 묻고 물감이 번져 있었지만 그만하면 상태도 양호했다. 오페르트는 관 뚜껑을 열라고 지시했다. 바로 그때 덕산군수 이종신과 관군, 주민들이 몰려오기 시작했다. 오페르트 일행은 총격을 가하며 뒤로 달아나기 시작했다. 그 자리에 남은 김여강은 남연군의 유골에 대세를 주지 못한 것을 안타까워하며 관군에 체포되었다.

오페르트는 황급히 구만포로 퇴각하여 하리후포에 정박한 다음 그림을 연구하기 시작했다. 두 개의 산봉우리를 향하여 짐을 진 세 사람이 길을 가고 있는 그림이었다. 그림의 왼편 상단에는 시문(詩文)이 적혀 있었다. 시문을 해석하니 그 뜻이 다음과 같았다.

> 태양을 향하고도 눈을 피하지 않는 자에게 길은 열릴 것이다
> 노을을 그리워하는 거북이의 눈, 비로소 문은 열리고
> 어둠을 밝히는 자의 머릿결을 해풍이 빗어 넘기리
> 대지의 중심을 향해 달려가는 마른 바다
> 치솟는 불기둥은 그대의 영광

하지만 암만 보아도 풍경화나 풍속화에 지나지 않는 것처럼 보였다. 그림을 불빛에 비춰보기도 하고, 거꾸로 뒤집어 보기도 하고, 군데군데 암호 같은 것이 없나 살펴보았지만, 도저히 검은산에 대한 단서는 찾을 수가 없었다.

물불을 가리지 않게 된 오페르트는 4월 25일 야음을 틈타 강화도에 잠입하여 전등사 서고를 약탈하려다 신효철이 지휘하는 100여 명의 수비군과 조우하여 근접전투에서 2명이 죽고 많은 부상자를 낸 채 도망치고 말았다.

그 뒤 오페르트는 다시는 조선 땅을 밟지 못했다. 남연군의 저주가 씌었는지 오페르트의 무역선단은 난파와 조난을 거듭했고, 그와 함께 그의 사업과 가문은 쇠락의 길을 걸을 수밖에 없었다.

하지만 오페르트는 검은산에 대한 미련만큼은 끝내 버리지 못하고 자신의 후손들에게 검은산에 대한 이야기와 남연군의 묘에서 도굴한 그림을 유산으로 남겼다. 오페르트의 망상을 그대로 빼닮은 오페르트의 후손들은 마치 검은산이 자기네 가문의 산이라도 되는 것처럼 생각했다. 그들은 언젠가 한국으로 들어가 검은산을 수중에 넣겠다는 야심을 대대로 대물림하며 기회를 노렸다.

제4장 목걸이

1. 목걸이

기미코와 헤어진 뒤 집으로 돌아온 강립은 더운물에 몸을 씻은 후 잠을 청했다. 피로가 무겁게 몸을 짓눌렀지만 그는 쉽게 잠을 이룰 수가 없었다. 머리 속에 가득한 의문이 점점 더 부피를 더해 가면서 강립의 의식은 눅진하게 피로에 젖은 육체에 반비례하여 더욱 또렷해져 갔다.

'우에다 교수는 무엇을 찾고 있었던 것일까? 바텔은 무엇을 얻기 위해 우에다 교수에게 원조를 했을까? 사라진 도경식은 지금 어디에 있을까? 목걸이는……!'

우에다 교수가 목에 차고 있었다는 목걸이에 생각이 이르자 강립은 몸을 벌떡 일으켰다. 그는 불을 켜지 않은 채 서재로 향했다. 책상에 앉아 골똘히 생각에 잠겨 있던 강립은 의자를 뒤로 물리고 몸을 구부려 책상 아래에 놓여 있는 상자를 꺼냈다. 상자는 먼지가 켜켜이 쌓여 있었다. 손에 들린 상자를 물끄러미 내려다보던 그는 머리를 가볍게 흔들고는 그것을 다시 원래 있던 자리에 내려 놓았다.

다음날 새벽, 강림은 사건 현장으로 향했다. 아무래도 자신이나 형사들이 놓친 것이 있을지도 모른다는 생각이 들었던 것이다. 새벽 찬 공기 속으로 숨을 내뱉을 때마다 허연 입김이 새어나왔다.

사건 현장을 둘러보던 강림은 어지럽게 찍혀 있는 발자국을 유심히 살폈다. 다행히 사건이 있기 전날 비가 왔기 때문에 발자국은 비교적 선명하게 남아 있었다.

'이런 젠장, 경찰들이 오히려 일을 더 어렵게 만들어놓았군.'

발자국의 대부분은 경찰들의 것으로 보였다.

'만약 이 현장에서 달아난다면 어디로 가는 것이 좋을까?'

강림은 찬찬히 주변을 살펴보았다. 그리고 자신의 예감이 이끄는 대로 걸음을 옮겨 보았다.

'다급한 상황에서는 아무래도 길이 트인 곳보다는 으슥한 곳으로 숨기 마련이지.'

강림은 사건 현장에서 벗어나 개울을 따라 폭포수 계곡으로 내려갔다. 아니나다를까 거기에 사람 발자국이 찍혀 있었다. 발자국이 어지럽게 찍힌 것으로 보아 갈 길을 못 잡고 갈팡질팡한 흔적이 역력했다. 그리고 이상한 점은 발자국이 두 종류라는 사실이었다. 도경식의 것으로 짐작되는 발자국 위에 또다른 인물이 찍어놓은 발자국이 선명했다.

'음, 제4의 인물께서 등장하셨군.'

폭포가 시작되는 위치에 다다르고 보니 커다란 바위에 로프가 매어져 있었지만, 로프는 예리한 도구에 잘려나가 있었다. 누군가 절벽 아래로 내려가기 위해 로프를 탔지만 그를 추적한 사람에 의해 로프는 잘려나간 것일 거라고 어렵지 않게 추측할 수 있었다. 그렇다면 도경식은 절벽 아래 추락했을 것이었다.

강림은 맨손으로 절벽을 타고 내려가기 시작했다. 보통 사람 같으면 엄두도 낼 수 없는 일이었다. 더군다나 비가 내려 미끄러웠기 때문에 더욱 위험했다. 하지만 강림은 달랐다. 전에도 그는 그 절벽을 맨손으로 오르내린 적이 있었고, 절벽 중간중간에 자신이 박아놓은 장비가 있기 때문에 몸을 의지할 수 있었다.

절벽 끝에 다다르자 피비린내가 그의 후각을 자극했다. 역시 절벽 아래에 도경식이 바위에 머리를 부딪혀 죽어 있었다. 도경식의 손은 잘려진 로프를 단단히 쥐고 있었고, 목에는 기미코가 말한 우에다 교수의 목걸이가 걸려 있었다. 목걸이는 기미코의 말대로 금으로 만든 줄에 청옥 구슬이 세 개 달려 있었고, 주위가 어두운 데 비해 희미하게 빛을 발하고 있었다. 목걸이를 살펴보는 강림의 표정에는 놀란 기색이 역력했다. 잠시 생각에 잠겨 있던 그는 도경식의 시신에서 목걸이를 풀어 주머니에 넣었다. 그는 다시 절벽을 타고 오르기 시작했다.

절벽 중간쯤 다다랐을 때였다. 로프 한 가닥이 밑으로 내리뜨려져 그의 등을 후려쳤다. 누군가 위에서 로프를 타고 내려올 모양이었다. 강림은 옆으로 이동해 절벽의 움푹한 곳에 몸을 숨기고 약간 돌출한 부분에 매달렸다. 뜻밖에도 로프를 타고 내려온 사람은 박 형사였다. 강립은 그와 예전에 경찰서에서 부딪힌 적이 있지만 간단한 목례만 나누었을 뿐이었다.

'제4의 인물이 박 형사였단 말인가?'

박 형사는 절벽 아래로 내려가 도경식의 시신을 뒤지기 시작했다. 아마도 목걸이를 찾는 듯했다. 그러나 목걸이가 보이지 않자 총을 빼들고 주위를 살폈다. 강립은 절벽에 바짝 달라붙었다. 박 형사가 한 손으론 총을 쥐고 다른 한 손으로는 시신을 뒤지는 모습이 마치 범법자를 바로 앞에 두고 검문을 하는 것처럼 보였다. 자신이 찾는 물건이 없다는 것을 안 박 형사는 다시 로프를 타고 오르기 시작했다.

강립은 손아귀에 점점 힘이 빠지는 것을 느꼈다. 그는 이를 악물고 견뎠다. 박 형사가 오르고 난 뒤에 로프는 걷어졌다. 혹시라도 박 형사가 위에서 기다릴지도 모른다는 생각에 강립은 한동안 절벽에 매달려 있었다. 조금 시간을 보내고 난 뒤 그는 가까스로 절벽 위로 기어올라왔다. 조금만 더 지체했다면 그도 도경식처럼 머리가 깨져 죽었을지도 모른다고 생각하니 간담이 서늘해졌다. 강립은 박 형사와 마주치는 것을 피하기 위해 조금 더 지체를 하다가 자신의 집으로 향했다.

강립이 집에 도착하고 보니 장경화가 그의 집 현관 앞에 쪼그리고 앉아 있었다.

"경화 양, 여긴 웬일이지? 오늘은 경화 양이 기미코 여사 곁을 지키기로 하지 않았나?"

"기미코 언닌 지금 경찰서에 있어요. 삼봉 오빠랑 은동이가 보호하고 있으니까 걱정하지 마세요."

"그래?"

강립은 현관 자물쇠를 풀고 안으로 들어갔다. 그의 등에다 대고 장경화가 쏘아붙였다.

"도대체 어디 갔다 오는 길이에요? 얼마나 걱정했는지 알아요?"

강립은 아무런 대꾸도 없이 곧장 자신의 서재로 향했다. 그리고는 목걸이를 책상 위에 꺼내놓았다. 강립의 뒤를 따르며 뭐라고 몇 마디 더 쏘아붙일 기세를 보이던 장경화는 책상 위의 목걸이를 보자 대번에 태도가 변했다.

"와, 이쁘다. 이게 웬 목걸이예요?"

"글쎄, 웬 목걸인지 한 번 알아보자고."

강립은 책상 밑에서 지난 밤에 꺼냈다가 제자리에 놓아둔 낡은 상자를 다시 꺼냈다. 먼지가 뿌옇게 앉은 게 오랜 시간 방치해둔 듯했다. 강립은 상자를 열고 안에 든 물건들을 뒤지다가 목걸이 하나를 꺼내서 책상 위에 둔 것과 나란히 놓았다.

"어머, 똑같네요!"

똑같은 청옥구슬 목걸이 두 개가 책상 위에 나란히 놓여 있었다. 강립도 어떻게 된 영문인지 몰라서 어리둥절한 표정만 지었다.

"이 목걸이들 어디서 난 거예요?"

장경화가 궁금증을 이기지 못하고 호들갑스럽게 물었다.

"하나는 우에다 교수 것이고, 다른 하나는……"

말허리를 자른 강립은 한동안 우물쭈물하다가 말을 이었다.

"다른 하나는 내 아버지 되는 사람이 물려준 거야."

"'아버지' 면 아버지지, '아버지 되는 사람' 은 또 뭐예요?"

장경화는 그렇게 비아냥거리고 나서 강립을 보았다. 강립의 얼굴은 어딘지 모르게 어두워 보였다. 그래서 장경화는 더 말을 붙이지 못하고 말문을 닫았다.

"경화 양, 부탁이 있는데 들어주겠나?"

"말씀하세요."

"누군가가 목걸이를 본 적이 있냐고 물어볼지도 모르겠어. 혹시 누가 그렇게 물어보면 전혀 아는 것이 없다고 말해주게. 그리고 기미코 여사 곁을 지켜주게. 아무래도 삼봉이나 은동이보단 여자인 경화 자네가 같이 있는 게 기미코 여사에게는 편할 거야."

"네. 알았어요."

장경화는 강립에게 따질 것이 많았지만 그가 평소와 달리 침울해 보였기 때문에 그냥 돌아설 수밖에 없었다.

장경화가 나간 후 강립은 목걸이를 손에 들고 바라보았다. 그의 눈은 목걸이를 향하고 있었지만 그가 보는 것은 먼 시간 너머의 어린 시절이었다.

강립은 아버지를 본 적이 없다. 그의 아버지는 그가 어머니 뱃속에 있을 때 유명을 달리했기 때문이었다. 어머니는 근본도 없이 떠돌던 아버지를 만나 살림을 차렸다고 했다. 결혼식은 물론 혼인

신고도 하지 않은 상태였다. 하는 수 없이 강립은 어머니의 성을 물려받아야 했다.

강립이 부친에게서 물려받은 것은 천부적인 힘과 가슴에 난 괴이한 털, 그리고 목걸이가 전부였다. 아버지는 궁핍한 생활을 이어가며 가재도구를 하나하나 팔아치우면서도 목걸이만은 내놓지 않았다고 했다.

아버지는 힘이 장사였다고 했다. 어머니는 어린 강립에게 한숨을 지으며, 네 아버지는 시대를 잘못 만난 위인이다, 옛날 같았으면 백만대군을 호령하는 장수가 되었을 거다, 라고 종종 말했다. 아버지의 힘은 날품팔이 노동판에서 남보다 임금을 조금 더 받는 것으로밖에 소용이 닿지 않았다. 아버지의 시선은 항상 먼 곳을 향해 있었고, 그의 마음은 이 땅에 발붙이지 못했다. 까닭도 없이 집을 나서서는 몇 달이고 돌아오지 않다가 거지꼴을 하고 나타난 적도 많았다고 했다. 어머니의 말대로 아버지는 만주 벌판을 달리며 칼을 휘두르는 꿈을 꾸며 살았는지도 모른다. 하지만 그것은 이 시대에 맞지 않는 꿈이었다. 그래서 아버지는 불행했다.

강립은 아버지를 미워했다. 유복자의 설움에 생활고가 겹칠 때마다 얼굴도 본 적이 없는 아버지를 향해 종주먹을 휘둘러대고는 했다. 아버지에게서 물려받은 목걸이는 유산이라기보다는 어린 시절의 궁핍과 고통이 올올이 새겨진 상흔으로 다가왔다. 하지만 때로 강립은 아버지가 그리웠다. 자기와 마찬가지로 가슴에 괴이한 털을 지녔을 사내. 강립은 베트남의 답다촌에서 이행리 삼판이 보여주었던 그림 속의 인물을 떠올렸다. 그 당시 강립은 그 그림을 보며 뜨거운 감동이 목구멍으로 치솟아 오르는 것을 느꼈다. 마치 아버지의 영상이 눈앞에 떠오르는 듯했다. 그것은 외면하려 해도 결코 외면되지 않는 핏줄을 향한 뜨거운 본능이었을 것이다.

강림은 목걸이를 손에 꾹 움켜쥐었다. 기미코는 목걸이에 엄청난 비밀이 숨겨져 있다고 말했다. 어쩌면 목걸이의 비밀을 풀어가는 가운데 그는 아버지의 흔적을 찾을 수 있을지도 모른다는 생각을 했다.

2. 400년을 기다려 온 사람

장경화가 경찰서에 도착했을 때 기미코와 삼봉, 은동 세 사람은 막 경찰서를 나서고 있었다. 기미코는 보기 안쓰러울 정도로 얼굴이 창백했다. 경화를 보자 그녀는 한 순간 긴장이 풀렸던지 다리를 휘청거리며 쓰러지려 했다. 경화가 급히 다가가 그녀를 부축했다.

"우선 뭐라도 드셔야지, 이러다가 큰일 나겠어요."

"전 괜찮아요. 죄송하지만, 병원에 좀 데려다 주시겠어요?"

"병원에요?"

"남편 곁에 있겠어요."

"안돼요! 우선은 쉬셔야 해요. 뭐라도 먹고 조금이라도 쉬지 않는다면 병원에는 어림도 없을 줄 알아요."

경화가 화난 표정을 지으며 옆구리에 손을 올렸다. 기미코는 한 순간 표정이 일그러지더니 기어이 울음을 터트리고 말았다. 삼봉과 은동은 어쩔 줄을 몰라하며 뒷머리만 긁적이고 있을 뿐이었다.

"기미코 언니, 언니 힘들고 슬픈 거 다 알아요. 하지만 지금은 누구보다도 언니 자신을 돌보아야 할 때예요."

좀전과 달리 장경화가 상냥한 말투로 다독거리며 위로를 건네자 기미코는 말 잘 듣는 아이처럼 순순히 경화를 따랐다.

기미코는 김은동이 사온 초밥을 몇 점 먹은 후 숙소로 잡은 모텔에서 깊은 잠에 빠졌다. 그녀는 잠을 자면서도 가끔씩 경기를 일으키며 인상을 찡그렸다. 나쁜 꿈에 시달리는 모양이었다.

그 시각 강림은 경찰서 부근의 식당에 있었다. 그는 수사가 어떻게 진행되고 있는지 궁금해서 김 형사를 불러내 점심을 대접하며 자연스럽게 이야기를 이끌어냈다. 김 형사의 말에 의하면, 부산으로 형사들을 급파해 바텔의 신병을 확보하려 했지만 바텔은 이미 한국을 떠나고 없더라는 것이다. 출국자 명단을 살펴본 결과 바텔의 행선지는 일본으로 밝혀졌으며 출국시각은 어제 저녁이었다. 그리고 두타산 대궐터 부근 절벽 아래에 사람이 죽어 있다는 제보가 들어와 형사들과 소방대원들이 출동한 상태였다. 강림은 제보를 한 사람이 박 형사일지도 모른다고 생각했다.

"절벽 아래에 죽어 있다는 사람이 도경식일 수도 있겠는데요."

강림의 말에 김 형사가 냅킨으로 입술을 훔치며 대꾸했다.

"그럴 가능성이 크지요. 만약 도경식이 죽어버렸다면 이번 사건의 열쇠를 쥔 유일한 사람은 부산의 그 바텔 오페르트라는 외국인 뿐인데…… 어제 저녁에 급히 출국했다면 누군가로부터 일이 잘못되었다는 전갈을 받은 게 분명합니다. 아무래도 이번 사건은 오래갈 것 같아요."

강립이 물을 마시고 나서 김 형사의 말에 수긍한다는 뜻으로 고개를 끄덕였다. 김 형사가 긴밀한 얘기가 있는 듯 상체를 앞으로 당기며 입을 열었다.

"기미코 씨는 지금 산악구조대가 보호하고 있는 걸로 알고 있는데…… 강 대장님이 보시기에 어떻습니까? 그 여자에게서 이상한 점을 느끼진 못했습니까?"

형사들이란 사건과 관계된 인물은 무조건 의심부터 하고 보는 사람들이라 김 형사의 그 물음이 당연한 것임에도 강립은 기분이 약간 상했다. 연고자가 없는 타국 땅에서 남편을 잃고 자신의 보호를 받고 있는 기미코에게 남다른 연민의 감정이 생긴 탓이었다.

"아니, 없습니다."

"아주 단정적으로 말씀하시는군요. 사소한 것이라도 이상하다고 생각되는 점이 있으면 알려주시면 고맙겠습니다."

"그렇게 하죠."

강립은 김 형사와 함께 경찰서로 돌아가 제보를 받고 두타산으로 출동했던 형사들을 기다렸다. 역시 절벽 아래에 죽어 있던 사람은 도경식으로 판명되었다. 강립은 이미 알고 있던 사실이면서도 놀라는 척 적당히 연기를 해야 했다. 박 형사의 모습은 보이지 않았다.

기미코는 2시간 정도 잠을 잔 후 깨어났다. 그녀와 장경화는 산책을 한 후 모텔 주차장에 있는 벤치에 앉아 해바라기를 하고 있었다. 기미코는 여전히 슬픔에 잠겨 있었지만 휴식을 취한 덕분에 한결 기분이 나아 보였다.

장경화는 이야기를 유쾌하게 이끌기 위해 일부러 일본 남자들에 대해 관심을 드러냈다. 이야기의 초점이 원색적인 것에 이르자 기미코도 얼굴을 붉히며 수줍은 미소를 머금었다. 두 사람이 한창 이야기꽃을 피우고 있을 때, 장경화의 휴대폰이 울렸다. 강립이었다.

"아, 대장님. 기미코 언니랑 전 지금 모텔에 있어요. 지금 어디……"

장경화가 말을 채 끝맺기도 전에 전화가 끊겼다. 경화는 자신이 들고 있는 휴대폰이 강립이라도 된다는 양 휴대폰을 향해 혀를 쑥 내밀었다.

"하여튼 예절이라고는 눈꼽만큼도 없는 사람이야. 아유, 재수없어."

그 모습을 보며 기미코가 살포시 미소를 머금었다.

"강 선생님은 가족이 없으신가요?"

기미코가 조심스럽게 궁금증을 풀어놓았다.

"네, 부인이 계셨지만 오래 전에 돌아가셨다고 들었어요."

"그럼 지금은……."

"혼자 살고 계세요. 자식도 없었나봐요."

"왜 재혼을 안 하셨을까요?"

"재혼요? 어림도 없어요. 돌아가신 부인을 아직도 못 잊어 하는 눈치던데요, 뭘."

장경화의 표정이 어두워졌다. 경화의 표정 변화를 알아챈 기미코가 슬며시 떠보았다.

"그 분을 사랑하고 계시군요?"

"네, 제가요!?"

장경화는 펄쩍 뛸 듯이 반응했지만 기미코의 말은 부인하지 못했다. 그런 장경화를 보고 기미코는 웃음을 지었다. 장경화는 툭 털어놓겠다는 어조로 말을 이었다.

"사실은…… 얼마 전에 사랑한다고 고백까지 했어요."

"어머, 그랬어요?"

"네. 하루는 술을 잔뜩 먹고는 새벽에 쳐들어간 적도 있어요."

"그래서 어떻게 됐어요?"

"피, 씨도 안 먹히더라고요? 내가 그렇게 성적 매력이 없나."

장경화는 골이 난 사람처럼 두 볼을 부풀렸다. 기미코는 그 모습을 보며 다시 미소를 지었다.

"저도 참 멋진 분이라고 생각했어요."

"그렇죠? 나이는 좀 들었지만 스타일은 웬만한 젊은이 뺨친다니까요. 힘은 장사인 데다가 가슴의 털은 또 얼마나 멋진데요."

기미코는 손으로 입을 가리고 풋풋, 웃음을 흘렸다.

"가슴에 털이 많이 나셨나봐요."

"그냥 털도 아니고, 왜 그거 있죠? 반달곰. 검은 털이 수북한 가운데 흰 털이 자라 있어요. 난 처음에 그것 보고 얼마나 놀랐는지 몰라요."

기미코는 갑자기 입가에서 웃음을 거두었다.

"반달곰처럼 털이 나 있다고요?"

"네."

대답하고 나서 장경화는 기미코의 표정을 살폈다. 그녀의 눈썹
이 파르르 떨리고 있었다.

"왜 그러세요?"

기미코는 아무런 대답이 없었다. 그러다가 갑자기 벌떡 몸을 일
으켰다.

"지금 강 선생님 어디 계시죠?"

"왜 그러세요?"

"강 선생님을 만나야 합니다. 확인해 볼 게 있어요."

마침 강립의 차가 모텔 주차장으로 들어서고 있었다. 경화는 차
를 향해 손을 흔들었다.

"대장님, 여기예요. 저희 여기 있어요!"

주차를 하고 난 후 강립이 성큼성큼 걸어왔다. 강립의 표정 역
시 기미코와 마찬가지로 굳어져 있었다. 장경화는 두 사람 사이에
흐르는 묘한 기운 때문에 더 이상 나서지를 못했다.

"부인, 전에 목걸이에 얽힌 비밀이 있다고 하셨는데 혹시 아시
는 게 있다면 제게 말씀해 주시겠습니까?"

기미코는 떨리는 눈으로 강립을 바라보았다. 그녀의 눈은 금방
이라도 눈물이 흘러내릴 것처럼 촉촉이 젖어 있었다. 기미코는 떨
리는 음성으로 말했다.

"그 전에 확인할 것이 있습니다. 강 선생님의 가슴을 보여주십시오."

장경화는 기미코의 느닷없는 말에 놀라서 그녀를 빤히 보았다. 하지만 기미코의 표정이 너무나 숙연해서 말을 걸 수가 없었다. 기미코의 말에 놀라기는 강립도 마찬가지였다. 하지만 강립은 천천히 자신의 셔츠 단추를 풀기 시작했다. 이윽고 강립의 반달가슴 곰털이 드러나자 기어이 기미코의 눈에서는 눈물이 주르륵 흘러내리고 말았다.

"저도 부인께 확인할 것이 있습니다."

강립은 주머니에서 청옥구슬 목걸이를 꺼내 기미코에게 건넸다.

"이것은 우에다 교수님께서 목에 걸고 다니시던 목걸입니다."

강립은 다시 다른 쪽 주머니에서 목걸이 하나를 더 꺼냈다.

"그리고 이것은 제가 부친으로부터 물려받은 목걸입니다."

똑같이 생긴 두 개의 목걸이가 강립과 기미코의 손에 각각 들려 있었다. 기미코의 눈에서는 하염없이 눈물이 흘러내렸다. 기미코는 강립의 손에 들려 있는 목걸이를 슬픔이 가득한 눈으로 들여다보았다.

"다, 당신입니다. 그 분은…… 우에다 교수님은 당신을 만나기 위해 이 곳에 온 겁니다."

"네에!?"

장경화가 깜짝 놀라 소리쳤다. 강립은 의외로 무덤덤하게 받아들이고 있었다.

"당신을 찾기 위해 그토록 애쓰셨는데, 지척에 두고 그토록 허무하게 돌아가시다니……. 그 분은, 그 분의 가문은 당신을 만나기 위해 400년을 기다렸습니다. 바로 당신이 그 분께서 그토록 찾아 헤매시던 비밀의 전수자이십니다."

기미코는 바닥에 주저앉더니 설움이 북받쳐서 소리내어 울기 시작했다.

제5장 칠성과 동천

1. 극락조를 좇은 아이

까마득한 옛날 단군이 조선을 건국한 이래 그 자손이 번성하던 중 일단의 부족이 남하하였다. 그들은 한반도의 척추 백두대간을 타고 내려오다 푸르고 창창한 바다 위에서 해가 솟아오르는 바닷가 들녘에 자리를 잡고 나라를 세워 이름을 실직곡국(悉直谷國)이라 하였다. 지금의 삼척을 중심으로 한 부족국가였다.

칠성은 실직군왕의 후손이었다. 백부 김양필은 중종 5년 무과에 급제한 장수로서 삼포왜란 때 적장 무네히로를 죽이고 왜인들을 괴멸시켜 난을 평정하였다. 숙부 김양보는 중종 때 과거에 등과하였다. 김양보의 친구로는 율곡 이이, 유성룡 등이 있었으며 그는 처음 의금부사를, 후에 한성판윤을 지냈다. 칠성의 아버지 김양식은 조부의 뜻을 받들어 고향을 지키며 후학을 양성하였다.

칠성의 모친인 심씨의 태몽이 상서로워 부모는 칠성이 태어나기 전부터 비범한 아이를 가지게 될 꿈에 부풀어 있었다. 그 꿈은 이러했다. 북쪽 하늘에 떠 있던 북두칠성이 유난히 밝게 빛을 발하면서 쏜살같이 내려와 심씨의 품에 안겼다. 어느새 별은 아기로 변해 그녀의 젖을 빨고 있었다. 심씨는 꿈에서 깨고 나서도 한동안 감미로운 기분에 취해 있었다.

아기가 태어난 후 몸을 살펴보니 가슴에 북두칠성 모양의 점 7개가 선명하게 박혀 있었다. 그 모습을 본 아기의 부모는 장차 아기가 위대한 인물로 자라날 것으로 예감하였지만 마가 끼지 않도록 입조심을 하고 바깥에는 이러한 사실을 일절 알리지 아니 하였다. 김양식은 아기의 이름을 태몽과 가슴에 새겨진 북두칠성 모양의 점을 따서 칠성(七星)이라고 지었다. 선조 20년 신미년(1571년) 봄이었다.

김양식은 무릉계의 하얀 너럭바위 위 큰 글씨가 새겨진 곳에 조상들에 대한 감사의 제사상을 차려 놓고 문중 사람들을 불러 잔치를 베풀면서 하루를 즐겁게 보냈다. 그곳 너럭바위에는 양사언이 썼다는 거대한 한시가 마치 살아 움직이는 듯한 용틀임을 하고 있었다.

武陵仙源(무릉선원)　극락조가 사는 불사의 계곡
中台泉石(중태천석)　땅의 중심에서 솟는 황금 샘
頭陀洞天(두타동천)　부처가 여닫는 동굴

칠성이 7살이던 해 봄, 그는 부모가 불공을 드리러 삼화사로 가는 길에 동행하였다. 무릉계곡 골짜기에는 홍도화가 유난히 붉게 피어 있었다. 아름다운 자연 경관은 바깥 외출이 흔하지 않았던 어린 칠성의 마음을 온통 빼앗아 버렸다. 졸졸거리는 시냇물의 노랫소리에 칠성은 나오지도 않는 휘파람을 불어댔다. 도토리를 입 안 가득 물고 달아나는 다람쥐를 좇으며 소리를 질러대기도 했다. 나뭇가지 사이로 바람이 사삭거리며 흩어질 때면 누군가 재미난 이야기를 들려줄 것 같은 기대에 부풀어 귀를 기울였다.

삼화사에 도착한 후, 부모가 불공을 드리는 사이 칠성은 어른들의 눈을 피해 절 밖으로 나섰다. 아무래도 승려들의 목탁소리와 불당의 향내보다는 싱그러운 자연이 칠성에게는 더욱 친근하게 다가왔다. 그는 개울가로 가서 물 속을 들여다보았다. 맑은 물 속에는 칠성의 새끼손가락만한 작은 물고기들이 빠르게 헤엄치며 몰려다녔다. 간혹 가재가 바위 사이에서 고개를 내밀었다가는 누가 볼세라 다시 몸을 감추기도 했다. 어린 칠성은 가재와 작은 물고기를 좇아 점점 더 개울을 거슬러 올라갔다. 삼화사와 점점 멀어지고 있었지만 온통 개울에 정신이 팔린 그는 그러한 사실을 깨닫지 못했다.

한창 물놀이에 여념이 없는 칠성의 귀에 맑고 고운 노랫소리가 파고들었다. 그는 동작을 우뚝 멈추고는 그 소리에 귀를 기울였다. 그 소리가 어찌나 감미롭고 황홀하던지 칠성은 물놀이에 흥미를 잃고 소리만 좇을 정도였다. 칠성이 주변을 두리번거렸지만 좀처럼 소리가 들려오는 곳을 찾을 수가 없었다. 그러다가 칠성은 너무도 어여쁜 새가 나뭇가지에 앉아 있는 것을 발견하고는 자기도 모르게 소리를 질렀다.

"이야, 저런 새도 다 있네!"

하지만 칠성이 소리를 지르는 바람에 새는 더 깊은 숲 속으로 숨고 말았다. 칠성은 새를 좇았다. 삼화사와 멀어지고 있다는 사실도, 자신이 길을 잃었다는 사실도 모른 채 칠성은 점점 더 숲 속 깊이 빠져들고 있었다.

새는 깃털과 몸이 파랬으며 속날개는 언뜻언뜻 황금빛을 띠고 있었다. 노란 주둥이는 오리 부리처럼 약간 넓게 퍼져 있었다. 세상 구경이 드물었던 칠성으로서는 새의 이름을 알 턱이 없었다.

"예쁜 새야, 어디를 가니?"

새는 잡힐 듯 말 듯 일정한 거리를 유지하며 칠성을 숲 속으로 유인하고 있었다. 칠성의 고무신이 벗겨졌다. 하지만 칠성은 개의치 않았다. 숲은 점점 우거져서 햇살이 들지 않을 정도로 주변이 어두웠지만 새에게 온통 마음을 빼앗긴 칠성은 무서운 줄을 몰랐다.

한참동안 날아가던 새가 날갯짓을 멈추었다. 나뭇가지 위에 앉은 새는 칠성이 다가가도록 움직이지를 않았다. 새도 지친 모양이라고 칠성은 생각했다. 새는 나뭇가지에서 예쁜 입을 종알거리며 맑은 울음소리를 내뱉고 있었다. 칠성은 새를 잡고 싶다는 욕심이 강하게 일었다. 그는 나무를 타고 올라가 새에게로 다가갔다. 나뭇가지에 오른 칠성은 새를 향해 손을 뻗었다. 칠성의 손아귀에 새가 들어오려는 찰나 새는 다시 날갯짓을 하며 날아가고 말았다. 그 바람에 칠성은 몸의 균형을 잃으며 떨어지고 말았다. 몸을 움직일 수가 없었다. 다리가 부러진 것이었다. 칠성은 너무나 고통스러워서 소리를 지르며 눈물을 흘렸다. 새는 한동안 칠성의 주위를 맴돌더니 더 깊은 숲 속으로 사라지고 말았다.

날은 점점 어두워지고 있었다. 그제야 숲의 어둠이 칠성의 가슴에 두려움을 일으키기 시작했다. 칠성은 다리의 통증과 두려움으로 몸을 떨며 울음을 내뱉을 뿐이었다.

어둠이 내리도록 칠성이 돌아오지 않자 삼화사 승려들은 횃불을 들고 숲을 뒤지기 시작했다. 김양식과 심씨 역시 칠성의 이름을 부르며 숲을 헤집고 다녔다. 이윽고 칠성의 고무신이 삼화사 승려들에 의해 발견되었다. 몸이 재빠른 승려들 몇이 숲 속으로 칠성을 찾아 들어갔다. 곧 승려들은 실신해 있는 칠성을 발견하고는 그를 업고 숲을 빠져 나왔다.

승려들과 칠성의 부모는 도저히 납득이 되지 않았다. 어린아이 혼자서 어떻게 그 멀고 깊은 곳까지 갔단 말인가! 채신머리없는 하인 중에는 귀신에 홀렸던 것이 분명하다는 망발을 일삼는 이도 있었다. 곧 그 하인은 김양식의 불호령을 맞았지만, 분명 이해가 되지 않는 일이기는 했다.

평소 수덕사 부근의 성암(聖庵)에 거처하는 삼화사 주지승 비학스님은 예불을 주관하기 위해 절에 머물고 있었다. 그는 무예와 의술이 뛰어난 동천스님을 부르기 위해 수덕사로 사람을 보냈다. 수덕사는 원래 삼화사를 모체사원으로 하는 말사(末寺)로, 전국에서 불공에 뛰어난 승려들이 선발되어 도를 닦는 일종의 교육기관이었다. 두 절의 위치는 약 1Km 정도 떨어져 있었지만 비학 대사는 경공에 뛰어나 두 절 사이를 수월하게 오갔다. 삼화사의 주지인 비학 대사는 수덕사의 방장직을 겸하고 있었지만, 수덕사의 독립적인 기능이 차츰 강화되어 비학 대사는 두 절을 이원화할 계획을 가지고 있었다. 동천은 삼화사의 승려로 수덕사에서 수련을 쌓고 있는 중이었다.

동천은 새벽 무렵 삼화사에 도착했다. 그는 칠성의 부러진 다리를 맞추고는 부목을 대고 천으로 감았다.

다음날, 칠성이 깨자 칠성의 부모는 그가 어떻게 그 먼 곳까지 갔는지 자초지종을 알고 싶어했다. 삼화사의 고승들이 그 광경을 지켜보았다. 동천 역시 그 자리에 있었다.

"말해 보거라. 어떻게 그 먼 곳까지 가게 되었는지."

칠성은 어렸지만 남다른 데가 있는 아이였다. 다리의 통증이 아직 심할 텐데도 아픈 내색을 않고 부친의 물음에 차근차근 답변을 했다.

"새를 좇았습니다. 새가 너무 예뻐서 숲 속 깊이 들어가고 있다는 사실도 몰랐습니다."

김양식은 어이가 없다는 듯 허허, 웃음을 흘렸다.

"도대체 얼마나 예쁜 새였길래 내 아들의 정신을 그렇게 홀렸나, 껄껄껄."

칠성은 부친의 그 말이 새가 어떻게 생겼는지를 설명하라는 말인 줄 알고 새의 생김새를 말하기 시작했다.

"깃털이 파랬습니다. 날개에서는 황금빛도 얼핏 보였고, 주둥이는……"

칠성의 설명을 듣고 있던 동천의 눈이 커졌다. 동천은 자기도 모르게 신음을 내뱉듯 낮게 말했다.

"극락조……."

승려들과 칠성 부모의 시선이 동천에게로 모아졌다. 동천은 아랑곳없이 칠성에게 다가가 아이의 얼굴을 빤히 들여다보았다.

2. 유하

칠성이 다시 잠든 것을 확인한 승려들과 칠성의 부모는 주지스님의 방에 모여 앉았다. 밤은 이미 이슥해져 있었다.

일각스님이 동천스님에게 물었다.

"아이가 보았다는 새가 분명 극락조일까요?"

방안의 사람들은 모두 동천에게로 시선을 모았다. 동천은 생각에 잠겨 있다가 입을 열었다.

"극락조는 비범한 운명을 타고난 인물에게만 모습을 보인다는 전설 속의 새입니다. 저 역시 얘기로만 들었을 뿐 극락조를 본 일이 없으니 뭐라 단정짓기는 힘듭니다. 하지만 아이의 관상을 보니 예사롭지가 않았습니다. 큰일을 이루어 내거나 막중한 의무를 지고 태어난 것이 분명합니다. 여러분께서 허락하신다면 당분간 아이가 회복할 때까지 제가 맡고 싶습니다."

동천은 무예가 뛰어나고 불심이 깊었다. 그런 사실을 알고 있는 많은 승려들이 그의 제자가 되기를 원했으나 동천은 제자를 두지 않겠다고 딱 잘라 말하며 지금껏 물리쳐 왔었다. 그런 동천이 스스로 칠성을 제자로 거두겠다는 의사를 밝힌 것이다. 방안에 앉은 승려들은 동천의 말을 가볍게 넘길 수가 없었다.

동천이 칠성의 부모를 향해 말했다.

"아이는 당분간 절에서 치료하며 기거하는 것이 좋을 듯합니다. 제가 직접 아드님을 보살필 테니 염려 놓으십시오."

김양식 역시 동천이 불도가 깊고 고명한 승려임을 알고 있었다. 그런 이가 자신의 아들을 보살피겠다고 하니 거절할 이유가 없었다.

"대사께서 제 아이를 보살펴 주신다면 저로서는 그보다 더한 기쁨이 없겠습니다."

이렇게 하여 칠성은 다리가 나을 때까지 삼화사에서 동천의 보살핌을 받으며 기거하게 되었다.

동천은 황토산에서 채취한 6면체 왕소금처럼 생긴 산골을 갈아서 만든 쇳가루와 동전을 갈아 만든 구리 가루를 칠성에게 40일 동안 먹였다. 또한 그는 칠성을 삼화사 경내에 있는 약사여래전에서 기거하도록 하고, 약사여래 철불이 들고 있는 검은 연꽃을 쳐다보면서 부처님께 기도하라고 일렀다. 그러면 다리가 부러지기 전보다 훨씬 더 튼튼해지며 회복도 빠를 거라고 하였다. 칠성은 어린아이답지 않게 동천의 말을 잘 따랐다. 그런 칠성을 보고 있으면 동천은 마음이 절로 흐뭇해졌다.

칠성은 부모와 떨어져 있는 데다가 동무가 없어 외로울 텐데도 전혀 내색을 하지 않았다. 삼화사의 승려들은 칠성의 사람 됨됨이를 높이 평가했다. 칠성이 보채지 않아도 그의 주위에는 늘 나이 많은 승려들이 자리를 함께 하였으며 가끔 동자승들이 찾아와 그와 시간을 같이 보내기도 했다. 특히 동천의 애정이 각별했다. 동천은 칠성에게 신비로운 이야기를 들려주기도 하고 인체해부도를 보여주기도 했으며 기의 흐름과 경락 진맥과 처방 등을 알려주기도 했다. 칠성이 알아듣기 힘든 말들도 있었지만 그는 동천의 이야기를 귀담아 들었다. 사실 그러한 지식들은 무예의 기초가 되는 것들이었다. 칠성은 깨닫지 못하고 있었지만 동천은 칠성에게 삼화사 고유의 천년비법을 전수하고자 마음을 먹고 있었던 것이다. 칠성도 친절하고 다정다감한 동천을 따르며 좋아했다.

하지만 칠성은 아직 7살짜리 어린아이였다. 부모와 떨어져 지낸다는 것은 그에게 모진 고통이었다. 어둠이 내리고 동천마저 자신의 거처로 돌아가고 나면 칠성은 남몰래 눈물을 흘릴 때가 많았다.

어느 날 전에 없이 많은 사람들이 삼화사에 찾아왔다. 칠성은 아픈 다리를 이끌고 절룩거리며 부모가 찾아왔는지 절 안을 돌아다녔지만 부모의 모습은 보이지 않았다. 대신 하인 하나가 찾아와 집안에 큰 일이 있어 대감 내외가 삼화사를 찾지 못했다는 소식을 전했다. 칠성은 서운한 마음을 가누며 약사여래불전으로 돌아와 동천이 시킨 대로 다친 다리를 주무르고 있었다.

"여기가 너희 집이니?"

칠성이 고개를 문 쪽으로 돌려보니 제 또래의 여자아이 하나가 방문 틈으로 빼꼼히 고개를 들이밀고 있었다. 칠성은 여자아이의 크고 맑은 눈망울이 참 예쁘다고 생각했다.

"아니, 난 다리를 다쳐서 여기서 치료를 받고 있는 중이야."

여자아이는 방문을 조금 더 열고는 문 밖에 서서 칠성의 다리를 내려다보았다. 칠성은 자신의 다리가 불편한 게 여자아이에게 부끄러워서 슬그머니 다리를 이불 속으로 감추었다.

"난 절에는 스님들만 사는 줄 알았어. 나처럼 어린아이가 살고 있을 줄은 꿈에도 몰랐어."

"꼭 그렇진 않아. 나처럼 어린 스님들도 있어."

여자아이는 고개를 끄덕였다. 여자아이의 눈은 계속 칠성의 다리 쪽에 머물러 있었다.

"너네 부모님은 어디 있니?"

그 말에 칠성은 우울해졌다. 갑자기 부모님이 사무치게 그리워졌던 것이다. 칠성은 고개를 떨군 채 여자아이에게서 등을 돌렸다. 눈물이 새어나올지도 모르기 때문이었다. 여자아이에게 눈물을 보인다면 그건 다리를 다친 것보다 더 창피한 노릇이었다.

"부모님이 안 계시니?"

칠성은 갑자기 돌아서며 큰소리로 대꾸했다.

"아냐, 계셔!"

칠성이 소리를 지르는 바람에 여자아이는 몸을 움찔거렸다. 그리고는 금세 울음을 터뜨릴 것처럼 울먹거렸다. 그 모습을 본 칠성은 어쩔 줄을 몰라했다.

"내가 소리를 질러서 놀랐구나? 미안해. 대신 내가 동천스님에게서 들은 재미난 이야기를 들려줄게."

여자아이는 입을 비죽 내밀고서도 방문턱에 걸터앉았다. 칠성은 동천스님에게서 들은 이야기를 여자아이에게 그대로 들려주었다. 여자아이는 이야기를 알아들을 수 없어 지루할 텐데도 참을성 있게 칠성의 이야기에 귀를 기울였다. 그런 여자아이의 모습을 보며 칠성은 참 어여쁘다는 생각을 했다.

"유하야, 어디 있니?"

그 소리에 여자아이는 벌떡 몸을 일으켰다.

"어머님께서 부르신다. 이만 가야겠어."

칠성은 서운했다. 이제 막 친구가 되려고 하는데 그대로 여자아이를 떠나 보내기가 못내 아쉬웠다.

여자아이는 소리가 난 쪽으로 달려가다가 몸을 홱 돌려 칠성에게 말했다.

"내 이름은 유하야! 최유하! 다음에 또 놀러올게!"

칠성은 여자아이가 사람들 속으로 사라질 때까지 계속 바라보고 있었다.

시간이 지나면서 칠성의 다리는 하루가 다르게 회복되었다. 기별이 있었던지 칠성의 부모가 삼화사에 도착했다. 칠성은 부모에게 자신의 다리가 다 나았음을 과시하기 위해 땅을 힘차게 내디디며 걸어 보였다. 그 모습을 보고 있는 김양식과 심씨의 얼굴에는 웃음이 떠나지를 않았다.

"칠성아, 우리는 곧 다시 만나게 될 것이다. 그 동안 이 스님이 일러준 이야기를 잊지 말도록 해라."

동천은 칠성을 떠나 보내기가 못내 아쉬운지 칠성의 손을 꼭 잡고 있었다. 칠성 역시 동천스님과 헤어지기가 싫었다.

승려들과 동자승들이 삼화사 입구까지 칠성을 배웅했다. 나귀에 올라탄 칠성은 절 쪽으로 뒤돌아보았다. 동천 스님이 인자한 미소를 띤 채 손을 흔들고 있었다.

칠성의 모습이 사라진 뒤에도 동천은 한동안 칠성이 떠나간 쪽을 지켜보며 서 있었다. 그의 얼굴은 좀전과는 달리 근심이 가득해 보였다. 경내로 들어서던 노승 한 명이 그 모습을 보고 말을 건넸다.

"동천께서는 어린 제자를 돌려보낸 것이 그리도 가슴 아프신가?"

"저 아이가 짊어진 운명의 무게가 너무나도 무거워 보여 소승의 마음이 편치 않습니다."

"나도 그 아이의 상이 범상치 않다고 생각하고 있었소. 허나 부처의 뜻이 그러한 걸 우리 같은 중생이 어떻게 하겠소. 앞으로 동천께서 그 아이를 잘 보살펴 주시오."

"네, 명심하겠습니다."

노승은 동천에게 합장을 한 후 경내로 들어섰다. 동천은 여전히 그 자리에 우두커니 서서 칠성이 멀어져 간 길목을 바라보고 있었다.

칠성은 전과 다름없는 시간을 보냈다. 부친 밑에서 글공부도 다시 시작했으며, 동리 아이들과 어울려 다니며 재미난 놀이도 많이 할 수 있었다. 그러는 틈틈이 칠성은 동천 스님이 이야기해준 것들을 되새겨 보고는 했다. 특히 인체해부도와 경락에 관심이 많아 칠성은 땅바닥에 그림을 그려놓고 하나하나 짚어낼 정도였다. 그 모습을 본 김양식은 자신의 아들이 사회적으로 귀한 대접을 받지 못하는 의원이 되지나 않을까 걱정을 했다.

어느 날 행장을 꾸린 칠성의 부모가 칠성을 불렀다.

"최대감 댁에 잔치가 있어 다녀오려고 하느니라. 너도 이 기회에 인사를 해두는 것이 좋을 듯하니 준비를 하거라."

칠성은 부모를 따라 길을 나섰다. 길은 멀었다. 새벽에 출발을 했건만 도착했을 때는 정오가 가까워지고 있었다.

최대감 내외와 그의 아들 최원홀이 칠성 일행을 반갑게 맞아주었다. 특히 원홀은 칠성을 친동생처럼 대해 주었다. 원홀은 일찌감치 집을 떠나 먼 타지에서 무예와 학문을 닦고 있던 중 집안의 잔치를 맞아 집에 다니러 온 것이라 했다. 칠성은 의젓하고 친절한 원홀이 좋아서 친형처럼 따랐다.

원홀을 따라 다니며 집안을 구경하고 있을 때였다.

"너, 다리가 다 나았구나?"

칠성이 돌아보니 거기에는 예전에 삼화사를 찾아왔던 유하가 서 있었다. 생긋 웃고 있는 모습이 여전히 어여쁘게 다가왔다.

"여기가 네 집이니?"

유하는 고개를 끄덕였다. 유하는 원홀의 여동생이었다.

두 아이를 지켜보고 있던 원홀이 끼여들었다.

"둘이 아는 사이였느냐?"

유하가 대꾸했다.

"응, 전에 아버님 어머님 따라 삼화사에 갔다가 봤어. 그때 얜 다리를 다쳐서 치료를 받고 있는 중이랬어."

원흘이 곰곰이 따져보았다.

"가만 보자…… 애 유하야, 칠성이 너보다 두 살이 많으니 앞으론 오라버니라고 불러야겠다."

유하가 그 말에 입을 비죽 내밀었다. 하지만 싫지 않은 듯 곧 칠성에게 다가가 말을 건넸다.

"칠성 오라버니야, 우리 밖에 나가서 놀지 않을래?"

칠성은 원흘을 올려다보았다. 나가 놀아도 좋다는 뜻으로 원흘이 고개를 끄덕였다.

"그럼 다녀오겠습니다."

"너무 멀리 나가지 않도록 조심하거라."

"네."

"응."

어린아이답지 않게 칠성이 예를 갖추자 원흘은 대견한 듯 칠성의 머리를 쓰다듬어 주었다.

유하는 성격이 발랄하고 쾌활했다. 칠성은 예법이 몸이 배어 행동이 어린아이답지 않은 반면 유하는 거침없이 칠성을 대했다.

"자, 가자."

유하는 칠성에게 손을 내밀었다. 칠성이 무안하여 원흘의 표정을 살폈다. 원흘은 입가에 미소를 머금은 채 뒷짐을 지고는 슬그머니 자리를 피했다.

칠성이 머뭇거리고 있으려니까 유하가 칠성의 손을 낚아챘다.

"뭐해? 나가자니까."

칠성은 유하에게 손을 붙잡힌 채 끌려나갔다. 누가 볼까봐 칠성은 가슴이 두근거렸지만 유하의 보드라운 손이 자신의 손아귀에 들어오자 기분이 좋아서 내버려두었다.

유하는 칠성을 데리고 담 아래 자란 꽃들을 보여 주었다.

"칠성 오라버니야, 이 꽃들 너무 예쁘지 않니?"

하지만 칠성은 꽃보다 유하가 더 예쁘다고 생각했다.

갑자기 어디선가 돌이 날아왔다. 돌은 칠성의 귓불을 스치고는 담을 맞고 튀었다. 칠성과 유하가 돌아보니 유하의 옆집 사는 길석이란 꼬마 녀석이 서 있었다. 유하는 버럭 소리를 질렀다.

"사람을 향해 돌을 던지면 어떡해!? 칠성 오라버니가 다칠 뻔했잖아!"

길석은 두 아이에게 다가와 숨을 씨근덕거렸다.

"뭐? 이딴 녀석이 네 오라버니라고?"

"그래, 칠성 오라버니야. 칠성 오라버니 다치게 하면 가만 안 둬!"

유하는 길석에게 밤톨만한 주먹을 내밀었다.

"이런 시시한 녀석이랑 놀지 말고 연못에 가서 고기나 잡자. 내가 큼지막한 놈으로 잡아줄게."

"싫어. 난 칠성 오라버니랑 놀 거야. 그리고 앞으론 너랑 안 놀래. 넌 약한 애들이나 괴롭히는 나쁜 아이야."

유하는 길석이 골목대장 노릇을 하며 약한 아이들을 괴롭히는 모습을 보고는 정나미가 뚝 떨어진 것이었다. 길석이 칠성을 무섭게 노려보았다. 칠성은 길석의 눈길을 피하지 않았다.

"이 쬐끄만 녀석이 노려보면 어쩌겠다는 거야?"

길석은 가만히 있는 칠성에게 시비를 걸었다. 곁에 서 있는 유하가 길석을 밀어냈다.

"저리 가. 칠성 오라버니 괴롭히면 원흘 오라버님한테 이를 거야!"

길석은 유하가 칠성 편만 들어서 약이 올랐다. 평소 자기가 좋아하던 유하를 처음 보는 낯선 녀석에게 빼앗겼다는 사실에 참을 수가 없었다. 길석은 칠성을 향해 주먹을 날렸다. 하지만 칠성은 길석의 주먹을 가볍게 피하고는 길석을 밀어버렸다.

"아이쿠!"

엉덩방아를 찧은 길석은 유하 앞에서 창피를 당해서 더욱 약이 올랐다. 벌떡 몸을 일으킨 길석은 칠성에게로 달려들려고 했다.

"사이 좋게 지내야지, 이게 무슨 짓이냐!?"

최원흘이 아이들에게로 다가왔다. 길석은 멈칫하더니 칠성을 노려보고 섰다가 달아나 버렸다. 달아나는 길석의 뒷모습을 보며 원흘이 혀를 찼다.

"쯧쯧, 어린 녀석이 뭐가 되려고 저렇게 망나니짓을 하고 다니는지……."

유하는 신이 나서 원흘에게 떠들어댔다.

"오라버님, 길석이가 칠성 오라버니를 괴롭히려고 했는데, 칠성 오라버니가 길석이를 혼내줬다. 칠성 오라버니, 힘이 장사야."

유하는 칠성이 자랑스러운 듯 온 집안을 돌아다니며 칠성이 길석을 혼내줬다고 떠들어댔다. 칠성은 싸움질을 했다고 야단을 맞을까봐 걱정이 되었지만 성격이 쾌활한 유하가 밉지 않았다.

3. 운명

12살 되던 해에 칠성이 갑자기 시름시름 앓기 시작했다. 그는 악몽에 시달리는지 자다가도 벌떡 일어나 몸을 떨며 소리를 질러대기도 했고, 정신이 나간 것처럼 뭐라 알아들을 수 없는 말을 중얼거리기도 했다. 몸에 열이 오르고 식은땀을 흘렸으며 점점 야위어 갔다. 용하다는 의원을 불러 진맥을 하였으나 병명조차 알 수가 없었다. 김양식은 귀한 아들을 잃을지도 모른다는 생각에 하루하루 주름살이 늘어만 갔다. 참다 못한 그는 삼화사로 사람을 보내어 동천스님을 불러오도록 했다.

칠성이 까닭 없이 앓고 있다는 소식을 접한 동천은 한 걸음에 칠성의 집으로 찾아왔다. 동천은 칠성을 진맥하고 이마를 짚어보기도 하고 눈을 까뒤집어 들여다보기도 했다. 칠성의 방에서 물러나오며 동천은 긴 한숨을 내쉬었다. 김양식은 수심에 가득 찬 얼굴로 동천에게 물었다.

"어떻게 된 일입니까? 난다긴다하는 의원들도 모두 두손두발 다 들었습니다. 대사밖에는 믿을 이가 없습니다."

동천은 고개를 가로 저었다.

"저 병은 약으로 다스릴 수 있는 것이 아닙니다."

옷고름으로 눈물을 찍고 있던 칠성의 모친이 동천에게 말했다.

"어떻게 해야 합니까? 자식놈을 살릴 수만 있다면 무슨 일이든 다하겠습니다."

동천은 뭐라고 확실한 답을 하지 않았다. 눈을 감은 채 낮게 '관세음보살'을 읊조릴 뿐이었다. 칠성의 부모는 가슴이 타들어 가는 듯했으나 동천을 채근할 수가 없었다.

이윽고 눈을 뜬 동천이 긴 한숨을 내쉰 뒤 입을 열었다.

"비범한 인물은 비범한 운명을 타고 태어나기 마련입니다. 그들은 남다른 삶을 살아야 하는 업보를 지고 이 세상에 나오기도 하지요."

칠성의 부모는 동천이 하는 말을 제대로 알아들을 수가 없어 눈만 끔벅였다.

"칠성은 자신이 타고난 운명에 거스르는 삶을 살고 있기에 고통을 받고 있는 것입니다. 무인(巫人)이 될 운명을 타고난 사람이 신내림을 피하다가 급살을 맞는 경우도 여기에 해당합니다."

심씨가 자신의 이마를 짚으며 탄식을 내질렀다.

"아이고, 그럼 칠성이가 무당이 된단 말씀이십니까?"

동천은 손을 내저었다.

"그런 말이 아닙니다. 지금 칠성이는 자신이 타고난 운명을 받아들이도록 강요를 받고 있는 중입니다. 칠성이가 범상치 않은 아이라는 사실은 누구보다도 대감께서 잘 아실 것입니다."

김양식은 눈에 보일 듯 말 듯 고개를 끄덕였다. 동천은 말을 이었다.

"칠성이 타고난 운명이 무엇인지는 소승도 장담할 수가 없습니다. 하지만 칠성이를 이대로 두면 위험해질 수 있습니다."

"그럼 어떻게 해야 합니까. 무조건 대사의 의견을 따르겠습니다."

"칠성이는 제가 데리고 가도록 하겠습니다."

그 말은 칠성을 승려로 만들겠다는 뜻이었다. 귀한 아들을 불가에 귀의시키기는 것은 자식을 무당으로 만드는 것만큼이나 가슴 아픈 일이었다. 하지만 김양식은 아픈 아들을 그대로 내버려둘 수가 없었다. 그는 깊은 생각에 잠겨 있다가 어쩔 수 없다는 듯 길게 한숨을 내쉰 후 고개를 끄덕였다.

"그렇게 하십시오. 칠성이가 무사하기만 하다면 그것으로 더 바랄 게 없습니다."

김양식은 칠성을 가마에 태워 동천에게 딸려 보냈다. 칠성의 어머니인 심씨는 하염없이 눈물을 흘렸다. 김양식도 귀한 아들을 승려로 만드는 것이 가슴아파서 긴 탄식을 늘어놓았다.

"내 전생에 무슨 업보를 쌓아 이런 슬픔을 겪는단 말인가!"

동천은 삼화사로 가기 전 최원흘의 집을 찾았다. 원흘과 동천은 사제지간은 아니었지만 원흘은 동천을 스승처럼 따랐다.

칠성이 원흘의 사랑에 기거하고 있을 때 유하가 찾아왔다. 하지만 칠성은 정신이 온전치 못한 상태라 유하를 알아볼 수가 없었다. 칠성의 몸이 성치 않다는 사실을 안 유하는 눈물을 흘렸다. 그리고 앞으로 칠성이 불가에 귀의하게 될 것이라는 사실을 알고 나서는 더욱 슬피 울었다. 다음 날 칠성과 동천은 삼화사로 떠났다.

삼화사에 도착한 칠성은 동천의 보살핌을 받았다. 칠성은 절에 도착한 후로 상태가 호전되더니 마침내 정신을 차리기에 이르렀다. 그간 있었던 일들이 꿈인 양 가물거렸다. 칠성은 아직 어렸지만 자신이 감당해내야 할 커다란 의무가 있음을 직감하고 있었다. 집이 그립고 부모가 그리웠지만 참아내는 수밖에 없었다. 가족이 그리울 때면 이슬이 눈가에 맺혔지만, 그는 자신의 운명을 받아들이고 있었다.

칠성은 목탁소리와 염불 외는 소리, 향내가 가득한 불당 안에서 머리를 깎았다. 그는 다시는 되돌릴 수 없는 길을 향해 발을 내디딘 것이었다. 동천은 자신의 제자가 타고난 기구한 운명이 안타까워 슬픈 눈으로 머리를 깎는 칠성을 지켜보았다.

칠성이 15세 되던 해 가을에 동천은 칠성을 데리고 두타산 수덕사로 향했다.

동천 스님의 걸음은 무척 빨랐다. 칠성은 평지에서는 동천 스님 뒤를 바짝 따라붙을 수 있었으나 산길로 접어들자 간격이 점점 벌어지기 시작했다. 동천 스님은 산사(山寺)를 오르는 오솔길을 아무런 힘도 들이지 않고 걸어갔다. 칠성은 젖 먹던 힘까지 다해 뛰었지만 동천은 더 멀어졌다. 두 사람의 간격이 차츰 벌어지더니 이내 동천의 모습이 보이지 않았다.

수덕사는 계곡 입구에서 보면 영험한 신령이 머물 것 같은 산봉

우리 뒤에 가려져 있었다. 칠성은 깎아지른 듯한 절벽을 한동안 기어올라 하늘과 맞닿는 곳인가 여겨질 정도로 까마득히 높은 곳에 위치한 수덕사에 도착하였다. 대궐처럼 지어진 본채에 사방으로 이어진 큰 건물이 있었고, 넓은 마당 가운데에 연못이 있었다. 연못 안에는 연잎이 떠 있고 물 속에는 잉어가 헤엄치고 있었다. 칠성은 동천 스님을 찾았으나 그는 보이지 않았다. 칠성이 경내를 헤매고 있을 때 떠꺼머리 취사장 화공이 나타나 칠성에게 소리를 쳤다.

"웬놈이냐? 여기가 어디라고 함부로 기웃거려?!"

칠성은 화공의 얼굴을 들여다보았다. 어딘지 낯이 익었다. 기억을 더듬어보니 8년 전 유하 앞에서 자신에게 시비를 걸던 길석이라는 놈이었다. 칠성은 반가운 마음에 그에게 아는 체를 했다. 하지만 길석은 칠성을 기억하지 못했다.

"왜 기억 안 나? 옛날에 원흘 형님 집 앞에서 만났잖아."

그제야 길석은 칠성을 기억해내고는 얼굴을 붉혔다. 그는 한동안 칠성을 노려보더니 이내 굳어진 인상을 풀었다. 수덕사에서는 자신이 선배 격이니 앞으로 칠성을 마음대로 요리할 수 있다고 생각한 까닭이었다. 그는 얼굴에 묘한 웃음을 지었다.

처음 수덕사로 입사(入寺)한 날 밤, 칠성은 2명의 화공들과 잠을 잤다. 새벽에 더벅머리 화공이 흔들어 깨웠다. 새벽 예불을 간단히 드리고 취사장으로 갔다. 칠성의 화공 생활이 시작된 것이었다. 정식으로 승계를 받은 승려가 화공으로 일하기는 드문 일이었다.

취사장에는 검은 무쇠 가마솥 3개가 큰 부뚜막 위에 걸려 있었다. 캄캄한 밤에 일어나 넉가래로 쌀을 씻고, 아궁이에 장작불을 피우는데 아궁이에서 나는 연기와 탁탁 튀는 빨간 불덩어리가 무섭게 느껴졌다. 밥이 되면 커다란 나무밥통에서 넉가래주걱으로 밥을 펐다. 그리고 솥에 물을 길어다 붓고 씻었다. 칠성으로서는 태어나서 처음으로 해보는 고생이었다. 그가 화공으로 고생을 하고 있는데도 동천 스님은 모습을 나타내지 않았다. 하지만 거기에는 스님 나름대로의 깊은 뜻이 있겠거니 여기며 칠성은 잘 버텨냈다.

칠성의 고생은 새벽부터 시작되는 힘든 노동만이 아니었다. 칠성에게 구원(舊怨)을 품고 있는 길석이 시시때때로 시비를 걸어오는 것이었다. 그는 곤한 잠에 빠져 있을 때도 칠성을 불러내어 기합을 주었다. 화공 두세 사람이 붙어도 힘든 일을 해내라며 억지를 부리기도 했다. 칠성은 입사 초년생의 설움을 톡톡히 치르고 있었다.

칠성은 여우고개로 나무를 하러 갔다. 산세가 험하고 나뭇짐이 무거워 고생스러웠지만 그는 오히려 산에 나무하러 가는 것이 좋았다. 적어도 산에 있는 동안은 자신을 괴롭히는 이가 없기 때문이었다.

붉은 단풍잎이 아름답게 불타고 있었다. 칠성은 산에 혼자 있을 때면 가슴 속 깊이 웅크리고 있던 그리움이 되살아났다. 부모님도 보고 싶고 동네 친구들도 보고 싶었다. 그리고 해사한 눈망울을 가진 유하를 떠올리기도 했다. 이제 유하도 어엿한 처녀가 되었을 거라고 생각을 하니 가슴이 두근거렸다. 이래서야 어떻게 승려가 될 수 있겠는가 생각하며 그는 쓴웃음을 지었다.

칠성은 화공 일을 그럭저럭 견뎌내고 있었지만 모든 것을 팽개치고 달아나고 싶은 적도 많이 있었다. 수덕사로 데리고 와 화공들에게 자신을 맡겨버린 동천 스님을 야속하게 생각한 적도 한두 번이 아니었다.

'왜 나는 남들처럼 살지 못하는 것일까.'

가슴속의 번민이 커지자 칠성은 피로웠다. 그는 머리를 세차게 흔들고는 일어서서 나무를 하기 시작했다.

갑자기 수풀이 버스럭거리며 심하게 흔들렸다. 무언가 커다란 물체가 칠성 쪽으로 다가오고 있는 것이 틀림없었다. 칠성은 아연 긴장을 하고 도끼를 쥔 채 수풀 쪽을 노려보았다. 드디어 무언가가 수풀 속에서 고개를 내밀었다. 칠성은 입이 쩍 벌어졌다. 집채만한 멧돼지가 자신에게로 다가오고 있는 것이었다.

한편 수덕사에서는 동천이 칠성을 찾고 있었다. 본격적인 수련에 앞서 칠성의 인내력을 시험했던 동천은 이제 그만 화공 일을 그만두게 할 참이었던 것이다.

동천은 화공들에게 칠성이 지금 어디 있느냐고 물었다.

"길석 형님이 나무를 하러 보냈습니다."

"그래, 어디로 갔느냐? 내가 가보마."

화공들은 머뭇거렸다. 동천이 이상히 여겨 재차 물었다.

"어디로 나무를 하러 갔는지 왜 말을 못 하느냐?"

가장 나이가 어려 보이는 화공이 대답했다.

"길석 형님이 여우고개로 보냈습니다."

"뭐라고!"

여우고개에는 요 몇 년 사이 흉포한 멧돼지가 출몰하여 사람들을 해친 경우가 더러 있었던 것이다. 동천은 당장 길석을 대령하라고 일렀다. 곧 잔뜩 겁을 먹은 길석이 동천 앞에 나타났다.

"여우고개에 흉포한 멧돼지가 자주 나타나 사람을 해친다는 사실을 너는 몰랐느냐!?"

길석은 대답을 못하고 고개만 떨구고 있었다.

"화공들 사이에 위계질서를 바로잡기 위해 때로는 엄한 벌도 내린다는 사실을 모르지는 않으나 이번엔 경우가 너무 심했다! 너는 방에 들어가 처분을 기다리고 있거라!"

길석은 인상을 험악하게 일그러뜨리고는 자기 방으로 향했다.

동천은 당장 수덕사의 무술승들로 수색대를 편성하여 여우고개로 향했다.

멧돼지와 맞닥뜨린 칠성은 도끼를 꼭 쥐고서 멧돼지를 노려보았다. 그러다가 슬그머니 도끼를 밑으로 내렸다. 사나운 짐승이 살의를 느끼지 않도록 하기 위해서였다. 그러자 멧돼지도 상대방이 적의가 없음을 알았는지 칠성을 돌아서 길을 가기 시작했다. 멧돼지는 포만감에 빠져 있었던 것이다. 칠성의 이마에서는 식은 땀이 흘러내렸다. 그는 겁이 나서 오금이 저렸지만 그럭저럭 무사할 수 있겠다고 생각했다. 그런데 그만 칠성이 마른 나뭇가지를 밟으며 우지끈, 소리를 내고 말았다. 그 소리에 멧돼지는 칠성이 자기를 공격하려는 줄로 알고 사납게 덤벼들었다. 위기의 순간이었다. 칠성은 차분히 마음을 가라앉히고 멧돼지가 달려오는 것을 지켜보았다. 이상하게도 위기가 닥칠 때 칠성은 더욱 침착해지는 것이었다. 그는 나무를 등지고 섰다가 멧돼지를 살짝 피했다. 멧돼지는 나무에 머리를 들이받았지만 조금도 충격을 입지 않은 모양이었다. 멧돼지는 다시 칠성을 향해 돌진해왔다. 그야말로 저돌(猪突)적이었다. 칠성을 덮친 멧돼지는 칠성의 허벅지를 사정없이 물어뜯었다. 칠성은 몸이 기울어지며 비명을 내질렀다. 칠성이 쓰러지면서 보니 멧돼지의 이마 한가운데에 하얀 점이 있었다. 그는 몸을 뒤로 젖히면서 사정없이 그 하얀 점을 향해 도끼를 내리찍었다. 두개골이 깨지는 둔탁한 소리가 나더니 멧돼지는 그대로 쭉 뻗고 말았다.

멧돼지에게 물린 곳은 상처가 꽤 깊었다. 그는 웃옷을 벗어 상처를 싸맸다. 산 속에서 지체하면 출혈이 심해져 위험하다고 생각한 칠성은 지게에 멧돼지를 싣고는 여우고개를 내려가기 시작했다. 허벅지에서는 출혈이 멈추지 않았다.

칠성은 눈이 차츰 흐려지고 정신이 가물가물했다. 여기서 정신을 놓으면 안 된다고 생각하면서도 자꾸만 감기는 눈을 어쩔 수가 없었다. 그는 결국 지게를 진 채 무릎을 꿇고 말았다. 가물가물한 시선 속에 자신을 향해 달려오고 있는 동천과 무술승들의 모습이 흐려지고 있었다.

그 날 밤, 수덕사는 온통 칠성이 얘기로 들떠 있었다. 웬만한 무술승조차 상대하기를 꺼리던 공포의 멧돼지를 어린 녀석이 한 방에 쓰러뜨렸으니 놀라운 일이 아닐 수 없었다. 수덕사의 고승들도 칠성을 두고 이야기꽃을 피울 정도였다.

칠성이 잡은 멧돼지는 수덕사 아래의 마을로 보내져 마을에서는 커다란 잔치가 벌어졌다. 자연히 그 마을의 사람들 사이에도 칠성의 명성은 자자해졌다. 하지만 정작 칠성 자신은 무슨 일이 벌어지고 있는지도 모른 채 깊은 잠에 빠져 있었다.

다음 날 무술승들이 칠성이 치른 무용담을 듣기 위해 그를 찾아왔다. 무술승 틈에는 동천도 끼여 있었다. 칠성은 대수롭지 않다는 듯 이야기를 했다.

"별 것 아니었습니다. 허벅지를 물려 쓰러지는데 멧돼지 이마에 흰 점이 있지 않겠어요. 그게 요놈 급소구나 싶어서 도끼를 내리쳤는데 적중한 겁니다. 운이 좋았을 뿐입니다."

무술승 중에 한 명이 고개를 갸웃거렸다.

"나중에 멧돼지를 살펴보니 두개골의 정 중앙 부분이 가장 약하더구나. 아마도 다른 곳을 내리쳤다면 오히려 멧돼지는 더욱 길길이 날뛰었을 거야. 하지만 네가 도끼로 내리친 곳에서 흰 점 같은 것은 찾을 수가 없었다."

"그럴 리가 없습니다. 분명 제 눈에는 흰 점이 보였습니다."

무술승들은 의아한 표정으로 서로의 얼굴을 바라보다가 일제히 동천에게로 고개를 돌렸다. 무술승 가운데 가장 나이가 많아 보이는 이가 물었다.

"스님, 이게 어떻게 된 일이죠? 혹시 칠성이 상대방의 급소를 단번에 알아낸다는 심미안을 가진 게 아닐까요? 하지만 그건 오랜 기간 수련을 거쳐도 터득하기 힘든 건데⋯⋯."

동천은 지긋한 눈길로 칠성을 바라볼 뿐이었다.

4. 수련(修鍊)

화공들은 그 날 밤 이후로 칠성을 볼 수가 없었다. 자기네들보다 늦게 들어오고 나이도 어린 놈이 벌써 부뚜막 신세를 면하게 되었다고 부러움인지 불평인지를 늘어놓는 화공들도 있었지만 칠성이 보통내기가 아니라는 사실은 인정을 하지 않을 수가 없었다.

길석은 방에서 근신하라는 동천의 명을 어기고 수덕사를 도망치고 말았다. 칠성에게 변고가 생겼을 경우 자신에게 닥칠 벌을 그는 감당할 자신이 없었던 것이다.

칠성은 특별한 대우를 받았다. 동천스님이 직접 칠성을 가르치기 시작한 것이다. 많은 선배 승려들이 동천의 제자가 되기를 원했으나 이루지 못한 일이었다. 그렇지만 누구 하나 불평을 하지 않았다. 승려들은 날이 갈수록 칠성이에 대한 평가를 달리해 가고 있었다. 여우고개에 출몰하던 멧돼지 왕초는 이 일대에서 악명이 높았다. 3년 전 수덕사에서 무공을 수련하고 있던 젊은 승려가 천은사를 다녀오던 길에 멧돼지에게 물려가 잡아먹힌 일이 있었다. 호랑이에게 물려 가면 머리라도 찾을 수 있지만 멧돼지에게 물려 가면 짚신 짝밖에 남는 것이 없었다. 그놈은 대식가여서 머리통이고 내장이고 간에 모두 먹어치워 버리기 때문이었다.

동천은 칠성을 앞에 앉혀두고 묻기 시작했다.

"칠성아, 어린아이가 숨을 쉴 때 어떻게 쉬더냐?"

"예, 스님. 어린애는 배가 올라갔다 내려갔다 하면서 코로 쌕쌕 숨을 쉽니다."

"너는 어떻게 숨을 쉬느냐?"

칠성은 자신이 어떻게 숨을 쉬는지 잠깐 동안 호흡을 골라 보았다.

"아, 이렇게 숨을 쉽니다. 배가 조금 불룩했다 홀쭉했다 하면서 쉽니다."

"그러면 참새가 숨을 쉬는 것을 보았느냐?"

"예, 보았습니다."

"그래, 어떻게 쉬더냐?"

"입을 반쯤 벌리고 목을 깔딱깔딱하면서 숨을 자주 쉽니다."

"그러면 참새는 몇 년쯤 산다고 생각하느냐?"

칠성은 생각에 잠겼다가 대답했다.

"잘은 모르지만 오륙 년쯤 살다가 죽는 것으로 생각됩니다."

"그러면 노인들은 어떻게 숨을 쉬더냐?"

"음, 노인들은…… 저희 할머니를 보니까…… 맞아요! 참새처럼 쉬는 것 같습니다."

"그래, 잘 보았다. 그러면 거북이는 어떻게 쉬더냐?"

"거북이는 바닷가에서 보면 머리를 잠시 물 위로 내밀었다가 물 속에 들어가서 한참 있다가 다시 올라와서 쉬는 것 같아요. 그런데 이해가 안 됩니다. 그렇게 오랫동안 숨을 쉬지 않고 물 속에 들어가 있다는 것이 말입니다."

"그러면 거북이는 몇 년을 살고 죽는 줄 아느냐?"

"그건 모르겠습니다."

"십장생을 아느냐?"

"예, 압니다. 해, 산, 돌, 물, 구름, 소나무, 불로초, 학, 사슴, 거북입니다. 아! 그렇구나 거북이는 몇 백년을 산다고 했습니다."

"참새는 숨을 자주 쉬지만 빨리 죽고, 거북이는 숨을 천천히 쉬면서도 오래 산다. 사람도 죽을 때가 되면 참새처럼 숨을 몰아쉰다. 칠성아, 명심하여라. 사람은 태어날 때처럼 언제나 배로 숨을 쉬어야 한다. 그리고 거북이처럼 숨쉬는 법을 배워야 하느니라."

동천은 칠성에게 단전호흡에 대해 가르친 것이었다.

칠성은 아침마다 동이 터오는 쉰음산에 올라 동해를 바라보며 가부좌를 틀고 앉아 단전호흡을 하기 시작했다. 그리고 산을 오르내렸다. 단전호흡을 하면서 땅에서 심오한 기를 모으고, 지구를 둘러싸고 있는 우주의 기를 끌어 모으면 내공이 충만하여지고 생명의 원천이 바위와 같이 굳건해지는 것이다. 칠성은 단전호흡을 수련하는 한편 동천으로부터 두타검법을 전수 받았다. 두타검법은 삼화사에 철불을 가지고 온 소림사 달마승들이 전수한 중국 소림사 무술의 소림검법과 조선의 승무(僧武)를 결합하여 우리 상황에 맞게 구사하는 검법이었다.

그렇게 1년이 지났다. 칠성은 어느새 청년의 자태를 풍기기 시작했다.

동천은 칠성을 용추폭포로 데리고 갔다.

"칠성아, 장어가 어떻게 폭포를 거슬러 위로 올라가는 줄 아느냐?"

"모르옵니다."

"물이 떨어지는 속도보다 빠르게 꼬리를 흔들고 몸을 가볍게 하여 위로 올라가는 것이다. 너도 그와 같이 몸을 가볍게 하고 빠르게 움직여야 한다."

이제는 등산과 하산이 아니라 산의 허리를 한 바퀴 도는 훈련을 하였다. 산허리를 한바퀴 돈다는 것은 죽음과의 사투 같은 고행이었다. 계곡을 만나면 계곡으로 내려갔다 다시 기어오르고 절벽을 만나면 절벽을 타고 내려가고 올라가야 했다. 폭포수를 만나면 폭포수를 건너야 하고 겨울이면 눈과 빙벽과 얼음물과 추위에 떨어야 했다. 지독한 훈련이었다. 하지만 칠성은 동천의 기대 이상으로 훈련을 잘 해냈다. 처음에는 하루종일 걸렸지만, 1년이 지나자 한나절로 줄어들었고, 다시 2년이 지나자 반나절로 줄어들었다.

동천은 칠성을 폭포가 떨어지는 절벽 안쪽의 동굴로 데리고 갔다.

"칠성아, 고양이 눈이 어떻게 변하더냐?"

"낮에는 작아지고 밤이 되면 커집니다."

"사람의 눈은 어떠냐?"

"뒤는 볼 수 없고 밤에도 잘 볼 수 없습니다."

"그렇다. 고양이는 밤에도 낮처럼 눈이 잘 보인다. 그래서 밤에 쥐사냥을 잘하는 것이다. 사람의 눈은 어두운 곳에서는 안 보인다. 하지만 이러한 단점을 극복해야만 경지에 오를 수 있다."

"그러면 어떻게 해야 고양이처럼 밤에도 잘 볼 수 있습니까?"

"스스로 터득하여야 한다. 그것은 아무도 가르쳐 줄 수 없다. 오로지 너 혼자서 터득하여야 한다. 마음을 열고 무아의 경지에 들어가야 한다. 사람에게는 오감이 있다. 그 오감을 초월하여 느낌을 보태면 육감이라고 하는데 그 육감이라는 것은 빗나가는 경우가 많은 것이다. 그 육감이라는 것이 빗나가지 않게 잘 훈련시켜야 하느니라."

이날부터 칠성은 모든 훈련을 동굴에서 실시하였다. 이렇게 2년이 지나자 그는 어두운 동굴 안에서도 고양이처럼 잘 볼 수 있었다. 청각은 작은 날벌레가 바위 위를 기어가는 소리를 들을 수 있을 만큼 발달하였고, 후각은 보지 않고서도 사람을 구분할 수 있을 만큼 예민해졌다. 그의 마음과 육감이 열린 것이었다.

검술은 동굴 안에서도 계속되었다. 곤륜검법과 태극검법을 자유자재로 구사하자 칠성은 그 둘을 조합 응용하여 스승 동천대사를 능가하기 시작하였다. 동천대사는 칠성이 구사하는 독특한 검법을 '칠성검법'이라 이름지었다. 칠성검법은 내공에 바탕을 두고 쓸데없는 잔기교가 없는, 투박하면서도 빈틈없는 공격과 방어를 동시에 행할 수 있는 검술이었다. 칠성검법은 북두칠성을 기점으로 하여 일곱 개의 별자리를 따라 국자 모양의 방어진을 구축하고 각 별자리마다 옮겨 뛰면서 사주방어(四柱防禦), 절대공간(絶對空間), 절대무심(絶對無心), 절대무량(絶對無量), 유아독존(唯我獨尊), 절대자유(絶對自由), 절대선(絶對禪) 등 일곱 가지 선무(禪武)의 진리를 무술을 통하여 표출하는 독특한 검법이었다.

칠성이 무예 수련을 시작한 지 6년이 지난 어느 날이었다. 동천은 칠성을 데리고 외출을 했다. 칠성은 입사한 이후로 세상 구경을 못한 터라 오랜만의 외출을 앞두고 마음이 설레었다. 더군다나 동천이 칠성을 데리고 간 곳은 유하의 집이었다. 동천은 유하의 오빠인 최원흘을 만나기 위해 찾아간 것이었다.

원흘은 그 사이 가문의 가장이 되어 있었다. 수염이 덥수룩하게 자란 얼굴은 위엄과 남아의 기개를 갖추고 있었다. 원흘은 칠성을 보자 반가이 맞아주었다. 칠성 역시 21살의 건장한 청년으로 자라 있었다. 특히 원흘은 칠성이 훌륭한 무술승으로 거듭난 것에 대해 경하를 아끼지 않았다.

"원흘에게 동생이 한 명 있는 것으로 알고 있는데요, 혹시 혼인은 했는지요?"

동천이 물었다. 유하에 대한 이야기가 나오자 칠성은 귀가 솔깃해졌다.

"혼기가 찼습니다만 마땅한 혼처가 없어 미루고 있습니다."

그렇게 말하고 나서 원흘은 칠성을 바라보며 말을 이었다.

"미리 점찍어둔 훌륭한 청년이 있었습니다만, 그만 출가를 하지 않았겠습니까."

원흘이 자기를 두고 하는 말이라는 사실을 알고 칠성은 얼굴을 붉혔다. 나중에 안 일이지만 유하의 부모와 칠성의 부모 사이에는 서로 사돈을 맺자는 약조가 진작에 있었던 것이다. 하지만 칠성의 타고난 운명이 순탄치 못해 그 약조는 이루어지지 않았다.

칠성은 원홀의 이야기를 듣고 나서 자신이 유하의 신랑이 될 수도 있었다는 데에 생각이 미치자 가슴이 묘하게 설레면서도 서운한 감정이 배어들었다. 자신은 이미 출가를 한 몸이니 그건 한낱 헛된 망상에 지나지 않는 것이었다.

칠성이 원홀의 방에서 물러나와 마당을 거닐고 있을 때, 아리따운 처자 한 명이 꽃밭에 서 있는 것이 보였다. 칠성은 그 처자가 유하일 것이라고 짐작을 하면서도 모르는 척 지나치려 했다. 그러자 유하는 꽃을 꺾어 칠성의 발길 앞에 던졌다. 모른 척 지나가려거든 그 꽃을 밟고 지나가라는 뜻이었다. 곧 꽃은 유하 자신의 분신이 되는 셈이었다.

칠성은 차마 그 꽃을 밟지 못하고 유하에게로 돌아섰다. 유하는 가볍게 눈을 흘기다가 고개를 돌려버렸다. 칠성은 유하를 어떻게 대해야 할지 몰라 망설였다.

"그 동안 칠성 오라버니는 나를 까맣게 잊었던가 보군요. 어떻게 십 년이 다 되도록 그렇게 감감 무소식일 수가 있담."

유하는 혼잣말을 하듯 중얼거렸다. 칠성은 유하를 향해 합장을 했다.

"그 동안 수련을 하느라 산을 벗어날 수가 없었습니다. 나도 어떻게 시간이 지났는지 모르겠습니다."

유하가 오라버니라고 부르는데도 칠성은 말을 낮출 수가 없었다.

유하는 칠성을 바라보았다. 승복에 파르라니 머리를 깎은 칠성은 영락없는 승려였다. 그 모습을 대하자 유하는 가슴이 무너지는 듯한 아픔을 느꼈다. 어릴 때부터 마음속 깊이 두고 흠모해왔던 사람이 승려가 되었다니! 그녀는 칠성이 아니면 시집을 가지 않겠다고 다짐했었다.

유하의 눈가에 눈물이 맺힌 것을 본 칠성은 당황했다. 하지만 뭐라 위로를 해야 할지 알 수가 없었다. 사실 정작 위로를 받을 사람은 자기 자신이기도 한 것이다. 저처럼 어여쁜 처자를 아내로 맞아들일 수 없는 자신의 처지가 한탄스러울 뿐이었다. 칠성은 처음으로 자신이 승려라는 사실에 대해 저주를 했다.

새초롬한 얼굴을 하고 있던 유하가 눈가의 이슬을 걷으며 말했다.

"칠성 오라버니. 나 시집가면 어떻게 할 거야?"

유하는 어린 시절처럼 대뜸 반말을 해왔다. 그녀의 말투에 칠성 역시 행복했던 어린 시절로 돌아간 듯 기분이 유쾌해졌다.

"그때는 유하 집으로 시주를 가야지. 네가 낳은 아이도 안아주고⋯⋯"

그 말에 유하는 꾹꾹 다져놓았던 설움이 다시 터지고 말았다. 얼굴은 웃고 있지만 눈에서는 하염없이 눈물이 흘렀다. 칠성 역시 미소를 짓고 있지만 가슴은 아리게 무너져 내렸다.

"바보. 난 칠성 오라버니 아니면 시집 안 가. 오라버니한테 시집 못 가면 나도 선화사에 가서 비구니가 될래."

유하는 옷소매로 눈물을 훔치고 돌아섰다. 저만치 달려가다가는 언젠가 처음 만났을 때처럼 휙 돌아서서 칠성에게 큰소리로 말했다.

"나 기다릴 거야. 오라버니한테 시집 못 가도 기다릴 거야."

유하는 꽃밭 옆으로 난 길을 따라 사라졌다. 칠성은 고개를 떨구고서 우두커니 서 있을 뿐이었다.

제6장 무술승

1. 관동지방 승려대회

　가을이었다. 관동지방의 승려대회가 개최되었다. 승려대회는 조계종의 산문(山門)을 중심으로 3년마다 열리는 큰 행사였다. 각 절의 고승들이 모여서 민주적인 방식으로 주요 안건을 처리하며, 부가하여 무술시합도 열었다. 무술시합이 부가적인 행사라고는 하지만 주요 안건이 통과되고 난 후에 가지는 축하 행사이기 때문에 가장 인기 있는 행사였다.

　칠성은 동천을 비롯한 삼화사 승려들과 함께 승려대회에 참가했다. 승려대회가 열리고 있는 금강산 장안사는 승려들뿐만이 아니라 일반 신도들도 구름떼처럼 모여들어 인산인해를 이루었다. 칠성은 오랜만에 많은 사람들 틈에 섞이자 기분이 들떠 자신이 승려 신분이라는 사실도 까맣게 잊은 채 경내를 뛰어다니며 즐거워했다. 삼화사의 고승들이 동천으로 하여금 칠성에게 주의를 주라고 일렀으나 동천은 칠성을 마음껏 돌아다니도록 내버려두었다.

무술시합을 앞두고 설악산 신흥사, 양양의 낙산사, 오대산 월정사, 삼척 천은사, 두타산 삼화사의 무술승들이 모두 금강산 장안사에 모여들었다. 무술승들은 하나같이 표정이 굳은 데다가 어깨에 잔뜩 힘을 들어가 있어서 어디를 가나 티가 났다. 곧 고승들의 의결이 끝나고 나면 무술시합이 시작되기 때문에 그들은 긴장된 표정이 역력했다.

무술승들 틈을 돌아다니던 칠성은 낯익은 얼굴을 발견하고는 반가운 마음에 그에게 다가갔다.

"길석이!"

무술승들 사이에서도 유난히 덩치가 크고 우락부락해 보이는 승려가 흠칫 놀라며 뒤를 돌아보았다. 정식 승계를 받은 듯 길석은 파르라니 머리를 깎고 있었고 승복도 제대로 갖추고 있었다. 매서운 눈빛이라든가 단단해진 체격은 예전에 유하 앞에서 창피를 당한 골목대장의 모습도 떠꺼머리 화공의 모습도 모두 지워버리고 있었다. 길석은 한 동안 칠성을 유심히 살펴보더니 피식 웃음을 흘리고는 칠성에게서 등을 돌렸다.

칠성은 길석에게 다가가 말을 걸었다.

"나네, 나. 기억 안 나? 자네랑 같이 수덕사에서 화공으로 있던 칠성이."

길석은 거만한 표정으로 칠성을 일별하고는 입가에 묘한 웃음을 지었다. 길석의 주위에 서 있던 일단의 무술승들이 칠성의 앞을 가로막았다.

"원암 스님은 지금 수련중이라서 너 같은 조무래기와 상대할 시간이 없다."

"원암이라고? 정식으로 승계를 받은 모양이구나. 축하하네."

원암은 커다란 돌을 머리 위로 들었다가 내려놓기를 반복하는 가운데 단전호흡을 병행해 기를 모으고 있었다. 그 모습을 지켜보던 칠성이 소리쳤다.

"그러면 안되네. 무리하게 힘을 쓰며 기를 모으면 내공이 쌓일지는 몰라도 사기(邪氣)가 스며들 수 있네."

그러자 원암 주변의 무술승들이 웃음을 터뜨렸다.

"관동 일대에서 가장 무예가 출중한 원암 스님께 감히 너 따위가 가르치려 드느냐!"

원암 주변에 둘러 선 무술승들의 조롱을 뒤로 한 채 칠성은 자리에서 물러나왔다.

다음날부터 무술시합이 시작되었다. 여러 종목에서 수회에 걸친 예선전을 통해 결승에 세 명의 승려가 올랐다. 장안사의 혜담, 월정사의 원암, 그리고 뜻밖에도 삼화사의 칠성이 결승에 올라와 있었다. 전날 원암 주변에서 칠성을 놀려대던 무술승들은 칠성이 약한 상대만을 골라 운좋게 결승에 올랐다며 비아냥거렸지만, 내심 속으로는 적잖이 놀라고들 있었다.

혜담은 유정 스님의 수제자로 축지법과 경공술에 능통했다. 원암은 내공이 충만하여 그의 몸은 돌처럼 무거웠다. 그가 걸을 때면 마른 땅에도 발자국이 남을 정도였다. 그는 장풍으로 소나무를 통째로 꺾는 괴력을 보이기도 했다. 동천이 자세히 보니 원암은 몇 해 전 수덕사에서 도망을 한 화공 길석이었다. 수덕사에서 월정사로 자리를 옮긴 길석은 그곳에서 무예를 닦은 모양이었다. 동천은 원암의 얼굴에 사악한 기운이 깃들어 있음을 간파하고 눈살을 찌푸렸다.

칠성은 동천 대사가 기대했던 것처럼 대국 때마다 통쾌하게 상대를 제압하지는 못했다. 어찌 보면 겨우겨우 올라온 것처럼 보였다. 하지만 동천 대사는 칠성이 일부러 실력을 감추고 있다는 사실을 알고 있었다.

결승 시합 종목은 겨루기였다. 무기를 사용하지 않는다면 어떤 공격도 허용이 되었다. 대결 장소인 모래판 주위에는 3대 총림의 큰스님들이 모두 참석한 가운데 300여 명의 승려들이 자리를 하고 있었다.

3자 대결에서 제비뽑기를 하여 한 명은 바로 결승에 오르고 두 사람은 준결승부터 시작하였다. 칠성은 부전승이었다.

먼저 혜담과 원암이 맞붙었다. 싸움은 싱겁게 끝나고 말았다. 경공에 이은 혜담의 발차기 공격을 맞고도 원암은 끄떡없었던 것이다. 이어진 원암의 공격에서 혜담은 힘 한 번 못 써보고 바닥에 꼬꾸라지고 말았다.

다음은 칠성과 원암의 대결이었다. 결승은 삼판양승제였다. 원암은 칠성에게 감정이 좋지 않았다. 그는 필요 이상으로 몸에 힘이 들어갔으며 눈에는 살기가 번득였다.

첫판에서 원암은 칠성을 배지기로 들어올려서는 모래밭에 저만큼 거꾸로 던져 버렸다. 조무래기 어린놈이 함부로 덤비지 말라는 경고였다. 모래밭에 곤두박질쳐진 칠성은 한동안 꼼짝하지 않았다. 모래판에 둘러선 승려들은 원암이 너무 심하다고 비난을 했다. 원암은 관동 지방 일대에서 무예의 경지가 높기로 소문이 자자한 실력자였다. 그에 비해 칠성은 무명이었다.

원암은 뒤로 돌아서서 손을 높이 들고 승자의 거만한 태도를 취했다. 이때 칠성이가 모래밭에서 부스스 일어나더니 모래를 털고 원암의 뒤에 가서 손으로 어깨를 툭툭 쳤다. 원암이 돌아서자 합장을 하고는 다시 자세를 취했다. 다시 한 판 붙자는 것이었다.

칠성이 중상을 입었을 것이라고 생각했던 원암과 승려들은 칠성의 태연한 태도에 놀라움을 금치 못했다. 원암은 이전보다 더욱 살기를 띠고 칠성에게 다가갔다. 대결을 구경하는 승려들은 원암이 크게 화난 것을 보고는 큰일이 날지도 모른다는 걱정에 휩싸였다. 그것은 큰스님들도 마찬가지였다. 사람이 크게 다치는 불상사는 막아야 했던 것이다. 그러나 그럴 틈도 없이 원암이 칠성에게 달려들고 있었다.

칠성은 모래바닥에 두 발을 집어넣고 쟁기로 갈 듯이 빙글빙글 돌며 원암을 피해서 외곽에서 외곽으로 돌았다. 원암은 칠성을 잡으려고 근육질의 육중한 몸으로 뛰어다녔다. 하지만 칠성은 잡히지 않았다. 원암은 화가 나서 더욱 빨리 쫓아다녔다. 그러자 칠성의 움직임이 점점 빨라지더니 나중에는 모습이 보이지가 않았다. 모래바람만 자욱하게 피어올랐다. 사람은 보이지가 않고 거센 모래바람만 일었던 것이다. 원암은 눈을 뜰 수가 없어 잠시 두 손으로 눈을 가리고 서 있었다. 그때 갑자기 몸 전체가 공중으로 들리더니 모래밭에 거꾸로 처박히고 말았다. 워낙 순식간에 벌어진 일이라 주위에 둘러선 승려들은 어떻게 된 영문인지 몰라 입만 쩍 벌리고 있었다. 원암 역시 얼굴에 모래를 묻히고 엎드린 채 어리둥절해 했다.

칠성이 방금 시범을 보인 것은 여러 가지 무공이 합쳐진 것이었다. 칠성은 축지법으로 회오리를 일으키면서 달리기를 하였고, 두 발을 땅 속에 넣고 쟁기질을 함으로써 그의 내공의 힘을 과시한 것이었다. 그리고 몸이 보이지 않을 정도로 몸을 빠르게 움직이다가 마지막에는 씨름 기술을 행한 것이었다.

큰스님들은 모두 일각을 부러운 눈으로 바라보았다. 일각은 변고에 휩싸인 삼화사 주지의 대리격으로 참석하고 있었다. 그러나 삼화사의 변고에 대해서는 아무도 거론을 하고 싶어하지 않았다.

"일각 스님, 어쩌면 저렇게 총명하고 무공이 출중한 스님을 길러내셨습니까. 일각 스님이 새삼 돋보입니다그려."

"사명(유정) 대사님, 소승이 칭찬을 받으니 송구스럽습니다. 어찌 제가 가르쳐서 될 일이옵니까? 그의 무공은 모두 하늘에서 내린 인재를 발굴하고 큰 가르침을 내린 동천 대사님의 노력이 있었기 때문에 가능한 것이었습니다."

큰스님들의 시선이 모두 동천에게 쏠렸다. 유정 스님이 이번에는 동천에게 물었다.

"동천 스님, 어떻게 해서 칠성이라는 승려는 내공이 저렇게 충만한데도 밖으로 드러나지 않고 발자국도 남기지 않습니까. 정말 신의 경지에 든 것 같습니다."

정말 그랬다. 원암을 꺾을 정도의 무공이라면 돌 위를 걸어가더라도 돌에 발자국이 새겨질 정도의 무게를 가지고 있어야 했던 것이다. 그런데 맨 땅에도 발자국을 남기지 않으니 이는 귀신의 경지에 이른 것이었다. 유정이 제대로 본 것이다. 일각도 내심 탄복하고 있었다. 하지만 다른 승려들은 그것까지는 아직 간파하지 못하고 있었다. 일각은 동천 대사가 큰 인재를 알아보는 혜안이 있는 사람이라고 생각되어 새삼 존경심이 더하여졌다.

한참 동안 정신이 나가 있던 원암은 일어나서 동천 대사에게로 향하고 있는 칠성에게 결판을 내자고 제안했다. 칠성은 동천에게로 고개를 돌렸다. 동천이 고개를 끄덕이자 칠성은 다시 모래판으로 나왔다.

먼저 칠성이 장풍을 날려 모래판에 작은 모래바람을 일으켰다. 다음으로 원암이 장풍을 날리자 강한 모래바람이 일면서 바닥에 구덩이가 생겼다. 이만하면 대단한 실력이었다. 그러자 칠성도 비슷한 크기로 구덩이를 만들었다.

장풍은 내공의 기를 모아 손바닥으로 바람을 일으켜 상대에게 날려보내는 무공이었다. 이와 같은 내공의 위력이 신체에 부딪치면 내장이 터지고 피를 토하며 죽을 수도 있었다. 그래서 장풍은 얼마만큼 사람을 다치지 않고 세련되게 자기의 내공을 통제할 수 있는지 인격과 덕성을 판가름해주는 주요한 덕목이 되기도 하는 것이었다.

다시 원암은 장풍을 과시하기 위해서 씨름장 너머에 있는 10년생 소나무를 통째로 쓰러뜨려 버렸다. 그러자 칠성은 장풍으로 흙

구덩이를 파고 부러진 소나무를 그 구덩이에 심어서 세워 놓았다. 이를 구경하던 스님들은 함성을 지르며 박수를 쳤다. 두 사람이 하는 경기가 신선하고 재미있으면서 심성이 그대로 드러났다. 한 사람은 심술궂고 한 사람은 그 심술궂은 것을 수습하고 있었다.

원암이 갑자기 몸의 방향을 바꾸더니 두 손을 펴 칠성의 가슴을 향해 장풍을 날렸다. 살기가 서려 있었다. 박수를 치던 승려들은 순식간에 얼굴이 굳어졌다. 칠성은 갑작스런 기습을 예상했다는 듯이 가볍게 두 손으로 장풍을 가슴 앞에서 흩어 버렸다.

"내가 졌소."

칠성은 살기가 서린 시합에는 흥미가 없다는 듯 원암을 향해 합장을 하고는 모래판을 등졌다. 그러자 다시 원암이 칠성의 등에 대고 장풍을 날렸다. 분노와 살기가 서려 있었다. 뒤에서 강한 살기를 느낀 칠성은 공중비술로 뛰어 올라 장풍을 피하고 몸을 회전하여 원암의 코앞에 마주섰다. 그리고 두 손을 들어 장풍을 원암의 얼굴에 대고 날려 버리려고 하였다. 원암은 사색이 다 되었다. 피할 겨를이 없었다. 구경꾼들은 이 난데없는 죽음의 대결에 자기도 모르게 숨을 죽이고 있었다.

"칠성아, 이제 그만 됐다. 이리 오너라!"

동천 대사였다. 동천대사의 말을 들은 칠성은 쳐든 손에서 힘을 뺐다. 그리고 슬며시 손을 내렸다. 그러자 원암은 뒤도 돌아보지 않고 경내로 뛰어가 버렸다. 모래판을 둘러선 승려들로부터 우레와 같은 박수소리가 터져 나왔다.

원암은 어릴 적 유하 앞에서 칠성에게 당한 망신을 잊지 않고 있었다. 그리고 자신이 수덕사를 도망칠 수밖에 없었던 것도 칠성 때문이라고 생각했다. 그는 6년간 오로지 무예에만 전념하였다. 언젠가 칠성을 꺾어 마음속에 남은 치욕의 찌꺼기를 말끔하게 씻고 싶었던 것이다. 하지만 결국 자신은 칠성의 상대가 되지 않는다는 사실을 깨달았다. 그의 마음속에는 칠성을 향한 분노가 가득차 있었다. 이제 그는 원암이 아니었다. 칠성을 향해 복수의 칼날을 가는 길석으로 돌아와 있었다.

'이대로 물러설 순 없어. 반드시 놈을 꺾고 말 테다.'

그는 그 길로 경내를 나가 숲 속을 돌아다니며 독사를 찾았다. 독사의 독을 체내에 머금은 채 장풍에 실어 내보내면 장풍에 독기가 서려 스치기만 해도 치명상을 입힐 수 있는 것이다. 물론 독을 먹은 사람도 온전할 수가 없었다. 길석도 그러한 사실을 알고 있었다. 하지만 어떻게 해서든지 칠성에게 복수를 하고 싶은 마음에 그는 분별력을 잃고 만 것이었다.

2. 환란의 징조

다음날 날이 밝자 승려들은 모두 아침을 먹고 소속된 절로 돌아가기 위해 짐을 챙겼다. 승려들은 장안사 큰 마당에 나와서 승려대회 기간 동안 친분을 나눈 이들과 인사들을 나누느라고 북새통을 이뤘다. 칠성도 삼화사 승려들과 함께 등에 봇짐을 메고 떠나려고 인사를 하고 있었다. 칠성은 전날의 무술시합에서 영웅으로 떠올라 많은 승려들의 인사를 받느라 정신이 없었다.

이때 길석이 바람같이 날아올랐다가 땅에 내려서면서 칠성 앞을 가로막았다.

"칠성 스님, 이제 돌아가시려는가 보오."

하룻밤 사이에 길석의 외모는 많이 달라져 있었다. 얼굴이 검게 타들어 갔으며 눈은 붉은 핏발이 곤두서서 벌겋게 충혈되어 있었다. 그리고 눈동자는 초점을 잃은 듯하면서도 활활 타오르고 있었다. 입에서는 심한 악취가 풍겼다.

"나한테 인사도 없이 그냥 떠나시려는가?"

길석은 악수를 청하는 듯 손을 내밀었다. 칠성은 아무런 적의 없이 길석의 손을 맞잡았다. 순간 칠성의 표정이 일그러지면서 몸을 움찔했다. 칠성은 길석의 손을 놓으려 했지만 도무지 몸이 말을 듣지 않았다. 길석이 순간적으로 독기를 방출해 칠성을 감염시킨 것이었다.

"조심해! 사독이다!"

동천이 몸을 날려 길석의 가슴을 걷어찼다. 길석은 저만치 나가 떨어졌다. 그 덕분에 칠성은 길석에게서 벗어날 수 있었다. 길석은 동천에게 발길질을 당하고도 아무런 충격을 느끼지 못하는 듯 훌훌 털고 일어서더니 입을 헤 벌렸다. 입에서는 검게 썩은 피가 흘러나오고 있었다. 그의 내장이 사독에 오염돼 썩어들고 있는 것이었다.

승려들은 괴물처럼 변한 길석을 보고는 모두 기겁을 하고 달아났다. 칠성은 자리에 앉아 몸에 스며든 독기를 제거하기 위해 운기조식에 들어갔다. 동천 대사와 혜암이 칠성이 운기조식을 하는 동안 그를 보호하기 위해 길석의 앞을 막았다.

"오늘을 너희들의 제삿날로 만들어 주겠다."

길석의 얼굴은 숫제 악마를 연상케 했다. 그는 입에서 피를 질질 흘리며 장풍을 출수할 자세를 취했다. 동천이 소리를 질렀다.

"독풍이다! 맞으면 위험해!"

동천은 운기조식을 하고 있는 칠성을 들쳐업고 공중으로 뛰어올랐다. 하지만 혜암은 길석의 독풍에 옆구리를 스치고 말았다. 혜암은 공격 자세를 취하려다가 심한 통증을 느끼고 쓰러졌다.

"혜암 스님을 보호하라!"

무술시합에 참가했던 무술승 중의 한 명이 쓰러진 혜암을 업고 자리를 피했다. 무술승 20여 명이 길석을 둘러쌌지만 독풍의 무서움을 아는지라 제대로 공격을 못하고 자세만 취하고 있었다. 뒤늦게 달려온 사명당이 진기를 끌어모아 한꺼번에 길석을 향해 출수를 했다. 사명당의 장풍을 맞은 길석은 공중으로 붕 떠오르더니 땅에 꼬꾸라졌다. 하지만 그는 아무 일 없었다는 듯 다시 벌떡 일어섰다.

"이럴 수가……."

길석은 마인(魔人)으로 변해 있었다. 그의 몸은 아무런 통증도 충격도 느끼지 못하는 금강불괴가 되어 있었던 것이다.

"모두 비켜나십시오."

운기조식을 끝낸 칠성이 앞으로 나섰다. 그는 연거푸 심호흡을 해대며 여전히 기운을 조절하고 있었다. 그의 얼굴은 무척 피로해 보였고, 이마에는 식은땀이 맺혀 있었다.

"네놈에게 당한 치욕을 한꺼번에 갚아주마."

길석은 또다시 장풍을 출수할 자세를 취했다. 승려들은 길석의 독풍에 맞을지 모르기 때문에 멀찌감치 떨어져 이 죽음의 대결을 구경하고 있었다.

길석이 독풍을 내뿜자 칠성도 맞서서 장풍을 날렸다. 부딪힌 두 장풍은 무서운 굉음을 내며 공중으로 흩어졌다. 재차 길석이 독풍을 날렸다. 하지만 이 역시 칠성은 장풍으로 흩어버렸다.

자신의 독풍 공격이 연거푸 수포로 돌아가자 길석은 작전을 달리했다. 독풍을 내뿜는 척 자세를 취하다가 순식간에 칠성에게로 달려들었다. 칠성은 독풍을 흩어버릴 장풍을 출수하려다가 길석이 달려들자 그대로 장풍을 날렸다. 하지만 금강불괴가 된 길석은 장풍을 맞고도 계속 칠성에게 달려들었다. 길석은 자신의 몸에 서려 있는 독기로 칠성을 감염시키려고 한 것이다. 하지만 동작은 칠성이 훨씬 빨랐다. 그는 살짝 몸을 피하며 몸을 빙그르르 돌렸다가는 그대로 길석의 등을 발꿈치로 내리찍어 버렸다. 바닥에 엎어진 길석은 다시 몸을 일으켰다. 그는 포악스럽게 악을 쓰며 자신의 옷을 갈기갈기 찢었다. 사독의 마성이 점점 더 길석의 몸 속 깊이 파고들고 있다는 증거였다. 이미 마성에 지배당한 길석은 싸움을 구경하고 있는 승려들에게 무작정 독풍을 내뿜었다. 나무 뒤에 숨어 있던 승려 몇이 길석의 독풍을 맞고 피를 토했다. 그대로 두면 피해는 더욱 커질 것 같았다. 하는 수 없이 칠성은 길석에게 달려가 그의 손을 잡았다. 자신이 중독되더라도 인명피해를 최소화하자는 의도였다.

칠성과 길석은 손을 맞잡은 채 기싸움을 벌였다. 길석은 연신 입에서 피를 토해내며 눈동자가 하얗게 흐려졌다. 반면에 칠성은 지그시 눈을 감은 채 염불을 외웠다.

바로 그때, 두 사람의 몸에서 연기가 모락모락 피어오르기 시작했다. 칠성의 몸에서는 흰색 연기가, 길석의 몸에서는 붉은 색 연기가 만들어졌다. 연기는 점점 더 많이 피어오르더니 안개가 되어 두 사람의 몸을 가려버렸다. 피어오른 안개는 하늘로 올라가 몇 가지 형상을 이루었다.

"이 무슨 괴이한 조화인가!"

사명당과 동천을 비롯한 큰스님들은 모두 장안사 사찰의 지붕으로 올라가 하늘에 펼쳐지는 웅장한 광경을 올려다보았다. 승려들은 이 괴이한 현상에 두려움을 느끼며 연기가 이루어내는 형상을 쳐다보았다.

길석의 몸에서 피어오른 적색 연기가 형상을 이루었다. 그것은 전갈 모양을 하고 있었다. 맨 앞에 우두머리로 보이는 전갈이 만들어지고 그 뒤로 수천의 전갈들이 다시 만들어졌다. 전갈들은 흉칙한 모습으로 이빨을 드러내고 있었다.

칠성의 몸에서 피어오른 흰색 연기는 곰으로 변했다. 그리고 그 뒤로 곰 병사들이 진을 이루었다. 우두머리 곰과 곰 병사 사이에는 장수로 보이는 아홉 마리의 용이 포진했다.

먼저 전갈들의 공격이 시작되었다. 전갈들은 꼬리에서 독침을 쏘며 무서운 기세로 달려들었다. 수많은 곰 병사들이 이 독침을 맞고 쓰러져 갔다. 기세가 오른 전갈 군대는 3개 군단 9개 함대의 진을 형성하고는 철환을 쏘며 공격해왔다. 곰 병사들은 속수무책이었다. 맨 앞에서 군사를 지휘하던 우두머리 곰은 아군에 퇴각을 명했다. 곰 군대가 일시적으로 물러나는가 싶더니 갑자기 아홉 마리의 용이 하늘 높이 날아올라 학익진을 이룬 채 입에서 불을 뿜으며 전갈군단을 공격해 들어갔다. 구룡(九龍)의 공격으로 전갈군대의 전열이 흐트러지자 다시 곰 병사들의 반격이 시작되었다. 곰들은 죽음도 불사하겠다는 무서운 기세로 전갈군대 속으로 파고들어 육박전을 펼쳤다. 아홉 마리의 용도 곰들과 함께 전갈 병사들을 향해 일제히 불을 뿜어댔다.

전갈 장수들은 아홉 마리의 용을 향해 꼬리에서 철환을 발사하면서 응수했다. 구룡 중의 몇 마리가 그 철환을 맞고는 추락했다. 이 때문에 용의 진세가 흐트러지자 전갈 장수들은 용을 끌어안고는 복면(腹面)을 내밀어 즐상기(櫛狀器, 25개의 톱날 같은 이빨)로 용을 공격했다. 다시 몇 마리의 용이 그 공격으로 배가 갈라져 터지면서 선혈을 뿌리며 추락했다.

전갈군대와 곰군대의 싸움은 계속되었다. 이기는 쪽도 지는 쪽도 없는 처참한 전쟁이었다. 시체가 온 하늘을 뒤덮었으며 쓰러져 가는 병사들의 절규가 고막을 찢을 듯 파고들었다. 생존자가 거의 없었다. 살아남은 것은 부상병들뿐이었다. 그들은 모두 팔다리가 떨어져 나가고 배가 갈라진 채 신음하고 있었다. 이윽고 연기가 걷히더니 하늘에 펼쳐져 있던 형상들도 차츰 사라졌다.

장안사 마당에는 길석이 쓰러져 있고, 칠성은 꿇어앉은 채 나지막한 목소리로 염불을 외고 있었다. 칠성의 얼굴에서는 엷은 빛이 새어나오고 있었다.

승려들은 모두 어리둥절한 표정을 감추지 못한 채 조심스럽게 두 사람에게 다가갔다. 길석은 눈이 뒤집힌 채 숨을 헐떡이고 있었다. 칠성은 나지막히 염불을 외고는 있었지만 그도 제정신이 아닌 듯했다.

"칠성 스님이 이겼다!"

"칠성 스님이 괴물을 물리쳤다!"

"이렇게 굉장한 내공 싸움은 처음 봤어."

내공은 그 사람의 영혼과 육신이 합쳐지고 거기에 천지조화의 기운이 합쳐져서 무공이 담긴 4차원식 질량을 말한다. 내공은 그 사람의 타고난 신체적 체질과 심적 도량, 무공 훈련의 방법 그리고 주위환경과 정신적 상태에 따라서 변화무쌍하게 전개된다. 가장 커다란 기는 지구가 태양의 둘레를 공전하는 기이고 다음은 자전하는 힘이다. 다음은 화산을 내뿜는 힘이고 바다를 출렁이게 하는 힘이다. 여기에는 태양과 달과 별들의 기운까지 무수히 많은 종류의 기가 서로 간섭하고 있다. 가장 강한 무공은 생과 사를 초월한 자연의 순리에 적응함으로써 자연이 스스로 생(生)의 보호막을 쳐주도록 만든다. 이런 때에는 아무도 그를 해칠 수가 없는 것이다. 때문에 칠성은 사독에 오염되지 않고 버틸 수 있었던 것이다. 반대로 자연의 순리에 어긋나면 사(死)의 계로 내몰리고 자연

의 위대한 힘은 이를 괴멸시키고 도태시키는 것이다. 길석의 경우
가 그러했다.

동천과 큰스님들이 길석을 법당 안으로 옮겨 응급처치를 했다.
길석은 검게 썩은 피를 한 말이나 토해냈다. 피에서 나는 악취가
온 경내를 뒤덮었다. 길석은 후에 몸을 회복했지만 그의 내공은
폐쇄되었고 승적(僧籍)도 박탈을 당해 고향으로 쫓겨갔다.

승려들은 저마다 이 굉장한 싸움의 현장에 동참했던 것을 엄청
난 영광으로 생각한다는 투로 떠들어댔다. 그들에게 하늘에서 펼
쳐진 환시는 단지 내공의 싸움에서 비롯된 초자연적 현상에 불과
했다. 하지만 사명당과 동천을 비롯한 큰스님들은 달랐다. 하늘에
펼쳐진 기이한 현상은 앞으로 조선의 미래에 닥칠 크나큰 불행을
예고하는 하늘의 암시라고 믿었던 것이다. 큰스님들의 얼굴에는
어두운 그림자가 드리워졌다.

큰스님들은 모두 큰 법당에 모여 삼 일을 더 머무르면서 그 날
의 불길한 징조에 대해 의논하였다. 승려들은 모두 소속된 산사로
흩어지고 칠성은 큰스님들과 함께 있었다.

유정은 금강산의 장안사에 있던 큰스님들과 칠성을 데리고 자
신이 머물고 있는 보덕암(保德菴)으로 들어갔다. 보덕암은 금강산
8만 9암자 중 하나였다.

큰스님들이 모두 좌정하고 그 가운데 칠성이 앉았다. 유정 스님
이 칠성에게 물었다.

"칠성아, 원암과 내공을 겨룰 때 무슨 일이 있었는지 기억하느냐?"

"전혀 생각이 나지 않습니다."

"잘 생각해 보아라. 너의 몸을 빌어 석가세존께서 우리에게 어떤 암시를 해준 것 같은데 그 의미를 잘 모르겠구나."

칠성은 기억을 더듬으려는 듯 애를 썼다.

"길석, 아니 원암과 내공을 겨루기 시작하면서 제 몸에는 원암의 사독이 퍼지기 시작했습니다. 저는 더 큰 재앙을 막기 위해 원암과 함께 자결을 할 생각이었습니다. 그런데 어느 순간부터 몸 안의 독기가 흩어지기 시작하는 것을 느꼈습니다. 그리고는 무아지경에 빠져들었습니다. 그 이후로는 아무것도 기억할 수가 없습니다."

큰스님들은 칠성에게서 아무것도 얻어내지 못하자 근심에 싸였다. 그들은 묘향산에 있는 휴정 스님을 만나서 얘기를 듣기로 결정했다. 휴정은 유정의 스승으로 서산 대사로 불리는 큰스님이었다.

큰스님들과 칠성은 그날 밤 묘향산으로 향하였다. 그들은 모두 축지법을 썼다. 그들의 축지법은 티베트의 밀교승들이 공중을 경공술로 나는 것보다 힘도 덜 들뿐더러 더욱 빨랐다. 축지법을 이용할 때는 내공에 따라서 보폭이 다르고 축지율이 달라져서 개인에 따라 엄청난 시간차를 초래하므로 단체로 이동할 때는 앞사람이 걸어간 발자국만 따라가야 했다. 그러면 모두 같은 시간에 같은 장소에 갈 수가 있는 것이었다. 축지법에 서툰 승려는 단체로 이동할 때면 정신을 바짝 차려야 했다. 만약 한눈을 팔다 바짝 따라가지 못하고 발자국을 놓치면 일행에서 떨어질 뿐만 아니라 길을 잃기 십상이었다. 그러니 축지법을 사용할 때는 주위의 쏜살 같이 지나가는 경치를 자세히 볼 수도 없고, 자연의 아름다움을 감상할 수 있는 마음의 여유를 가질 수도 없었다. 그래서 수도가 높은 승려라 할지라도 비상시가 아니면 축지법을 잘 사용하지 않았다.

일행은 아침이 다 되어 묘향산 원적암(圓寂菴)에 도착하였다. 휴정 스님이 자신의 권위를 상징하는 커다란 박달나무 지팡이를 들고 묘향사 마당에서 이들을 반가이 맞아 주었다. 휴정 스님은 나이가 70이라고 하지만 실제는 90이라는 사람, 100살이 넘었다는 사람들도 있어서 묘향산의 산신령으로 통하고 있었다. 그의 얼굴빛은 동안이지만 백발과 하얀 수염이 은빛 물결을 치고 있어서 범접할 수 없는 고귀한 풍채를 풍기고 있었다.

유정은 자신의 사부인 휴정 스님에게 지금까지 있었던 일을 상세히 전했다. 말없이 듣고 난 휴정은 심각한 표정을 지었다.

휴정은 그윽한 눈길로 칠성을 바라보았다. 그의 깊은 눈 속에는 어떤 생각이 담겨 있는지 쉽게 읽어낼 수가 없었다. 휴정은 칠성을 향해 들릴 듯 말 듯 나직한 음성으로 말했다.

"흠, 석가세존께서 너를 통해서 나라의 장래를 환시로 보여 주시다니, 너는 하늘이 낸 인물이구나."

동천은 자신의 제자가 휴정으로부터도 인정을 받자 기분이 좋았다. 하지만 그의 유쾌한 기분은 오래 가지 않았다. 잠시 말을 끊었던 휴정이 다시 말을 이었다.

"석가세존께서 이 나라의 경사를 보여주셨다면 좋았을 것을……. 여러분이 접한 환시는 이 나라에 도래할 엄청난 재앙을 예고하고 있습니다."

큰스님들은 모두들 짐작하고 있었지만 휴정으로부터 그런 말을 듣자 표정이 더욱 어두워졌다. 휴정의 얘기는 더 이어졌다.

"조만간 큰 전쟁이 있을 겁니다. 하늘에 펼쳐진 환시를 해석하건대 그 상대는 이웃나라 왜가 될 것이오. 이는 두 나라 간에 쌓인 업보가 때가 다하여 실현되는 것이니 막을 방법이 없습니다."

큰스님들은 긴 한숨만 내쉴 뿐이었다.

"아홉 마리의 용이 추락했다는 것은 이 땅의 정기를 받고 태어난 아홉 명의 영웅이 난리 중에 목숨을 잃을 것을 의미하는 것이오. 그들을 잃음으로 해서 이 나라는 한동안 영웅의 기개를 잃고 중심과 빛을 잃어 방황하게 될 것이오. 환란은 계속되나 이 땅을 이끌어 나갈 영웅이 없으니 이 나라의 미래가 참으로 걱정이오. 나무관세음보살……."

환란이 닥친다! 이 땅은 영웅을 잃고 방황한다! 환란은 계속되나 이를 다스릴 영웅이 없다!

휴정의 이야기를 듣고 있는 승려들의 얼굴에는 짙은 그림자가 드리워졌다. 칠성 역시 가슴에 묵직한 불안이 자리하는 것을 느꼈다.

3. 동천의 수심(愁心)

동천과 칠성이 묘향산에서 수덕사로 돌아온 이틀 뒤 승려 한 사람이 동천을 찾아왔다. 그는 칠성도 잘 아는, 삼화사의 승려였다. 동천은 그 승려와 한참 동안 이야기를 나눈 후 칠성을 불렀다.

"이제 돌아갈 때가 되었구나."

칠성의 수련을 위해 수덕사에 머물고는 있었지만, 두 사람의 원적(原籍)은 삼화사에 있었다.

다음 날 아침, 동천과 칠성, 삼화사에서 온 승려는 곧장 길을 나섰다. 지난 6년 동안 정들었던 많은 승려들이 동천과 칠성을 배웅해 주었다.

삼화사를 향해 한창 걷고 있던 중에 동천이 칠성에게 뜻밖의 질문을 했다.

"칠성아, 넌 이무기가 무엇인지 알고 있느냐?"

"구렁이가 용으로 승천하지 못하면 이무기가 되는 것이 아니옵니까?"

그 말에 동천은 빙그레 웃었다.

"반은 맞고 반은 틀렸다. 구렁이가 용이 될 수 있는 줄은 모르겠다만 이무기는 될 수가 있지."

칠성은 스승의 의중을 파악하지 못해 입장이 난처했다.

"이 세상에는 약이 되는 것도 있고 독이 되는 것도 있다. 하지만 독도 잘 사용하면 약이 될 수 있고, 약도 잘못 사용하면 독이 되고는 하는 것이다. 무엇이든 과하지 않게 적당히 쓸 줄 아는 지혜가 있어야 한다."

칠성은 동천 스님이 무슨 말을 하자고 그런 이야기를 꺼내는지 알 수가 없었다. 뜬금없이 이무기가 뭔 줄 아느냐고 묻더니 이제는 중용의 도를 설파하고 있는 것이다.

"약사여래불전을 기억하느냐?"

약사여래불전은 칠성이 극락조를 좇다가 나무에서 떨어져 다리를 부러뜨렸을 때 치료를 받으며 기거하던 방이었다. 칠성은 그때를 떠올리며 대답했다.

"네, 기억합니다. 그때 그 방 안의 약사여래 철불의 연꽃을 보면서 기도하라고 제게 일러주시지 않으셨습니까."

"그래, 잘 기억하고 있구나."

동천 스님과 이야기를 나누다보니 이상한 점이 있었다. 후에 다시 삼화사로 입사를 했을 때는 그 약사여래불전이 눈에 띄지 않았던 것이다.

"그런데 제가 다시 삼화사엘 갔을 때는 그 건물을 볼 수가 없었던 것 같습니다. 왜 이제서야 그걸 기억하게 됐는지 이상할 따름입니다."

"그래, 잘 봤다. 네 다리가 다 낫고 난 후 얼마 지나지 않아 약사여래불전은 파괴되고 말았다."

"아니, 무슨 일로 파괴가 되었습니까?"

그 말에 대해서 동천은 즉각 대답을 하지 않았다. 그는 한동안 아무 말 없이 걸음만 내딛다가 다시 입을 열었다.

"네가 삼화사를 떠난 이후로 그곳은 불탄이 사용했다."

"불탄이라고요? 저희 삼화사에 적을 두신 스님이신지요?"

"그렇다. 지금은 아니지만……."

그렇게 말하고 나서 동천의 표정은 어두워졌다. 무언가 깊은 사연이 있는 듯한 눈치였다. 그때 삼화사에서 온 승려가 숨을 헉헉거리며 두 사람에게 말했다.

"아이고, 동천 스님과 칠성 스님은 지치지도 않수? 나는 더 못 걷겠으니 좀 쉬었다 갑시다요."

그리고 나서 그 승려는 나무 아래에 벌렁 누워버렸다. 동천 역시 커다란 소나무 아래에 자리를 잡았다. 칠성이 그 곁에 앉았다. 동천의 이야기가 다시 시작되었다.

"불탄은 나와 함께 삼화사로 입사를 했다. 한때는 친형제보다 더한 우애를 나누었지. 나는 불공에 전념하는 틈틈이 무예를 연마하는 반면 불탄은 오로지 무예에만 전념했다. 각자 생각하는 바가 달라 우리는 서로 다른 길을 걷게 되었지만, 그 후로도 가끔 만날 때면 밤이 깊은 줄도 모르고 회포를 나눌 정도로 우리 두 사람의 우정은 깊었다."

동천은 가부좌를 틀었던 다리를 편히 뻗고서 나무에 등을 기댔다. 동천의 이야기가 길어질 모양이었다. 칠성 역시 근처 바위에 기대어 다리를 뻗었다. 그러면서 손은 흙바닥을 짚어 자연과의 기흐름이 끊기지 않게 했다.

"불탄은 성격이 좀 괄괄한 데는 있으나 사리 분별은 바른 사람이었다. 나는 불탄의 호방하고 자유분방한 성격을 좋아했으며 불탄은 격식을 지키면서도 유연하게 대처할 줄 아는 나의 성격을 좋아했지. 그렇게 우리 두 사람은 서로의 모자란 부분을 채우며 친분을 유지할 수 있었다."

거기서 말을 끊고 동천은 긴 한숨을 쉬었다. 동천은 약간 피곤해 보였다. 칠성은 스승의 자세가 흐트러지는 것을 처음 대했다. 왠지 스승의 얼굴에 주름이 늘어난 듯한 느낌을 받았다. 동천은 먼 곳에 시선을 둔 채 이야기를 시작했다.

불탄은 힘이 장사일 뿐만 아니라 민첩하기가 이를 데 없었다. 그는 무술가로서의 자질을 타고난 사람이었다. 백정의 자식으로 천대받던 그는 집을 등지고 무작정 삼화사로 찾아가 5년간의 화공 생활 끝에 승려가 되었다. 양반가의 자식으로 태어나 불가에 귀의한 동천은 화공 생활을 겪지 않고 곧바로 승려가 되었으니 불탄으로서는 불만이 아닐 수가 없었다. 하지만 동천이 사람의 귀천을 따지지 않는 위인이라 두 사람은 곧 친구가 되었다.

불탄은 무예에 전념하여 당대 최고의 무술승이 되겠다는 포부를 가지고 있었다. 삼화사에는 불탄에게 무예를 전수할 승려가 없어 그는 하는 수 없이 순례승의 길을 택했다. 하지만 어느 누구도 불탄의 스승이 되고자 하지 않았다. 성격이 모나고 어른 대접을 할 줄 모른다는 것이 이유였으나 그의 가계가 비천하다는 것을 안 무술승들이 그를 제자로 받아들이기를 꺼려한 것이 가장 큰 이유였다. 불탄으로서는 그를 품어줄 큰그릇을 만나지 못한 것이 가장 큰 불행이었다.

이 절 저 절을 떠돌아다니며 이름있는 무술승들에게 대결을 청하는 것이 불탄이 무예를 습득하는 방법이었다. 그에게 무예를 가르치겠다는 사람이 없으니 그 방법밖에 별 도리가 없었다. 매맞고 얻어터지는 것이 불탄의 생활이었다. 그는 무술승들로부터 뭇매를 맞으면서 언젠가는 이 앙갚음을 하리라 복수를 다짐했다. 그가 힘든 순례승의 생활을 계속할 수 있게 한 힘의 원천은 오랜 세월 그의 가슴속에 쌓인 분노와 한이었다.

어쩌다 삼화사 근처를 지날 때면 불탄은 유일한 친구인 동천을 찾는 것을 잊지 않았다. 동천은 이 세상에서 그를 반가이 맞아주는 유일한 사람이었다. 불탄은 동천 앞에서는 눈물을 흘리며 말했다.

"내가 따를 스승도 없고, 나를 품어줄 스승도 없네. 천애고아도 이보다 서럽진 않을 거네."

동천은 불탄의 등을 쓸어내리며 다독거렸다.

"이만 삼화사로 돌아오게. 자네의 곧은 심지를 아시면 비학 스님께서도 길을 열어주실 것이네."

삼화사 주지인 비학 대사는 성암(聖庵)에서만 기거했고, 다른 승려가 성암으로 출입하는 것은 엄격하게 금하고 있었다. 비학 대사는 올곧고 강직한 성품을 지니고 있었으나 한 번 눈밖에 난 사람은 좀처럼 용서를 않는 냉엄한 인물이기도 했다. 언젠가 불탄이 선배 승려들에게 대드는 것을 목격한 비학 대사는 불탄을 곱게 보지 않았던 것이다.

"아니야. 그 분은 나 같은 놈은 안중에도 없을 것이네."

불탄은 다시 길을 떠났다. 멀어지는 불탄을 보며 동천은 안타까움을 금치 못했다.

불탄은 타고난 무예가였다. 그는 아무에게도 배운 적이 없는 무예를 스스로 터득해 가며 여러 무술승들과의 실전을 토대로 하여 그만의 독특한 무예를 창출해낸 것이었다. 하지만 신체를 강건하게 다지기 위해 무예를 수련한다는 불가의 본래 취지와는 달리 불탄이 창출한 무예는 대단히 공격적이었고 상대방에게 치명적이었다. 수많은 실전을 통해 터득한 원리를 무예에 응용하였으니 공격적이고 치명적일 수밖에 없었다.

불탄과의 겨루기에서 부상자가 생겨나기 시작하면서 여러 사찰에서는 불탄의 체포령을 내렸다. 그리고 고승들은 비학 대사에게 불탄의 승계를 박탈할 것을 호소했다.

"명색이 승려라는 작자가 사교 집단에서나 쓸 사악한 무예로 피해자를 양산하고 있으니 삼화사가 그 책임을 지시오!"

비학 대사는 난처했다. 하지만 불탄을 만나보지도 않고 그의 승계를 박탈한다는 것은 도리에 어긋나는 것이라 생각하고 비학은 불탄을 삼화사로 오도록 유도했다. 하지만 불탄은 삼화사로 가지 않았다. 동천이 찾아가 사정했으나, 불탄은 마음이 비뚤어질 대로 비뚤어져 있어 동천의 말조차 듣지 않았다.

"비학 스님께 가서 나의 승계를 박탈하시라 이르게. 난 이제 승적 따위에 연연하지 않을 테야."

동천은 하는 수 없이 뒤돌아섰다. 안타까운 마음으로 걸음을 옮기고 있을 때 뒤에서 불탄의 목소리가 들려왔다.

"여보게, 동천!"

동천은 불탄에게로 돌아섰다.

"자네는 아직도 나의 친구인가?"

동천은 입가에 미소를 머금고 고개를 끄덕였다. 그 모습을 본 불탄은 눈시울을 붉힌 채 한참동안 동천을 바라보고 있더니 뒤돌아서 뛰어갔다.

그 이듬해 불탄은 전국 6개 사찰에서 파견한 22명의 무술승들에 의해 붙잡히고 말았다. 22명의 무술승 중에 7명이 중상을 입었다. 불탄은 끝까지 저항했기 때문에 그 역시 큰 부상을 입었다. 불탄은 상처가 깊었다.

비학 대사는 불탄에게 마지막 자비를 베풀기 위해 그를 삼화사로 옮겨왔다. 그리고는 약사여래불전에서 동천으로 하여금 불탄을 치료하도록 했다. 극락조를 좇다가 다리를 부러뜨린 칠성이 삼화사에서 다리를 치료하고 집으로 돌아간 직후의 일이었다.

불탄은 이후로 동천의 보살핌과 치료를 받으며 약사여래불전에 기거했다. 불탄은 무술승들의 합동 공격으로 부상이 심해 산송장처럼 자리를 보전한 채 천장만 올려다보았다.

어느 날, 불탄이 입을 열었다.

"내 몸이 낫게 되면 난 여기서 쫓겨날 테지?"

비학 대사는 불탄의 몸이 낫는 대로 그의 승계를 박탈하고 내칠 것이라고 생각하고 있었다. 동천 역시 비학 대사의 그러한 심중을 헤아리고 있었다. 그러나 불탄에게는 사실대로 말을 할 수가 없었다.

"우선 몸부터 추스르게. 비학스님께서 자네에게 살길을 열어주실 것이야."

불탄은 원래의 체질이 강건하여 하루가 다르게 회복을 해갔다. 하지만 긴 세월 괄시받으며 험하게 살아오면서 마음에 쌓인 응어리가 마음의 병을 만들고 있었다.

하루는 약사여래불전 앞에 있는 나무 위의 까치집을 새끼 구렁이 한 마리가 덮치려다가 떨어져 내장이 터진 일이 있었다. 불탄은 새끼 구렁이의 처지가 자기와 비슷하다고 느꼈던지 구렁이를 약사여래불전 마루 밑에 두고 아무도 몰래 보살폈다. 동정심이 생겨 구렁이를 자신의 거처에 옮겨놓기는 했지만 곧 죽을 것은 당연한 일이었다. 그런데 웬일인가! 구렁이는 하루가 다르게 회복되더니 몸도 이전보다 더 커지는 것이었다. 불탄은 신기한 생각이 들어 새나 작은 짐승들을 잡아다가 구렁이에게 먹였다.

불탄 역시 자신의 몸에 일어나고 있는 변화를 느끼고 있었다. 몸이 회복된 것뿐만 아니라 전보다 더 힘이 솟는 것이었다. 믿기지 않는 일이지만 어느 날 신을 신으려고 보니 신이 발에 맞지 않았다. 발이 커진 것이다. 그뿐만이 아니라 옷이 맞지 않을 정도로 팔뚝도 더욱 굵어지고 어깨도 더욱 벌어졌다.

불탄은 약사여래 철불이 들고 있는 연꽃에 주목했다. 아닌게아니라 철불의 연꽃은 아픈 사람을 낫게 하는 영험이 있다고 오래 전부터 전해지고 있었다. 불탄은 자신에게 솟고 있는 괴력과 구렁이가 점점 커지는 것은 그 연꽃의 힘 때문이라고 믿었다.

그는 매일매일 구렁이의 상태를 지켜보았다. 얼마 전만 해도 새끼구렁이에 지나지 않던 놈이 어느 새 어린아이 하나는 거뜬히 집어삼킬 만한 괴물로 변해 있었다.

'저 연꽃만 있으면 두려울 것이 없겠구나. 나를 공격한 놈들이 한꺼번에 덤벼도 이겨낼 자신이 있다.'

불탄의 몸은 하루가 다르게 강건해지고 있었지만 마음과 정신은 점점 더 비뚤어져 갔다. 하지만 그러한 변화를 자신은 깨닫지 못했다. 동천만이 불탄의 변화를 감지했을 뿐이었다.

동천은 불탄을 떠보기 위해 넌지시 물음을 던졌다.

"요즘 기분이 좋아 보이는군. 다행이야."

"기분 좋을 것이 뭐 있겠어?"

불탄은 목소리조차 달라져 있었다. 마치 쇳조각이 맞부딪히는 것 같은 금속성이 목소리에 섞여 있었다.

"전에 자네를 공격했던 스님들을 다시 만난다면 어떻게 할 텐가?"

동천은 서서히 불탄을 자극하기 시작했다.

"뭐, 어쩌긴. 그간 별고 없이 잘 지냈냐고 인사나 건네야지."

하지만 그렇게 말하는 불탄의 표정은 달랐다. 눈에 살의가 가득했던 것이다. 그는 마음속에 떠오르는 살심을 동천 앞에서 자제하느라 자꾸 인상을 찡그렸다.

"그들이 밉진 않은가? 어찌 됐든 자네를 다치게 만든 사람들이지 않나?"

불탄은 아무 말이 없었다. 이글이글 타오르는 눈빛만이 그의 가슴속에 끓어오르는 분노를 대신하고 있었다. 그리고 불끈 쥔 두

주먹에서는 뼈가 우두둑 꺾이는 소리가 났다.

동천은 불탄이 마음에 없는 소리를 하고 있다고 판단했다. 그리고 자신이 잘못 본 게 아니라면 불탄은 이전보다 덩치가 커져 있었다. 분명 심상치 않은 일이었다. 하지만 아직 확실치 않은 일을 크게 부풀릴 필요는 없었다. 조금 더 지켜보다가 나중에 손을 써도 되리라고 동천은 생각했다.

비학 대사가 불탄의 상태를 보기 위해 성암에서 나왔다. 그는 동천, 일각 등과 동행하여 약사여래불전을 찾았다. 비학 대사는 도력이 높은 승려였다. 그는 불탄을 보기도 전에 심상치 않은 기운을 감지해냈다.

"약사여래불전에서 사악한 기운이 뻗어나오고 있다. 동천, 이게 어떻게 된 일인가?"

동천과 일각 역시 그러한 기운을 감지했다. 두 승려는 약사여래불전의 방문을 열고 안을 확인했다. 불탄이 좌정한 채 염불을 외고 있었다. 불탄은 동천과 일각을 향해 말했다.

"무슨 일인가? 그렇게 기척도 없이 문을 여는 못된 버릇은 어디서 배웠나?"

분명 불탄은 달라져 있었다. 동천은 자신이 너무도 쉽게 생각했다고 후회를 했다.

"비학 스님께서 자네를 보러 오셨네. 나와서 인사라도 드려야 하지 않겠나?"

불탄의 입꼬리가 위로 올라갔다.

"비학이라…… 그 늙은 중이 예까지 무슨 걸음을 하셨을까?"

"무엄하다, 불탄! 그게 무슨 말버릇인가!"

일각이 소리쳤다.

"연배도 까맣게 어린놈이 어디서 반말을 지껄이느냐? 혼구녕이 나야 정신을 차릴 놈이로군."

불탄이 벌떡 몸을 일으켰다. 그 키가 천장에 닿을 정도였다. 옷은 몸에 맞지 않아서 찢어져 있었다. 동천과 일각은 놀라지 않을 수 없었다. 불탄이 일각을 덮치려 할 때 비학 대사가 큰소리로 꾸짖었다.

"불탄, 네 이놈! 다 죽어가는 놈에게 자비를 베풀었더니, 무엄하기가 이를 데가 없구나! 썩 이 곳에서 나가거라!"

불탄은 비학 대사의 일갈에 움찔했다. 어찌된 일인지 불탄은 비학 대사의 말에 금세 고분고분해졌다. 그리고는 비학 대사에게 머리를 조아리기까지 했다.

"당장 갈 데도 없는 불쌍한 놈에게 마지막으로 한 번 더 자비를 베풀어주십시오. 며칠 말미를 주시면 그때 떠나겠습니다."

비학 대사는 여전히 노여움을 풀지 않은 채 말했다.

"사흘 시간을 주겠다. 나는 성암으로 돌아갔다가 네가 이곳을 떠나는 것을 보러 올 것이다. 얼렁뚱땅 넘길 생각은 애초에 말아라!"

비학 대사는 뒤돌아 섰다. 일각과 동천이 그 뒤를 따랐다.

동천은 마음이 무거웠다. 어떻게 불탄이 저리도 변해버렸단 말인가! 모진 구석이 있긴 했어도 한없이 마음이 여린 불탄이었다. 그리고 세상을 다 미워해도 자기에게만은 마음을 열던 불탄이 아닌가! 동천은 불탄을 보기 위해 뒤돌아 섰다. 하지만 불탄은 그 자리에 없었다.

4. 불타버린 총불원

비학 대사가 성암으로 향하고 있을 때, 검은 그림자가 그 뒤를 따랐다. 비학 대사는 이상한 느낌이 들어 뒤돌아보았으나 아무도 없었다. 그는 꺼림칙한 기분이 들어 경공을 써서 내달리기 시작했다. 비학 대사는 곧 바위가 무더기로 쌓여 있는 암반지대에 도착했다. 그가 유난히 큰 바위 위에 얹혀져 있는 거북머리 모양의 바위를 서쪽으로 돌리자 십여 보 앞에 놓인 바위가 스르르 옆으로 구르며 길을 열었다. 비학 대사가 안으로 들어서자 바위는 저절로 닫혔다. 비학 대사는 자신을 미행해온 불탄이 지켜보고 있으리라고는 까맣게 모르고 있었다.

이후로 이틀 동안 불탄은 약사여래불전에서 두문불출했다. 불탄이 두문불출하는 동안 삼화사의 승려들 사이에는 이상한 소문이 돌고 있었다. 약사여래불전 쪽에서 이상한 소리가 난다는 것이었다. 항아리를 굴리는 소리 같다는 승려도 있었고, 맷돌을 돌리는 소리 같다고 말하는 승려도 있었다. 어떤 이는 가마솥에 쇠죽 끓이는 소리 같다고도 했다.

동천 역시 그 소리를 들었다. 동천은 약사여래불전을 찾아가 불탄에게 이상한 소리를 듣지 못했냐고 물었다. 가부좌를 튼 채 합장을 하고 있는 불탄은 아무 소리도 듣지 못했다고 잡아뗐다.

이틀 후 성암에 있던 비학 대사가 삼화사로 돌아왔다.

"불탄은 이곳을 떠났느냐?"

일각이 우물쭈물하다가 대꾸했다.

"아직이옵니다."

"뭐라고!"

비학은 당장 약사여래불전으로 향하려 했다. 일각이 그를 말렸다.

"요즘 근신하고 있는 중입니다. 내일 큰 일을 앞두고 경내가 시끄러우면 좋지 않으니 일을 치른 후에 내쫓으심이 좋을 줄 압니다."

신사년 그믐밤이 저물고 있었다. 비학 대사는 그 날 수덕사 총불원에 머물렀다. 다음날 아침 임오년 새해가 밝아오면 총불원에서 신년법어를 발표하기 위해서였다. 신년법어 때 중대 발표가 있을 거라는 소문이 나돌았다. 그 동안 수덕사를 삼화사에서 분리시킬 계획을 갖고 있던 비학 대사가 수덕사의 방장직을 후계자에게 넘기리라는 소문이었다. 동천이 가장 유력한 후보였다. 총불원은 밤 늦게야 불이 꺼졌다. 추운 겨울밤 수덕사는 검은 어둠과 적막에 싸여가고 있었다.

한밤중에 불길이 솟아올랐다. 비학 대사가 머무는 총불원이 불기둥에 휩싸이고 있었다. 승려들이 모여들어 우왕좌왕했다. 목조 건물인 총불원은 삽시간에 불길에 휩싸이고 나무기둥과 석가래가 불에 타면서 천장에서 불기둥이 떨어지고 있었다. 비학 대사가 위험했다.

동천과 일각이 불길 속으로 뛰어들었다. 이때 총불원 방장실에서 비학 대사를 등에 업고 불탄이 뛰어나오고 있었다. 동천과 일각은 놀라지 않을 수 없었다. 삼화사 약사여래불전에 머물러 있어야 할 불탄이 어느새 수덕사 총불원에서 나오고 있었던 것이다. 동천과 일각을 일별한 불탄은 비학 대사를 업고 걸음을 옮겼다. 동천과 일각이 앞을 가로막았다.

"불탄, 대사님을 모시고 어디로 가는 거냐?"

동천이 물었다.

"대사님의 거소로 간다."

일각이 나섰다.

"아니 됩니다. 약사여래불전으로 가야 합니다."

"이것은 대사님의 명령이시다. 빨리 비켜라."

일각은 길을 비키지 않았다.

"성암에는 아무도 없습니다. 흑연수가 있는 약사여래불전으로 가야 합니다."

하지만 불탄은 막무가내였다.

"사부님은 성불하신다. 빨리 길을 비켜라."

"성불하시다니 그게 웬 말입니까?"

"운명하신다는 말이다. 그래도 말을 못 알아듣겠느냐?"

보다 못한 동천이 끼여들었다.

"안 된다, 불탄! 대사님이 운명을 하시더라도 모든 승려들이 지켜보아야 한다."

"동천, 네 이놈! 네가 대사님의 명령을 어기겠다는 거냐? 비키지 않으려면 막아 보아라."

불탄은 등에 업었던 비학 대사를 땅에 거칠게 내려놓고는 다짜고짜 동천을 들어서 던져 버렸다. 순식간의 일이었다. 그러자 이번에는 일각이 불탄에게 덤벼들었다. 일각은 젊고 힘이 좋았다. 불탄의 허리춤을 잡고 내동댕이쳐 버릴 심산이었다. 그런데 이상했다. 불탄이 꼼짝하지 않았다. 아니, 오히려 일각이 번쩍 들려서 저만치 나가 떨어졌다. 도대체 사람이 아니었다. 도저히 불탄의 괴력을 막을 수가 없었다. 불탄은 비학 대사를 업고 총총히 사라졌다.

동천과 일각은 불탄의 뒤를 따라갔다. 흑연수의 마성에 사로잡힌 불탄의 경공술을 두 사람이 따를 수는 없었다. 동천과 일각은 곧 불탄을 놓치고 말았다. 비학 대사는 평소 성암에 거처하지만 아무도 가 본 사람이 없어 정확한 위치를 몰랐다. 단지 방장직을 승계한 사람만이 갈 수 있는 곳이었다. 그렇게 수백 년 동안 전통으로 이어져 오고 있었다. 불탄을 놓친 일각은 자신의 손바닥을 주먹으로 내리쳤다.

"성암의 위치를 알 수 없으니 큰일입니다."

"따라오게."

동천이 앞서서 달려가기 시작했다. 일각은 동천의 뒤를 따를 수밖에 없었다.

동천과 일각을 따돌린 불탄은 비학 대사를 업고 폭포수계곡으로 내려갔다. 폭포가 내려다보이는 절벽 위에 거북바위가 보였다. 불탄은 거북바위 위에 대사를 내려놓고 거북바위를 돌렸다. 하지만 거북바위는 꿈쩍도 하지 않았다. 비학 대사가 거북바위를 움직일 때는 아무런 힘도 들이지 않았건만 그보다 몇 십 배는 더 힘이 센 불탄은 도저히 바위를 움직일 수가 없었다. 불탄은 있는 힘을 다했다. 근육이 툭툭 불거지고 눈에 핏발이 곤두섰다. 바드득바드득 이 갈리는 소리도 들렸다. 결국 거북바위는 조금씩 움직이기 시작했다. 불탄을 점령한 마성이 아니었다면 불가능한 일이었다. 동쪽을 바라보던 거북이 머리가 서쪽을 향하자 거북바위 십여 보 앞에 있던 바위가 구르면서 동굴이 열렸다. 불탄이 비학 대사를 업고 동굴 안으로 들어가자 다시 바위가 굴러 동굴을 막아버렸다. 불탄은 바위문이 열리지 않도록 안에서 돌을 개어 놓았다.

잠시 후 동천과 일각이 성암에 도착했다. 일각이 물었다.

"아니, 여기가 어딥니까?"

"성암일세."

"네?"

동천이 거북바위로 다가갔다. 거북바위는 원래대로 머리가 동쪽을 바라보고 있었다. 동천이 거북의 머리를 서쪽으로 돌리려고 밀어 보았으나 꼼짝도 하지 않았다. 일각도 달라붙었지만 거북바위는 돌아가지 않았다.

"아무래도 불탄이 안에서 수를 써놓은 모양이군."

일각이 궁금증을 이기지 못하고 동천에게 물었다.

"스님께선 어떻게 성암이 있는 위치를 알고 있습니까? 그리고 이 기관장치는 또 어떻게 알고요?"

동천은 대꾸하지 않았다. 성암 입구의 바위를 노려보고만 있을 뿐이었다.

"지금 우리가 여기서 할 수 있는 일은 아무것도 없네. 우선 돌아가서 화재부터 진압하세."

수덕사의 불길은 진압했으나 대부분의 건물이 불에 타서 쓰러지고 말았다. 승려들은 폭삭 내려앉은 사찰을 바라보며 긴 한숨만 내쉬었다.

5. 흑연수

달빛 한 줌 들어오지 않는 성암은 한 치 앞도 알아볼 수 없을 만큼 어두웠다. 낮이 된다고 해도 어둡기는 마찬가지일 것 같았다.

불탄은 성암의 벽을 더듬으며 내부를 가늠해 보았다. 성암의 입구는 좁았지만 내부 중앙에 큰 방이 있었다. 불탄은 성암의 내부가 어두우리라고 짐작을 하고 있었다. 그는 미리 준비해온 기름 적신 천에다 대고 부싯돌로 불길을 일으켰다. 한참 후에야 천에 불이 붙었다. 불이 성암을 밝히자 불탄의 입이 쩍 벌어졌다. 가장 안쪽의 벽면에 불상 세 개가 모셔져 있었다. 중앙에 커다란 아미타불(阿彌陀佛)부처가 모셔져 있었고, 그 오른편에는 대세지보살(大勢至菩薩)이 오른손은 꼬아서 가슴에 대고 왼손은 활짝 핀 연꽃을 들고 있었다. 그 왼편에는 관세음보살(觀世音菩薩)이 모셔져 있었다. 불상은 전체가 황금으로 도금되어 있었고 이마에는 금강석이 박혀 있었다. 불탄은 삼불상 앞 제단 위에 이미 숨을 거둔 비학 대사를 내려놓았다.

"이런 못된 늙은이! 이 금덩어리를 혼자 독차지하려고 그 동안 아무도 출입을 못하게 했던 거군."

성암은 긴 사각형의 방으로 삼불상이 놓인 가장 안쪽의 벽면으로부터 양쪽으로 긴 벽이 있었다. 불상 쪽에서 오른편 벽에 출입구인 움직이는 바위가 있었고, 그 맞은편에는 불상이 놓인 벽면과 비슷한 크기의 벽이 서 있었다. 성암은 인공의 힘을 가미한 흔적이 전혀 없었다. 성암은 그 자체가 천혜의 요새였다. 동굴 입구만 지키고 있으면 능히 수백의 군사도 상대할 수 있을 것 같았다.

불탄이 불상을 살펴보며 감탄하고 있는 동안 점점 머리가 어지러워 왔다. 기름 적신 천의 불씨도 점점 사그라들고 있었다. 공기가 희박한 것이다. 그대로 있다가는 질식하고 말 터였다. 불탄은 성암 입구를 막고 있는 바위를 밀었다. 꿈쩍도 하지 않았다. 들어올 때처럼 나갈 때도 무슨 기관장치를 움직여야 하는 모양이었다. 하지만 그것을 불탄이 알 턱이 없었다. 그는 흑연수로 인해 생긴 괴력으로 바위를 조금씩 밀어내기 시작했다. 흑연수의 괴력이 아니었다면 그대로 꼼짝없이 질식해 죽었을 것이라고 생각하니 아찔했다.

불탄은 밖으로 나오면서 동굴 입구를 커다란 바위로 이중으로 막아놓았다. 불탄이 틀어막아 놓은 바위는 장정 십여 명이 용을 써도 못 치울 터였다.

임오년 새해 아침이 밝았다. 총불원은 잿더미로 변해 있었고, 수덕사의 승려들은 변고를 듣고 찾아온 삼화사의 승려들과 화재

원인을 규명하기 위해서 마당에 모였다. 동천과 일각은 물론이고 모든 승려들이 불탄을 의심했지만 증거를 잡을 수가 없었다. 이때 불탄이 나타났다. 전날의 괴력을 보았던지라 모든 승려들은 불탄에게서 물러났다. 불탄이 입을 열었다.

"친애하는 사형 사제들, 우리의 스승이시며 방장이신 비학 대사께서 워낙 큰 화상을 입어 숨을 거두시었소이다. 운명 시각은 새벽 인시였소."

비학 대사의 부음이 전해지자 모두들 슬픔에 빠졌다. 불탄은 다시 말을 계속하였다.

"그리고 대사님께선 운명하시기 직전 유언을 남기셨소."

일각이 물었다.

"무엇이오?"

"'방장직은 불탄에게 계승하노라'라고 하시었습니다."

누가 들어도 말이 되지 않는 소리였다. 전날까지만 해도 쫓아내지 못해 혈안이 되어 있던 이가 어떻게 방장직을 불탄에게 승계할 수 있단 말인가!

"불탄, 그 말을 무엇으로 증명할 수 있나? 대사님께서 진짜 임종하셨는지 성암으로 가서 확인해보자."

동천이 물었다.

"동천, 너는 네가 방장을 승계할 줄 알았겠지만 그렇다면 오산이다. 누가 뭐래도 방장은 이제 나다. 방장에 대한 예우를 갖춰서 말하기 바란다."

동천은 지지 않고 응수했다.

"방장계승식을 한 후에 정식으로 방장에 대한 예우를 갖추겠다. 너는 불이 났을 때 제일 먼저 총불원 방장실에 들어갔는데 불이 난 것을 어떻게 알고 갔느냐?"

"방장스님의 부르심을 받고 갔는데 이미 불길에 휩싸여 있었다."

"말이 되지 않는다. 너는 삼화사에 있었거늘 어떻게 대사님께서 너를 부를 수가 있었단 말이냐?"

동천의 물음에 불탄의 얼굴이 벌겋게 달아올랐다.

"어제 낮에 방장스님께서 삼화사에 계실 때 내게 자시에 수덕사 총불원으로 오라는 사전 말씀이 있었다. 그래서 간 것이다. 내 말을 못 믿겠단 말이냐?"

불탄은 성질을 내며 눈을 부라렸다. 뭔가 일을 저지를 것 같았다. 동천은 불탄을 좀 가라앉혀야겠다고 생각했다. 그래서 부드러운 소리로 물었다.

"불탄, 그러면 대사님께서 불이 왜 났는지에 대해서는 말씀이 없었나?"

"아, 그것 말이지…… 말씀하셨지. 사부께서 촛불을 끄지 않고 잠이 들었는데 촛불이 녹아내려 옆에 있던 서적에 옮겨 붙고 마루 바닥에 옮겨 붙어서 화재가 난 것 같다고 하셨다."

이 말에 스님들은 의아해하였다. 낮에 약속해 놓고 불탄이 올 시간에 비학 대사께서 잠이 들었다? 뭔가 석연치 않다고 느끼고 있는데 젊은 동자승이 앞으로 나오며 말했다.

"거짓말이오. 소승이 밤중에 배탈이 나서 뒷간에 갈 때 보니까 총불원에는 촛불이 켜져 있지 않았어요. 그런데 돌아오면서 보니까……."

"아 잠깐 잠깐…… 내가 한 가지 빼먹은 게 있어."

뚜벅뚜벅 앞으로 걸어 나오는 불탄의 얼굴은 흉칙하게 일그러져 있었다.

사실 불을 지른 사람은 불탄이었다. 안에서 잠을 자던 비학이 출구를 찾다가 연기와 열기에 숨이 막혀 허덕이고 있을 때 불탄이 화염 속을 뛰어 들어가 구출하는 척하면서 비학의 거궐을 손가락으로 짚어 비틀어 버리자 그는 절명하고 말았던 것이다. 이러한 자신의 행동을 뒷간 가던 동자승이 모두 보았다고 말한다면 큰일이었다. 동자승이 입을 열기 전에 제지하지 않을 수가 없었다.

"한 가지 빼먹은 게 바로 이거다. 이 녀석이 또 무엇을 보았다고 말하기 전에 나를 믿지 못하면 어떻게 되는지를 똑똑히 보여 주겠다."

불탄은 동자승을 한 손으로 잡아 올리더니 갑자기 수도로 동자승의 목을 쳐서 부러뜨려 죽여 버렸다. 그러고도 화가 안 풀렸던지 우물가에 있는 커다란 바위를 집어들고 마당을 몇 바퀴 돌더니 마당 가운데로 집어던져 버렸다. 바위가 땅속 깊이 박혀 버렸다. 승려들은 새파랗게 얼어서는 끽 소리도 내지 못했다.

"앞으로 방장인 내 말에 이의를 달거나 불평하는 놈들은 모두 이렇게 목이 날아갈 줄 알아라."

불탄은 모두를 노려보았다. 동천과 일각도 더 이상 불상사를 원치 않았다. 그래서 입을 다물어 버렸다. 모두가 불탄에게 당한 기분이 들었다. 그러나 그의 괴력 앞에서는 어쩔 수가 없었다.

불탄은 일각에게 다비식 준비를 지시하였다.

"일각은 전국 사찰에 부음을 전하고 대사님의 다비(茶毘)식을 할 수 있도록 준비하라."

하지만 일각은 아무런 대답을 하지 않았다. 불탄이 그를 무섭게 노려보았다. 일각은 눈길을 피하고 승려들에게 말했다.

"대사님의 다비식을 치뤄야 하니 모두들 준비하시오."

승려들은 하나 둘 흩어졌다. 동천만이 그 자리에 남아 불탄을 노려보고 있었다. 불탄은 괴물처럼 변한 얼굴에 사악한 웃음을 머금고서 동천을 바라보다가 자리를 떠났다. 불탄은 삼화사로 가서 약사여래불전 철불의 손을 잘랐다.

"이 흑연수만 있으면 나는 천하무적이다."

불탄은 흑연수를 짊어지고서 성암으로 향했다. 성암에 도착한 그는 전처럼 질식하지 않기 위해 성암 입구 바위에 돌을 개어 틈을 열어 두었다. 불탄은 제단 앞에 놓인 보료 위에 불경을 베개처럼 베고서 벌렁 누워버렸다.

6. 마물(魔物)

그날 저녁 삼화사에도 변고가 발생했다. 약사여래불전이 심하게 흔들리더니 마루 밑에 있던 구렁이가 뚫고 나온 것이었다. 약사여래불전은 그대로 폭삭 내려앉고 말았다.

구렁이는 이무기로 둔갑해 있었다. 흑연수의 마성이 구렁이를 괴물로 만들고 만 것이었다. 이무기는 약사여래불전에서 빠져 나오자마자 지나가던 승려 한 사람을 그대로 삼키고 말았다. 동천과 일각이 달려왔으나 손을 쓸 틈이 없었다.

이무기는 몸을 지그재그로 비틀며 사라져 갔다. 승려들은 멍하니 이무기의 뒷모습만 눈길로 좇을 뿐이었다.

"철불의 손이 없어졌습니다!"

무너진 약사여래불전을 살펴보던 승려 하나가 외쳤다. 동천과 일각이 가보니 흑연수는 예리한 연장에 의해 잘려나가고 없었다.

"좀전의 그 이무기가 물고 간 것일까요?"

동천은 고개를 저었다.

"아니야. 불탄이 가져간 것이다."

"불탄이 왜 흑연수를 필요로 했을까요? 혹시 무슨 부상이라도 입은 것이 아닐까요?"

동천은 다시 고개를 저었다.

"생각해보게. 불탄의 덩치가 커지고 괴력이 생긴 것이 무엇 때문이라고 생각하나? 그리고 약사여래불전에서 이무기가 튀어나온 것은 왜일까?"

일각은 아무런 말을 못하고 고개만 갸웃거렸다.

"불탄이 무예가 출중하다고는 하지만 이 정도는 아니었네. 그리고 다 자란 어른의 키와 덩치가 커진다는 게 말이 되는가? 저 이무기도 아마 처음엔 보통 구렁이에 지나지 않았을 거야."

"왜 이런 일이 벌어진 것일까요?"

"모든 게 흑연수 때문인 것 같네. 흑연수의 효험은 적당히 쬐면 약이 되지만 욕심을 부려 많이 쬐면 오히려 독이 되네. 불탄은 처음부터 사악한 기운과 강건한 체력을 타고났기 때문에 흑연수의 독기운을 마성으로 흡입한 것 같네. 그리고 이무기도 마찬가지고."

일각의 표정이 밝아졌다.

"하지만 흑연수에 중독되면 이삼 년 안으로 폐인이 된다고 들었습니다. 그렇다면 불탄도 이삼 년 내로……."

동천이 일각의 말을 잘랐다.

"일전에 칠성이라는 아이를 기억하는가?"

"네, 알고 있습니다. 극락조를 좇다가 나무에서 떨어져 다리를 부러뜨린 아이를 말씀하시는 거죠?"

"그 아이의 경우는 참으로 특이했네. 흑연수의 기운을 아무리 쬐고도 전혀 뒷탈이 없으니. 아마도 그 아이는 흑연수의 독기운을 정화할 수 있는 능력을 타고난 듯해."

"그 아이에게 무공을 전수하면 대단하겠는데요."

동천은 일각의 그 말에는 아무런 대꾸를 않고 이야기를 계속했다.

"불탄의 경우도 특이한 경우라고 할 수 있지. 흑연수의 독기운을 마성으로 흡수를 했으니. 불탄이 오래지 않아 폐인이 될지 안 될지는 두고보아야 알 수 있을 걸세."

불탄은 일 주일에 한두 번 삼화사와 수덕사를 오가며 행패를 부리다가 돌아가고는 했다. 행패를 부리는 이유는 자신의 승계식을 지연하고 있다는 것이었다. 아무도 인정하지 않는 주지 자리를 그는 끝내 고수하고 있었다.

비명에 간 비학 대사의 다비식도 치렀고 불탄의 방장 취임식도 끝났다. 불탄은 방장 취임식을 치른 뒤 성암에서 꼼짝도 하지 않았다. 수덕사에서 수련중이던 승려들과 삼화사의 승려들이 합심하여 수덕사 총불원 재건에 구슬땀을 흘리는 동안 불탄은 전혀 모습을 보이지 않았다. 동천과 일각을 비롯한 삼화사와 수덕사의 승려들은 오히려 그것을 다행스럽게 여겼다. 가능하다면 불탄이 영원히 성암에서 나타나지 안히기를 그들은 바랐다.

불탄은 그 즈음 흑연수의 독기에 시달리고 있었다. 머리가 어지럽고 몸에는 종기가 생겨 가려워 미칠 지경이었다. 그리고 예전처럼 힘을 쓸 수도 없었다. 그는 자신이 무언가 잘못되어 간다는 사실을 깨달았지만 무엇 때문인지는 알지 못했다. 그는 삼화사의 약사여래불전에서 잘라 온 흑연수를 껴안고 지냈지만 통증과 무기력은 더욱 심해질 뿐이었다.

불탄은 멍하니 넋을 놓고 폭포수 아래로 시선을 떨구고 있었다. 그때 폭포수 아래 소(沼)에서 무언가 희끄무레한 것이 지나가는 것이 보였다. 불탄은 불편한 몸을 이끌고 폭포수 아래로 내려가 보았다. 그곳에는 이무기 한 마리가 축 늘어져 있었다. 불탄은 그 이무기가 자신이 예전에 삼화사의 약사여래불전 마루 밑에서 키우던 구렁이라는 것을 단박에 알아보았다. 이무기는 비늘이 떨어져 나가고 몸통의 군데군데에 부스럼과 종기가 나 있었다. 증상이 불탄 자신과 다를 바가 없었다. 녀석을 보고 있자니 불탄은 서글

퍼졌다. 마을로 내려가 아무나 붙잡고 흠씬 두들겨 패면 속이 좀 후련해질지도 모를 일이었으나 그에게는 그럴 기운마저 없었다.

그러던 어느 날 한 순례승이 성암 근처에서 기웃거렸다. 순례승은 흉악하게 일그러진 불탄을 보고 기겁을 하고는 달아나 버렸다. 불탄은 순례승이 자신을 괴물 취급한 것에 화가 나서 그를 쫓아가 한방에 쳐 죽이고 말았다. 그는 시체를 폭포수 아래로 집어던져 버렸다. 그러자 폭포수 아래 소에서 이무기가 솟아오르더니 시체를 한입에 삼켰다. 그리고는 다시 소 안으로 슬그머니 사라졌다.

다음 날 성암에서 불탄이 깨어보니 곁에 이무기가 똬리를 틀고 잠들어 있었다. 불탄은 전날 이무기가 사람을 한입에 삼키던 것을 기억하고는 놀라서 소리쳤다.

"이 마물아, 어서 나가라! 여기는 네가 있을 곳이 아니다!"

그러자 이무기는 불탄을 한 번 쓰윽 쳐다보더니 슬그머니 밖으로 나갔다.

불탄은 신기했다. 사람을 통째로 삼키는 놈이 자신의 말에는 순종을 하는 것이다. 전날 시체를 폭포수 아래로 던진 것을 저에게 먹이를 준 걸로 생각하는 모양이었다.

불탄은 바위틈으로 빠져나가는 이무기를 따라가 보았다. 그런데 밝은 햇살 아래에서 이무기를 보니 전날과 많이 달라져 있었다. 비늘이 떨어져 나가고 종기와 부스럼이 앉아 있던 몸통이 말끔해진 것이다. 게다가 축 늘어져 있던 전날과는 달리 생기도 넘쳤다.

'인육이다! 인육이 저 녀석을 다시 건강하게 만들었다.'

불탄은 인간으로서는 할 수 없는 끔찍한 생각을 머릿속에 그렸다.

　그날 이후로 쉰음산과 두타산 근처에서 실종자들이 생겨나기 시작했다. 순례승들이 사라지는 일은 예사였고, 마을에서도 어린 아이나 노인이 사라지는 일이 종종 발생했다. 어떤 날에는 밤에 잠을 자던 일가족이 한꺼번에 사라지는 일도 있었다. 사건이 빈번해지자 목격자도 하나 둘 늘어나기 시작했다. 목격자들은 덩치가 집채만한 거인과 이무기가 사람을 짊어지고 어둠 속으로 사라지더라고 겁에 질린 표정으로 말했다.

제7장 비밀의 전수자

1. 세종과 장영실

    동천은 긴 한숨을 내쉬고는 눈을 감았다. 그의 표정이나 얼굴은 무척 피로해 보였다. 칠성은 스승을 처음 만났을 때를 떠올렸다. 그때는 칠성이 어렸기도 했지만 그의 눈에 스승은 태산처럼 굳건해 보이고 바위처럼 강해 보였다. 하지만 지금은 스승의 얼굴에 수없이 난 잔주름과 언뜻언뜻 비치는 흰머리칼이 지나간 세월을 말해주고 있었다.

    삼화사에서 온 승려는 나무 아래에 잠이 들어 있었다. 그는 코까지 골고 있었다.

    "지금 불탄과 이무기는 어떻게 되었습니까?"

    동천은 눈을 뜨고 자세를 고쳐 앉았다.

    "지난 몇 년 간 불탄과 이무기를 처치하기 위해 수많은 사람들이 투입되었다. 관군은 물론이고 관동지방 일대의 사찰에서 파견된 무술승들이 나섰지만 희생만 남기고 실패했지."

"도대체 불탄이란 자가 얼마나 강하길래 그런 겁니까?"

"그는 이미 인간의 한계를 넘어서 있다. 그리고 그가 거처하고 있는 성암은 한 사람이 능히 수백 명을 상대할 수 있는 천혜의 요새인 셈이다. 그런 데다가 불탄과 이무기는 진법에도 능하다. 성암 주변에 사진을 치고 있어서 그 진법에 말려들면 길을 잃고 우왕좌왕하다가 그대로 당하고 마는 것이다."

"그런데 저는 왜 불탄과 이무기의 존재에 대해 전혀 모르고 있었을까요?"

"요 몇 년 동안 불탄과 이무기는 잠잠했다. 관군과 무술승들의 공격으로 그들 역시 크게 상처를 입었지. 게다가 성암 근처에는 사람이 얼씬도 하지 않을뿐더러 마을에는 경계가 강화되어 그들이 나설 수가 없었을 것이다."

"인육을 먹지 않으면 그들은 다시 무력해지지 않습니까? 그렇다면 무리를 해서라도 누군가를 덮쳤을 텐데요?"

"그 점이 의문으로 남기는 하지만, 그것 역시 설명이 가능하다. 불탄과 이무기는 석 달에 한번씩 인육을 먹어야 한다. 불탄과 이무기는 만약의 사태에 대비해 사람을 곧바로 잡아먹지 않고 살려두면서 한 명씩 한 명씩 처치했던 것 같다. 이제 먹이가 떨어졌는지 불탄과 이무기가 다시 악행을 시작했다는구나."

칠성은 속이 뒤틀렸다. 사람을 마치 돼지나 소를 키우듯 키우면서 때가 되면 해치다니! 너무도 끔찍해서 칠성은 구토를 할 것만 같았다.

"스승님, 제가 하겠습니다. 그 사악한 불탄과 이무기를 제가 처치하도록 하겠습니다."

"이제 우리는 험난한 싸움을 시작해야 할 것이다. 아마도 이번 싸움에서 나는 살아남기 힘들 것이다."

"그런 말씀 마십시오. 그렇게 나약해지시면 안 됩니다."

동천은 고개를 가로 저었다.

"아니다. 불탄은 나의 오랜 친구이기도 하다. 솔직히 나는 그를 생각할 때면 증오심보다도 동정심이 먼저 생기는구나. 그리고 불탄은 나의 업보이기도 하다. 그의 저승길에 동행하기로 나는 이미 결심했다."

"스승님······."

"그래서 네게 할 말이 있다."

칠성은 눈앞이 흐려졌다. 동천은 지금 정말로 죽음을 각오하고 있는 것이다. 불탄과의 대결에서는 칠성 자신도 살아남기 힘들 것이라고 생각했다.

동천은 삼화사에서 온 승려가 깊이 잠들었는지 살펴보다가 칠성에게 말했다.

"너는 꼭 성암으로 가야 한다."

칠성은 스승의 눈에 시선을 맞췄다.

"너는 꼭 살아남아 해야 할 일이 있다."

동천은 바랑에서 무언가를 꺼내어 칠성에게 건네주었다. 목걸이였다. 황금줄에 청옥 구슬이 세 개 달려 있었다. 동천에게서 목걸이를 받아든 칠성의 손이 떨렸다.

"그 목걸이는 대대로 삼화사 주지에게 비밀리에 전해진 것으로 비학스님께서 비명에 가시기 바로 직전에 내게 주신 것이다. 그 분께선 자신의 불행을 이미 예견하고 계셨던 듯하다. 비학스님은 내게 그 목걸이를 전해주며 참으로 엄청난 비밀을 들려주셨다. 선대(先代)의 삼화사 주지들은 그 비밀을 보전하는 임무를 지금까지 수행해왔던 것이다. 그 동안 목걸이와 비밀은 내가 간직해왔다만 이제는 네게 물려주어야겠다. 너는 꼭 살아남아 다음 사람에게 이 물건과 비밀을 전해야 한다. 네게 너무도 큰 짐을 안겨 미안하구나."

칠성은 동천에게 머리를 조아리며 말했다.

"스승님, 그런 말씀 마십시오. 스승님의 분부라면 저는 그 어떤 일이라도 치를 각오가 돼 있습니다."

"고맙구나. 너를 내게로 보내주신 부처님께 난 늘 감사했었다."

칠성의 눈시울이 붉어졌다. 동천은 칠성을 그윽한 눈길로 바라보다가 다시 입을 열었다.

"그 목걸이 말고도 네게 전해줄 것이 또 있다. 그 전에 지금부터 내가 하는 이야기를 잘 듣거라."

태종이 죽고 세종이 등극한 지도 세월이 꽤 흘렀다. 조선은 태종대에 이어 전에 없이 태평성대를 누리고 있었다.

송도의 광명사에는 아침 예불을 드린 승려들이 아침밥을 먹기 위해 이동하고 있었다. 속인의 출입이 뜸한 시간에 웬 선비와 하인 두 사람이 광명사를 찾았다. 선비는 주지를 만나고 싶다고 말했다. 문을 지키고 있던 승려는 아직 식전이라 곤란하다고 대답했다.

"조상의 시신을 모시러 온 사람이 있다고 주지스님께 전해주십시오."

"네?"

"그렇게 전해주시면 알아들으실 겁니다."

승려는 합장을 하고 물러나 주지에게로 향했다. 얼마 지나지 않아 광명사 주지가 선비에게 다가왔다.

"조상의 시신을 모시러 왔다고 하셨습니까?"

"그렇습니다."

"잠깐 안으로 드시지요."

선비는 주지의 안내를 받아 주지의 거처로 향했다. 선비는 대동한 하인 한 사람에게 주지의 거처에 함께 들도록 일렀다. 주지는 난색을 표했다.

"외인이 알면 안 되는 줄로 압니다만……."

"이 사람에게 이미 모든 것을 말했어요. 그러니 개의치 말고 드십시오."

주지의 거처에 마주 앉게 되자 주지가 선비에게 말했다.

"신표를 보여주실 수 있겠습니까?"

선비는 품에서 무언가를 꺼내 주지에게 건네주었다. 목걸이였다. 주지 역시 품에서 목걸이를 꺼내 두 목걸이를 찬찬히 뜯어보았다.

"이 목걸이는 대대로 비밀의 상속자에게 전해지는 것입니다. 실례가 되는 줄은 아오나 존함을 일러주실 수 있겠습니까?"

그러자 곁에 있던 하인이 주지에게 말했다.

"대왕마마이시옵니다."

주지의 눈이 커졌다. 주지는 자세를 고쳐 무릎을 꿇으며 절을 했다.

"전하…… 소승이 몰라뵈옵고 큰 무례를 범했사옵니다."

"일어나십시오. 남의 이목이 두렵구려."

하지만 주지는 몸을 일으키지 않았다.

"전하, 소승이 한 가지 무례를 더 범해야겠사옵니다. 비밀의 상속자에게는 몸에도 그 표식이 있는 줄 아옵니다. 옥체를 보여주시옵소서."

세종은 빙긋이 웃으며 도포를 벗고 옷고름을 풀어 상체를 드러냈다.

"이것을 말씀하시는 것이오?"

세종의 가슴에는 반달가슴곰털이 선명하게 자라나 있었다. 주지는 다시 한번 머리를 조아렸다.

"주지께선 염금이 있는 위치를 알고 있겠죠?"

주지는 그 말에 선뜻 대답을 못했다.

"염금은 드릴 수 있사오나…… 염금이 있는 장소는 비밀에 부치기로 되어 있사와 알려드릴 수가 없나이다."

세종은 말없이 생각에 잠겨 있다가 말했다.

"알고 있습니다. 황금에 과욕을 부려 국사를 망치지 않기 위해 그런 계율을 만들었다는 것을. 하지만 주지는 나를 믿고 말씀을 해주셔야 합니다."

"전하, 그것은……."

"내 얘기를 잘 들어주시오. 지금까지는 비밀이 잘 보전되었으나 앞으로도 비밀이 유지될 수 있을지 나는 심히 염려스럽습니다. 그리고 지금까지의 역사를 돌이켜보건대 왕이 지목한 태자가 반드시 용상에 앉는다는 보장 또한 없습니다. 반정은 반드시 일어나기 마련입니다. 그래서 만약의 사태에 대비하여 더욱 철저한 장치를 해두어야 합니다. 황금이 사악한 자의 손에 들어간다면 이 나라는 극심한 혼란에 처하게 될 것이오. 그리고 광명사가 있는 이 곳 개성이 언제까지 조선의 영토로 남아 있을지도 미지수이고요. 수도를 한양으로 옮겼으니 비밀의 보전자 역시 한양 근처에 머무는 것이 옳다고 생각됩니다."

주지는 아무런 말이 없었다. 세종의 말은 계속 이어졌다.

"내게 염금이 있는 위치를 알려 주십시오. 그러면 여기 있는 이 사람……."

세종은 곁에 앉은 하인 행색의 사람을 가리켰다.

"장영실 대감께서 그곳에 비밀의 보전자가 아니면 출입을 할 수 없도록 장치를 할 것입니다."

주지는 장영실을 바라보았다. 장영실은 심지가 굳은 두 눈을 주지에게서 떼지 않았다. 주지는 고개를 떨구고 시선을 바닥으로 향했다. 바닥을 향한 그의 흔들리는 두 눈이 그가 깊은 고민에 빠져 있음을 말하고 있었다. 이윽고 주지가 말했다.

"대왕마마의 뜻이 그러하다면 소승은 따르겠습니다. 염금이 나는 장소 근처에 삼화사라는 절이 있습니다. 그곳에 도법이라는 승려가 있사온데 성품이 강직하고 불심이 깊어 비밀의 보전자로 제격이라 생각됩니다. 제가 우선 도법선사에게 이 일을 의뢰할 터이니 전하께옵선 이후에 도법선사를 찾으시기 바랍니다."

"아, 그래요! 염금이 나는 장소가 거기였군요. 저 역시 도법스님에 대해서는 익히 들어 알고 있습니다. 그 분이라면 이 일을 믿고 맡길 수 있다고 생각됩니다. 주지께서 모든 일을 알아서 처리해 주십시오. 저는 후에 도법스님을 찾아뵙도록 하지요."

이렇게 해서 비밀의 전수자는 삼화사의 도법이 되었다. 세종과 장영실, 도법 세 사람은 야음을 틈타 염금이 있는 곳으로 향했다. 그 곳은 숨겨진 요새 같은 곳이라 발각될 염려가 없었다. 하지만 세종은 안심이 되지 않아서 장영실로 하여금 손을 쓰도록 일렀다.

세종은 즉시 상경하고 장영실은 그 곳에 남았다. 그는 조선시대를 통틀어 가장 위대한 발명가였다. 장영실은 그 곳에 6개월을 머물면서 비밀의 전수자만이 출입을 할 수 있는 기관장치를 설치했다.

모든 일을 끝낸 후 장영실은 세종을 찾아왔다. 장영실은 세종에게 왕가의 비밀 전수자에게 대대로 전해내려온 그림을 보여달라고 했다. 그림은 두 개의 산봉우리 사이로 등짐을 진 세 사람이 길을 오르고 있는 것으로 산봉우리 사이에는 태양이 떠 있는데 태양이 그려진 부분에는 작은 구슬 하나가 들어갈 정도의 구멍이 뚫려 있었다. 그리고 왼쪽 상단에 한시가 적혀 있었다. 장영실은 그림에 적힌 한시에 한 구절을 더 삽입했다. 세종은 장영실이 삽입한 구절을 들여다보았다.

"자연의 음성만이 분노를 잠재우리라……. 대감께서 어떤 장치를 했는지 심히 궁금하구려."

"마마께서 가지고 계신 송황제의 신궁이 그 해답이옵니다. 만약에 비밀의 전수자가 아닌 사람이 염금에 욕심을 낸다면 큰 재앙을 당할 것이옵니다."

장영실이 말한 송황제의 신궁이란 이씨 조선왕가에 대대로 전해져온, 물소뿔로 만든 활을 말하는 것이었다. 그 활은 가슴에 반달가슴곰털이 난 왕가의 적자가 아니고는 감히 당길 엄두조차 낼 수 없어 과히 신궁이라 이를 만했다.

2. 비밀의 전수자

"도법 스님부터 시작된 이 임무는 선대 주지와 비학스님을 거쳐 나에게 전수되었다."

"그 비밀의 장소라는 것이 혹시 성암이옵니까?"

"그렇다. 불탄은 그러한 사실을 모르고 있다. 이 비밀을 알고 있는 사람은 세 사람뿐이다. 너와 나, 그리고 왕가의 비밀 전수자. 그런데 세종대왕 이후로는 염금을 찾으러 오는 이가 없었다고 한다. 문종, 단종대를 거치면서 필시 그 적통이 소실된 것이 아닌가 하는 의문이 드는구나."

"그 비밀이라는 건 무엇이옵니까?"

"전주이씨 왕가에 대대로 전해져 온 엄청난 양의 황금과 관련된 것이라고 들었다. 하지만 나 역시 그것을 본 적은 없다. 성암은, 그러니까 그 비밀에 다가갈 수 있는 일종의 출입구인 셈이지. 그런데 불탄과 이무기가 그곳에 들어앉았으니 참으로 걱정이구나."

"힘 닿는 데까지 싸워 불탄과 이무기를 반드시 물리치겠습니다."

동천은 자신의 제자가 자랑스러웠다.

"그래, 꼭 그러리라고 믿는다. 너는 반드시 해낼 수 있을 것이다. 자, 이제 다시 길을 떠나자꾸나. 갈 길이 멀다. 삼화사로 가기 전에 먼저 들를 곳이 있다. 그 목걸이와 비밀 말고도 네게 전해줄 것이 몇 가지 더 있다. 최원흘 대감에게 그것들을 맡겨 두었으니 그리로 가야 한다."

최원흘의 이름을 대하자 칠성은 가슴이 두근거렸다. 최원흘의 집에 가면 유하를 만날 수 있을 것이기 때문이었다.

칠성은 삼화사 승려를 깨웠다. 그리고 세 사람은 다시 길을 걷기 시작했다. 해가 구름에 가렸는지 숲이 어둠에 휩싸이기 시작했다.

동천과 칠성은 최원흘의 집을 찾았다. 최원흘은 선비로서의 몸가짐을 버리고 검객으로 변해 있었다. 원흘의 온화한 모습만 보아 온 칠성으로서는 그의 모습이 낯설었다.

"원흘께서도 나서시렵니까?"

"이 몸의 무예가 일천하나 가만히 있을 수만은 없어서 나서기로 했습니다."

"조선을 호령하는 검술의 달인께서 겸손을 보이십니다. 원흘께서 나서신다면 분명 큰 힘이 될 겁니다."

칠성은 원흘이 무예를 쌓았다는 이야기는 들었으나 무예의 깊이가 어느 정도인지는 알지 못했다. 하지만 괜한 말을 일삼지 않는 자신의 스승이 저처럼 추켜세울 정도라면 원흘은 당대 최고의 검객 반열에 드는 인물임이 틀림없다고 생각했다.

"허나, 불탄과 이무기는 우리 삼화사의 업보입니다. 원흘에게까지 수고를 끼치고 싶지 않습니다."

"불탄과 이무기가 어찌 삼화사만의 문제이겠습니까. 이 몸도 함께 할 수 있도록 해주십시오."

하지만 동천은 원흘의 청을 받아들이지 않았다.

"불탄과 이무기의 싸움은 이쪽의 숫자가 많다고 해서 유리한 것이 아닙니다. 만약 원흘마저 그 싸움에 희생이 된다면 정말로 우리에겐 희망이 없어져 버립니다. 원흘께선 나와 칠성이 무너지거든 조선의 고수들을 모아 그 다음을 도모하십시오."

최원흘은 안타까운 빛이 역력했지만 동천의 뜻을 받아들였다.

"일전에 원흘께 맡겨둔 물건들이 있을 것입니다. 그것들을 좀 가져다 줄 수 있겠습니까?"

최원흘은 벽장 깊숙이 숨겨 둔 물건들을 꺼냈다. 목판과 그림, 그리고 활과 화살이었다.

"원흘께선 잠시 자리를 피해주시겠소?"

최원흘은 흔쾌히 자리에서 일어섰다.

"이곳에 아무도 접근하지 못하도록 제가 망을 보도록 하겠습니다."

최원흘이 방에서 나간 후 동천은 물건들을 칠성 앞으로 내밀었다.

"이 성물(聖物)들은 세종께서 도법 스님에게 직접 전한 것으로 청옥구슬 목걸이와 함께 장영실 대감이 설치해놓은 기관장치를 풀 수 있는 열쇠가 될 것이다. 세종께선 자신의 욕심으로 황금을 사용하게 될지도 모른다고 우려하여 이 성물들을 삼화사에 맡기며 앞으로 삼화사의 비밀 전수자와 왕가의 비밀 전수자가 합의할 때에만 이 성물들을 사용할 수 있도록 계율을 정하셨다. 나 역시 이 성물들의 사용법은 알지 못하나 비밀의 상속자가 나타난다면 풀어낼 수 있으리라 믿는다. 왕가의 비밀 상속자는 네가 가진 목걸이와 똑같은 것을 지니고 있을 뿐만 아니라 가슴에 반달가슴곰 털이 자라나 있다고 한다."

동천은 그림을 칠성에게 집어주었다. 그림은 두툼한 천에 그려져 있었다.

"그 그림은 여기 있는 이 목판에서 찍어낸 것이다. 이유는 알 수 없으나 해가 그려진 부분은 그 크기만큼 잘라내야 한다고 들었다. 그리고 이 신궁에는 가공할 힘이 숨겨져 있다고 한다. 하지만 이 신궁을 사용할 수 있는 사람은 이 세상에 오직 한 사람 왕가의 비밀의 상속자밖에 없다."

칠성이 신궁을 당겨보았다. 하지만 꿈쩍도 하지 않았다. 동천이 그 모습을 보고 껄껄 웃었다.

"나도 당겨보았지만 성공하지 못했다. 그건 원흘도 마찬가지였지."

칠성은 목걸이를 목에 걸고 그림은 접어서 품에 넣었다. 목판과 신궁, 화살은 원흘에게 보관하도록 부탁했다.

동천이 원흘에게 일렀다.

"서산 대사께서 앞으로 이 나라에 큰 환란이 닥칠 것이라 예견하셨습니다. 원흘께선 이 성물들을 아무도 모르는 장소에 보관하시다가 이후에 칠성이 찾아오거든 전해주시기 바랍니다."

"명심하겠습니다."

칠성이 동천과 함께 최원흘의 방에서 물러나올 때까지도 유하의 모습은 보이지 않았다. 칠성과 동천이 자신의 집을 찾았다는 소식을 접했을 텐데도 유하는 모습을 드러내지 않는 것이었다. 칠성은 서운한 마음에 가슴이 저려왔다. 화단 근처에 서서 고개를 떨구고 있는 칠성을 측은한 눈길로 바라보며 동천이 최원흘에게 물었다.

"낭자께선 오늘 보이지 않습니다?"

최원흘은 칠성을 일별하고 나서 한숨을 내쉬었다.

"그 아이는 평생 수절하겠다고 하더군요. 나 역시 그 아이의 심지가 굳은 것을 보고 어쩔 수 없었습니다. 제 짝과 인연을 맺지 못하는 그 아이의 상심이야 얼마나 크겠습니까."

최원흘은 동천과 칠성을 대문까지 배웅하였다. 칠성은 최원흘에게 인사를 건네면서도 그의 어깨 너머로 집안을 살피고 있었다. 하지만 끝내 유하의 모습은 보이지 않았다.

최원흘의 집에서 물러나온 칠성의 걸음은 무거웠다. 그럴 수만 있다면, 목청껏 유하의 이름을 불러보고 싶었다. 칠성의 두 눈은 가슴에 사무쳐 오는 그리움을 이기지 못해 눈물이 맺혔다. 그는 스승에게 눈물을 보이기 싫어 고개를 떨군 채 걸음을 늦추었다. 스승은 제자의 슬픔을 아는지 모르는지 휘적휘적 걸음을 옮길 뿐이었다.

칠성은 걸음을 멈추고 최원홀의 집 대문 쪽으로 고개를 돌렸다. 아! 뿌옇게 이슬이 낀 눈에 노란 저고리와 적색 치마가 들어왔다. 칠성은 얼른 눈물을 훔치고 바라보았다. 유하였다. 그녀는 대문 앞에 서서 멀어져 가는 칠성을 지켜보고 있었다. 유하를 보고 싶은데 왜 자꾸 눈앞은 부옇게 흐려지는지…… 바람에 나부끼는 유하의 적색 치마만이 칠성의 눈앞에 가물거렸다. 칠성은 유하가 있는 쪽으로 몇 걸음 내딛었다. 하지만 큰일을 앞두고 마음이 흐트러져서는 안된다는 생각이 그의 걸음을 막았다. 그리고 그녀는 자신과 인연을 맺어서는 안되는 존재였다. 당장 달려가서 유하를 품에 안고 싶은 마음과 그래선 안된다는 의지 사이에서 칠성은 갈팡질팡했다. 저만치 앞서갔던 동천은 칠성의 뒷모습을 안타까운 눈길로 지켜보고 있었다. 칠성의 얼굴은 일그러질 대로 일그러져 있었다. 그는 앞으로 내달릴 듯 몸을 앞으로 기울였다가 무엇에 뒷덜미를 낚아채이기라도 한 듯 뒤로 돌아섰다. 칠성은 유하를 뒤로한 채 동천에게로 달려갔다.

"스승님……."

동천은 칠성의 등을 어루만졌다.

"평생 그리워하면서도 한 번 만나지 못하는 인연이 있는가 하면 평생 원수처럼 여기면서도 매일 만나는 인연이 있지. 허나 너와

유하 낭자가 부처의 인연으로 맺어진 사이라면 반드시 너의 바람
은 이루어질 것이다."

칠성은 어린아이처럼 흐느꼈다.

"유하 낭자에게 인사라도 해야 하지 않겠느냐."

칠성은 소매로 눈물을 훔치고 돌아서서 유하를 향해 합장을 했
다. 유하는 칠성이 사라진 뒤에도 한참 동안 대문 앞에 서 있었다.

삼화사로 돌아온 동천과 칠성은 부처님께 불공을 드리며 마음
을 가라앉혔다. 삼화사의 모든 승려들이 하나가 되어 험난한 길을
떠나는 동천과 칠성의 앞길에 부처님의 자비가 함께하기를 염원
했다.

다음 날 새벽, 동천과 칠성은 성암을 향해 출발했다. 승려로서
는 드물게 두 사람 다 검을 휴대하고 있었다. 동산 위로 해가 솟아
오르고 있었으나 아직 가시지 않은 어둠이 군데군데 도사리고 있
었다.

3. 사투

두타산은 단풍이 짙게 물들어 있었다. 동천과 칠성은 회색빛의
승복을 벗고 붉은 빛이 도는 옷으로 갈아입었다. 싸움이 시작되었
을 때 전세가 불리할 경우 붉은 단풍 속에 몸을 숨길 수 있을뿐더
러 정찰을 하는 데 있어서도 불탄과 이무기의 눈에 띄지 않도록
하기 위해서였다.

성암 근처에 다다른 동천과 칠성은 먼저 주변의 지형부터 살피기 시작했다. 특히 성암에 가본 적이 없는 칠성에게는 싸움터가 될 곳의 지형을 파악하는 일이 필수적이었다. 그런 다음 정찰에 나섰다.

이무기의 영역은 폭포수 아래 깊이를 알 수 없는 소(沼)와 그 앞에 펼쳐진 계곡의 구릉이었다. 구릉 안 숲 속은 박달나무와 참나무들이 우거져 있었다. 빽빽하게 자라난 나무들의 행렬은 소를 향해 소용돌이치듯이 뻗어 있었다. 만약 이무기의 영역에서 싸움이 벌어진다면 동천과 칠성으로서는 승산이 없어 보였다. 어떻게 해서든 이무기를 밖으로 끌어내어 싸우는 수밖에 없었다.

성암 역시 마찬가지였다. 성암은 능히 한 사람이 백 명의 군사를 상대할 수 있을 정도의 천연 요새였다. 성암 입구에 버티고 서서 이쪽의 공격을 막아내다가 틈을 노려 반격을 가하는 식의 소모전이 벌어질 경우 성암 밖에서 공격을 하는 쪽은 제풀에 지쳐 쓰러지고 말 터였다. 게다가 불탄의 무공이 이미 인간의 경지를 넘어서 있었기 때문에 섣불리 공격해 들어가다가는 목숨을 잃기가 십상이었다.

동천이 작전을 구상했다.

"이무기를 끌어내는 방법은 미끼를 던지는 것밖에 없는 것 같다. 우리 둘 중에 한 사람이 미끼가 되어 이무기를 영역에서 끌어내면 나머지 한 사람은 매복해 있다가 공격을 하는 것이다. 그리고 나서 미끼가 되었던 사람이 공격에 합류한다면 승산이 있을지도 모른다. 미끼는 내가 되겠다."

"아닙니다. 스승님보다 제가 경공술이 뛰어나니 제가 하도록 하겠습니다. 그리고 이무기의 식욕을 돋우기에는 아무래도 스승님보다 제가 나을 듯합니다."

칠성은 그렇게 말해놓고 객쩍었던지 웃음을 터뜨렸다.

"예끼, 이 몹쓸놈."

큰 싸움을 앞두고 두 사람 사이에는 전우애가 싹터 있었다. 목숨을 내건 상황에 부닥치자 동천과 칠성은 스승과 제자로서의 격식을 무너뜨리고 상대를 더욱 친근하게 대했다. 그런 모종의 암약은 함께 할 날이 얼마 남지 않았다는 슬픈 예감에서 비롯된 것이었다. 서로를 허울 없이 대하면서 두 사람은 앞으로 다가올 긴 이별을 준비하고 있는 셈이었다.

"나보다 너의 경공술이 뛰어나기는 하나 나 역시 이무기 한 마리 정도는 따돌릴 수 있을 것이다. 한 번의 공격으로 큰 충격을 가하지 못하면 싸움이 힘들어져. 나보다는 너의 공격이 훨씬 더 효과적일 것이야. 내가 이무기를 유인해서 계곡으로 올라가면 너는 그 곳에 숨어 있다가 이무기를 향해 장풍을 출수하거라. 이후로 너와 내가 힘을 합하여 공격하면 어렵지 않게 첫 싸움은 끝낼 수 있을 것이다."

동천은 흙바닥에 나뭇가지로 그림을 그려 보이며 설명을 했다. 칠성은 간간이 고개를 끄덕이며 동천의 설명을 들었다.

"그런데 이무기와 싸우고 있을 때 불탄이 나타나면 어떻게 하죠?"

"무조건 달아나야 한다. 둘을 한꺼번에 상대한다는 것은 아무래도 무리야."

"불탄이 그 정도로 강한가요?"

"불탄은 흑연수의 마성에 중독되기 전에도 이미 인간이 도달할 수 있는 경지를 넘어서 있었다. 22명의 무술승들이 공격했을 때 만약 불탄이 그들을 죽일 작정으로 싸웠다면 결코 제압당하지 않았을 것이다."

칠성의 몸이 부르르 떨렸다. 극도의 흥분이 그의 몸을 휩싸기 시작했다. 불탄이라는 존재에 대한 두려움이 가슴 한편에 자리잡은 것과 동시에 그와 대결을 벌여보고 싶다는 투지도 함께 자라난 것이었다.

날이 어두워지기 시작했다. 밤의 음기는 이무기와 불탄에게 더욱 강력한 힘을 발휘하도록 하는 힘의 원천이었다. 그들의 후각과 청각은 극도로 예민해져서 사오 리 밖의 먹이와 적을 감지해낼 수 있을 정도였다. 그러한 사실을 알고 있는 동천과 칠성은 이무기와 불탄이 있는 곳에서 멀리 떨어져 나와서는 땅에 구덩이를 파고 들어가 낙엽으로 몸을 덮고서 잠이 들었다.

다음날, 결전의 아침이 밝았다. 동천과 칠성은 떠오르는 아침해를 향해 단전호흡을 하며 태양의 뜨거운 기운을 빨아들였다. 붉게 물든 두 사람의 얼굴은 평온해 보였다.

"칠성아, 무슨 일이 있어도 너는 살아야 한다. 네가 죽는다면 비밀도 함께 묻히고 마는 것이다. 만약 불탄과 이무기를 이길 수 없다고 판단된다면 그대로 이 곳에서 달아나거라."

"달아날 때 달아나더라도 스승님과 함께 달아나겠습니다."

칠성의 말에 동천이 웃었다. 칠성도 마주 보며 웃었다. 두 사람의 웃음소리가 잦아들자 동천이 말했다.

"너는 참으로 훌륭한 제자였다."

동천은 한참 동안 칠성의 얼굴을 들여다보았다. 다리를 부러뜨리고서 눈물을 찔끔거리며 아픔을 참아내던 7살의 어린아이는 이제 어디에도 없었다. 단단해 보이는 턱과 시원스런 이마, 깊은 생각이 담긴 듯한 눈을 가진 청년이 그 자리에 서 있었다. 동천은 먼 하늘로 눈길을 돌려 생각에 잠기더니 어금니를 깨물었다.

"가자!"

동천의 몸이 공중으로 솟구쳤다. 그는 앞을 가로막고 있는 키 큰 나무들의 가지를 밟고 뛰어오르더니 이내 이글거리는 태양 속으로 사라졌다. 칠성도 스승이 사라진 태양을 향해 솟아올랐다.

성암 부근에 다다른 동천과 칠성은 잠시 호흡을 가다듬은 뒤 작전에 돌입했다. 칠성은 계곡의 바위 뒤에 몸을 숨긴 채 진기를 끌어모았다. 동천은 이무기를 유인하기 위해 늪으로 다가갔다.

동천이 늪 근처에 다다르기도 전에 사람 냄새를 맡은 이무기가 늪에서 솟아올랐다. 이무기는 동천을 향해 달려들었다. 이무기의 몸통 크기는 장정의 서너 아름은 될 만큼 굵었으며 입은 동천을 한입에 삼켜버릴 만큼 컸다. 이무기가 솟아오르면서 해를 가리자 늪 주변이 일순 어둠에 잠길 정도였다. 혀를 내밀 때는 쉿쉿, 쇳소리가 났다.

동천은 뒷걸음질치며 거리를 재고 있다가 이무기가 어느 정도 다가왔을 때 왔던 길로 뒤돌아서 달리기 시작했다. 아! 그런데 이게 웬일인가! 길이 막혀 있었다. 박달나무와 참나무 군락지 사이로 난 길이 어느새 사라지고 빽빽하게 자라난 나무들이 장벽을 이룬 채 창날처럼 날카로운 가지를 뻗고서 서 있는 것이었다. 하지만 그대로 서 있을 수도 없는 노릇이었다. 잠시라도 머뭇거린다면 이무기의 날카로운 이빨에 몸이 두 동강 날 아찔한 순간이었다. 하는 수 없이 동천은 경공을 사용하여 나무들을 단숨에 뛰어넘을 생각으로 공중으로 솟아올랐다. 하지만 동천의 몸이 솟아오른 만큼 나무들도 함께 솟아올라 동천의 길을 막았다. 뭔가가 잘못되었다고 생각하는 순간 이무기의 이빨이 동천의 옷자락을 스치고 지나갔다. 동천은 공중에서 균형을 잃고서 추락했다. 땅에 다다랐을 때 그는 몸을 동그랗게 말며 앞으로 굴렀다. 쉴 틈도 없이 그는 다시 공중으로 뛰어올랐다. 등뒤로 습한 기운이 밀려오는 것을 느꼈다.

'사독이다!'

동천은 몸을 외로 틀며 방향을 급히 바꾸었다. 이무기의 입에서 뿜어져 나온 독한 기운이 왼쪽 허벅지를 스치고 지나갔다. 동천이 착지를 하고 나서 살펴보니 사독이 스친 부분이 검게 타들어 가 있었다. 그대로 놓아둔다면 독기운은 금세 온몸으로 퍼질 터였다.

쉿소리가 가까워졌다. 동천이 고개를 들어보니 이무기가 다시 자신을 향해 돌진하고 있는 모습이 눈에 들어왔다. 그는 검을 뽑아서 이무기의 눈을 향해 던졌다. 날아간 검은 부릅뜬 이무기의 눈동자를 정통으로 맞추었다.

'꾸애애애애애액!'

이무기는 입을 쩍 벌리고 비명을 내지르며 공중으로 솟아올랐다. 이무기가 몸을 비틀 때마다 눈동자에서 터져 나온 피가 사방으로 튀었다. 피가 튄 자리는 동천의 상처처럼 검게 타들어 갔다. 동천은 그 틈에 얼른 바위 뒤로 몸을 숨기고 상처를 싸맸다.

계곡에 몸을 숨긴 채 진기를 흡수하고 있던 칠성은 이무기가 내지른 소리에 눈을 번쩍 떴다. 그는 기가 흐트러지지 않도록 단전에 힘을 모으고 몸을 일으켰다. 그의 눈에 다리를 절룩거리며 바위 뒤로 몸을 숨기고 있는 동천의 모습이 보였다. 뭔가 계획이 어긋난 것이 틀림없었다. 그대로 둔다면 스승이 큰 위험에 처할 터였다. 칠성은 동천에게로 가기 위해 바위 위에 올라섰다. 그는 경공을 최대한 발휘할 수 있도록 잔뜩 몸을 웅크렸다. 그때 문득 칠성의 머리를 스치고 지나가는 것이 있었다. 박달나무와 참나무들이 소용돌이치듯 휘돌아 자라난 모양이 어떤 형체를 띄고 있음을 뒤늦게 알아차린 것이었다.

'사진(巳陣)이다!'

늪을 중심으로 뻗어나온 박달나무와 참나무의 군락지는 '사(巳)'자 형태를 띠고 있었다. 사(巳)의 가장 안쪽에 늪이 자리하고 있는 셈이었다.

사진(巳陣)은 침입하기는 쉬우나 빠져 나오기는 불가능한 진법으로 아군의 진지로 적을 유인하여 격퇴할 때 사용하는 극히 드문 것이었다. 진법이 구축되어 있음을 깨닫지 못하고 말려들었다가는 낭패를 보기 십상이다. 이무기가 살고 있는 늪은 천연적으로 사진이 형성되어 있었다. 그래서 이무기의 영역으로 들어온 먹이는 탈출구를 찾지 못하고 우왕좌왕하다가 결국 이무기에게 희생되고 마는 것이었다.

칠성은 동천에게로 달려가며 방법을 강구했다. 이무기의 사진에 말려든다면 스승을 구해내는 것은 고사하고 자신마저 위험에 처할 수 있었다. 칠성은 다른 방법을 택했다. 칠성은 빽빽하게 자라난 박달나무와 참나무를 향해 검을 휘두르기 시작했다. 그는 사진에 뛰어드는 것이 아니라 사진을 파괴하기로 작정한 것이었다.

"스승님!"

칠성의 검이 춤을 출 때마다 단단하기 이를 데 없는 박달나무와 참나무가 맥없이 쓰러지며 굉음이 울렸다. 칠성의 몸에 충만한 기가 검날을 통해 그대로 발산되었다. 칠성은 쓰러지는 나무들을 피해 몸을 놀리면서 계속 검을 휘둘렀다. 칠성검법은 원래 방어와 공격이 동시에 이루어졌으나 칠성이 펼치는 초식은 오로지 공격뿐이었다.

이윽고 나무가 베어져 나간 부분으로 통로가 생겼다. 사진에 구멍이 뚫린 것이었다. 칠성은 이무기의 영역으로 뛰어들었다. 바위 뒤로 몸을 숨긴 동천에게로 이무기가 달려들고 있었다. 동천은 몸을 뒤로 날려 가까스로 이무기의 공격을 피했다. 그가 등지고 있던 바위는 이무기가 들이받자 산산조각 났다. 이무기가 재차 동천에게로 달려들었다. 동천은 허벅지의 부상이 심해서 자세가 흐트러져 있었다. 절체절명의 위기였다. 동천은 다시 공중으로 뛰어오르려 했으나 몸이 말을 듣지 않았다. 허벅지에 심한 통증이 가해지면서 그는 그대로 주저앉고 말았다.

"출(出)!"

칠성이 단전에 모았던 기를 검끝을 통해 발산했다. 검기는 이무기의 턱 부분을 그대로 관통했다. 이무기는 무릎을 꿇고 있는 동천의 발앞에 꼬꾸라졌다. 이때를 놓치지 않고 동천은 손바닥에 기를 모아 이무기의 정수리를 내려쳤다. 관통한 턱부분에서 이무기의 검붉은 피가 분수처럼 터져 나왔다.

"피가 닿으면 사독에 중독된다!"

칠성은 공중에 흩뿌려지고 있는 이무기의 검붉은 피를 피하며 동천에게로 달려갔다.

"스승님, 괜찮으십니까?"

"괜찮아. 우선 이 곳을 빠져나가야 한다. 이무기의 괴성을 들었다면 곧 불탄이 들이닥칠 것이다."

칠성은 동천을 부축해서 일으켰다. 두 사람이 칠성이 뚫은 퇴로를 향해 가고 있을 때 죽은 줄 알았던 이무기가 몸을 꿈틀거리더니 다시 공중으로 솟아올랐다. 이무기의 턱과 눈에서는 쉴새없이 피가 터져 나왔다. 이무기의 피가 주변에 자란 나무에 닿자 나무는 순식간에 말라죽어 버렸다. 칠성은 동천을 나무등걸 위에 앉힌 후 이무기에게로 돌아섰다. 하지만 이무기의 피가 온 땅에 흩뿌려져 있어서 접근할 수가 없었다. 칠성은 검을 하늘로 향하고 단전에 기를 모았다. 칠성의 눈에서는 주홍빛의 안광(眼光)이 이글거렸다.

"출(出)!"

그는 이무기를 향해 검을 휘둘렀다. 부챗살처럼 퍼진 검기가 날아가서는 이무기를 동강냈다. 이무기는 머리 부분과 꼬리 부분이 절단되고서도 한동안 몸부림을 멈추지 않았다.

"먼저 나가십시오."

동천은 칠성이 나무를 베어내 만들어놓은 퇴로를 통해 빠져나갔다. 칠성은 혹시라도 이무기가 되살아날지도 모른다는 생각에 퇴로의 입구에 서서 지켜보았다. 이무기는 땅에 배를 기면서 꿈틀거리더니 이내 축 늘어졌다. 흑연수의 마성이 빠져나가면서 이무기는 급격하게 썩어들어 가기 시작했다. 심한 악취가 온 산을 뒤덮었다. 칠성은 동천이 지나간 퇴로를 따라 달려갔다. 동천은 퇴로 중간쯤에 우두커니 서 있었다.

"스승님, 이무기가 죽었습니다."

칠성은 큰일을 끝낸 뿌듯함을 실어서 말했다. 하지만 동천은 아무런 대꾸가 없이 앞을 향해 노려보고 있을 뿐이었다. 칠성은 동천의 눈길을 따라가 보았다. 그들의 눈길이 머무는 지점에 누군가가 쓰러진 나무에 걸터앉아 있는 옆모습이 보였다. 그의 얼굴은 긴 머리칼에 덮여 있었다. 그는 낚싯대를 앞에 둔 사람처럼 우두커니 앉아 고개를 숙이고 있었다. 바람 한 줄기가 불어와 그의 머리칼이 휘날리면서 얼굴이 드러났다.

"불탄이다."

"네!?"

칠성은 검을 앞으로 내밀고 공격 자세를 취했다. 동천은 아무런 표정의 변화가 없이 그대로 서 있을 뿐이었다.

4. 마인(魔人)

불탄이 서서히 몸을 일으켰다. 그 모습은 마치 작은 나무가 신묘한 조화를 부려 갑자기 키가 쑥쑥 자라나는 것처럼 보였다. 불탄이 몸을 일으켰을 때 칠성은 깜짝 놀라서 저절로 입이 벌어졌다. 그는 사람이라고 하기에는 너무도 컸던 것이다. 적어도 10척은 되어 보였다.

불탄은 동천과 칠성에게로 고개를 돌렸다. 긴 머리칼 속에 감추어진 얼굴에서 희미한 빛이 새어나오고 있었다. 그것은 깊은 동굴의 어둠 속에 웅크리고 있는 박쥐의 눈을 연상시켰다.

"동천, 오랜만이다."

불탄의 음성은 나직했다. 하지만 그 음성은 귀에 들려오는 것이 아니라 가슴으로 듣는 듯한 착각이 들었다.

"불탄, 너의 저승길에 동행하기 위해 찾아왔다."

동천의 말에 불탄은 몸을 들썩이며 웃기 시작했다.

"크하하하하하!"

웃음소리는 온 산천을 뒤흔들었다. 웃음소리가 크고 낮을 때마다 공기는 미세한 진동을 일으키며 흔들렸다. 칠성은 가슴이 옥죄어오는 느낌을 받았다. 불탄의 웃음소리에는 지독한 사기(邪氣)가 스며 있었다. 무공이 얕은 이가 듣는다면 금방 고막이 터지고 폐가 찢어질 정도였다.

불탄은 별안간 웃음을 뚝 그치고는 동천과 칠성을 향해 천천히 걸어왔다. 그가 걸음을 내디딜 때마다 발 밑에 놓인 나무가 두 쪽으로 쩍쩍 갈라졌다. 불탄이 점점 다가올수록 칠성의 가슴에 커다란 공포가 밀려왔다. 그는 애써 용기를 내려 했으나 다리가 후들거리는 것을 어쩔 수가 없었다.

동천과 칠성은 뒷걸음질쳤다. 동천은 이무기의 사독이 몸에 퍼져 힘을 쓸 수가 없었다. 칠성 역시 이무기를 상대하면서 진기를 소모하여 제 실력을 발휘할 수 있는 처지가 아니었다. 동천이 칠성에게 낮은 목소리로 말했다.

"달아나야 한다. 지금 불탄을 상대한다는 것은 무리다."

칠성이 고개를 끄덕였다.

"내 손아귀에서 벗어날 수 있다고 생각하느냐, 동천!"

청각이 극도로 발달한 불탄은 동천의 낮은 음성을 모두 듣고 있었다. 그는 칠성의 심장박동까지 들을 수 있었다.

"두려움에 떨고 있구나. 하지만 곧 너의 공포도 끝날 것이다. 내 약속하마. 너의 솜털 하나 남김없이 깨끗이 먹어주겠다고."

칠성은 소름이 돋으며 몸에 힘이 쑥 빠져나가는 것을 느꼈다. 그가 쥐고 있는 검의 끝이 가늘게 떨리고 있었다.

불탄이 칠성과 동천을 향해 돌진해왔다.

"피해!"

동천과 칠성은 각기 다른 방향으로 몸을 날렸다. 불탄은 칠성이 달아난 쪽으로 쫓아갔다. 그것을 본 동천은 멈추어서 가부좌를 틀고 앉았다. 지금 이 싸움에서 그가 할 수 있는 역할은 아무것도 없었다. 그는 자신의 체내에 있는 마지막 진기를 끌어모아 최후의 공격을 감행할 작정이었다. 이미 사독이 온몸에 퍼진 동천의 입에서 검은 핏덩어리가 터져 나왔다. 기를 온몸으로 순환시키며 서서히 몸 밖으로 방출한다면 어느 정도 사독을 걷어낼 수도 있었다. 하지만 그는 최후의 일격을 위해 모든 진기를 단전 쪽으로 집중시켰다. 이제 칠성이 불탄을 자신 쪽으로 유인해주기만을 바랄 뿐이었다. 동천의 입에서는 계속해서 피가 흘러나왔다.

칠성은 경공에 관한 한 어느 누구보다도 자신이 있었지만 불탄을 따돌릴 수는 없었다. 불탄의 육중한 몸은 믿을 수 없을 정도로 민첩했다. 칠성은 최선을 다했지만 불탄과의 거리가 멀어지기는 커녕 점점 좁혀지고 있었다.

칠성의 뒷덜미에 서늘한 기운이 다가왔다. 칠성은 본능적으로 몸을 돌려 장풍을 피했다. 칠성 대신 장풍을 맞은 바위는 산산조각이 났다. 재차 불탄의 공격이 가해졌다. 칠성은 불탄의 머리를 뛰어넘어 반대편으로 달아나기 시작했다. 우선은 퇴로를 통해 계곡에서 벗어나는 것이 좋을 듯했다. 불탄과 처음 맞닥뜨렸던 지점 근처까지 이르렀지만 동천의 모습은 보이지 않았다. 칠성은 동천이 무사히 피했기를 간절히 바랐다.

퇴로로 접어들었지만 불탄은 여전히 바짝 뒤따라오고 있었다. 칠성의 눈앞으로 주변의 풍경이 빠르게 지나쳐 갔다. 그때, 쓰러진 나무 사이로 칠성은 얼핏 동천을 본 듯했다. 순간 칠성의 머릿속에 불길한 생각이 스쳤다.

"출(出)!"

쓰러진 나무 사이에 숨어 있던 동천이 모습을 드러냈다. 그는 칠성을 뒤쫓으며 자신에게로 다가오고 있는 불탄을 향해 마지막 진기를 모아 장풍을 출수했다. 동천의 공격은 불탄의 가슴을 정통으로 강타했다. 불탄은 상체가 뒤로 젖혀지면서 균형을 잃고 날카로운 나무 조각 속으로 처박혔다.

"스승님!"

칠성은 쓰러진 나무 사이에 처박힌 불탄을 뛰어넘어 동천에게로 되돌아갔다. 진기를 몽땅 소모한 동천은 가쁘게 숨을 내쉬었다. 그의 얼굴은 검게 타들어 가고 있었고, 입에서는 쉴새없이 피가 뿜어져 나왔다. 동천은 무언가 말을 하려는 듯 입술을 달싹거렸다. 칠성은 동천의 입가에 귀를 바짝 갖다대었다.

"다…… 달아…… 나……."

동천은 기운이라고는 조금치도 남아 있지 않은 팔로 칠성의 가슴을 밀어댔다. 칠성은 눈앞이 뿌옇게 흐려졌다. 스승의 앞섶을 적신 핏빛만이 선명하게 다가왔다. 동천의 눈이 일순 커진다 싶더니 칠성의 가슴을 밀어내던 손끝에 불끈 힘이 실렸다. 그는 칠성의 가슴을 쳐서 칠성을 자신에게서 떨어뜨려 놓았다. 칠성은 몸이 공중으로 솟아오르며 동천에게서 멀어졌다. 곧이어 광포한 기운이 동천을 덮쳤다. 칠성의 눈에 동천의 몸이 공중으로 퉁겨져 치솟았다가 날카로운 나뭇가지에 꿰뚫리는 모습이 천천히 들어왔다. 칠성의 등뒤에서 불탄이 진기를 출수한 것이었다. 동천은 자신을 희생하면서 칠성을 살려낸 것이었다.

"으아아아악!"

칠성은 검을 휘두르며 불탄에게 돌진했다. 칠성의 검에서 뻗어나온 검기가 불탄을 스칠 때마다 불탄의 몸에서는 검은 피가 배어

나왔다. 불탄은 이미 동천의 공격으로 쇄골이 탈골하여 피부를 뚫고 튀어나와 있었다. 몸이 온전치 않은 불탄은 강철보다 강한 팔뚝으로 칠성이 분출하는 검기를 막아내고는 있었지만 무척 지쳐보였다. 반면 분노와 슬픔에 휩싸인 칠성은 그 자신도 알지 못하는 강한 힘에 이끌려 끊임없이 검기를 발산하고 있었다. 이제는 오히려 불탄의 눈에 칠성이 괴물로 보였다.

칠성은 무아지경에 빠졌다. 그는 자신이 무엇을 행하는지, 왜 이곳에 있는지조차 잊어버린 채 검무를 추었다. 칠성의 검이 부드러운 동선을 그릴 때마다 불탄의 몸에는 칼자국이 생겼다. 멈출 듯 느리게 뒤로 물러나던 검이 한순간 앞으로 뻗칠 때면 불탄의 살점이 떨어져 나갔다. 하지만 칠성의 신들린 듯한 검무는 오래가지 않았다. 칠성의 몸 안에 남아 있던 진기가 다하는 순간 검무도 멈추었다.

불탄은 칠성의 공격으로 몸에 무수한 칼자국을 남겼다. 쇄골은 부서져 흉측하게 일그러졌으며 옆구리는 살점이 떨어져 나가 피가 흐르고 있었다. 하지만 불탄은 칠성의 검무가 그치자 진기를 모아 칠성을 향해 분출하였다. 사독이 실린 사악한 기운이 덮치는 순간 칠성의 몸은 공중으로 솟아오르며 정신이 아득해졌다. 칠성은 마지막 있는 힘을 모아 검을 불탄을 향해 집어 던졌다. 동천의 공격을 받았을 때 이미 치명상을 입은 불탄은 무리하게 진기를 출수하느라 기진맥진해 있었다. 그는 날아오는 검을 피할 수 없었다.

검이 불탄의 목을 관통하는 순간, 불탄을 지배하고 있던 흑연수의 마성도 아득하게 사라졌다. 거멓게 흐려져 있던 눈이 갑자기 맑아지면서 푸른 초목과 파란 하늘이 보이기 시작했다. 폭포를 타고 흘러내리는 청아한 물소리도 들려왔다. 지난 몇 년 동안 온통 붉고 검게만 보이던 산야였다. 불탄은 청량감을 느끼며 주위를 둘러보았다. 그의 눈에 나뭇가지에 꿰뚫린 채 죽어 있는 동천의 시신이 들어왔다. 그는 힘겹게 걸음을 옮겨 동천에게로 향했다. 불탄은 동천의 이름을 부르고 싶었으나 이미 성대가 칠성의 검에 꿰뚫려 소리를 낼 수가 없었다. 그는 동천의 시신을 떼어내어 품에 안았다. 온 세상을 증오하면서도 결코 미워할 수 없었던 단 한 사람. 그는 동천이 채 감지 못한 두 눈을 쓸어내린 후 긴 잠 속으로 빠져들었다.

뒤늦게 찾아온 최원흘과 일각을 비롯한 삼화사와 수덕사의 무술승들은 싸움터의 처참한 광경에 놀라지 않을 수 없었다. 그들은 쓰러진 나무와 깨진 바위 틈을 뒤졌다. 그들은 동천과 불탄의 시신을 거두었다.

"칠성 스님을 찾으십시오."

원흘이 말했다. 오래지 않아 누군가가 소리쳤다.

"저기 있습니다!"

칠성은 바위에 새긴 암각화처럼, 거대한 바위 속에 박혀 있었다. 그의 몸은 사독에 중독되어 바위의 회색빛을 띠고 있었다. 칠성의 목에 걸린 목걸이의 청옥구슬이 빛을 발하지 않았다면 칠성은 무술승들에게 발견되지 못했을 터였다.

칠성은 삼화사로 옮겨져 치료를 받았으나 사독이 온몸에 퍼져

재생이 불가능했다. 자신의 몸을 스스로 정화해내는 칠성 특유의 체질이 아니었다면 이미 숨이 끊어졌을 터였다. 하지만 하늘이 내린 신체의 강건함도 사독을 이겨내지는 못했다. 그는 의식불명인 채 하루하루를 보냈다. 칠성의 부모가 삼화사로 찾아와 자신들의 아들을 데리고 가겠다고 했다. 일각스님과 승려들은 그들을 만류할 수가 없었다.

김양식과 심씨가 칠성을 거두어 집으로 향할 때 원흘과 유하가 찾아왔다. 유하는 김양식과 심씨에게 절을 하고 칠성의 아내가 되기를 청했다. 누이의 간절한 마음을 아는 원흘 역시 유하를 며느리로 맞아달라고 간곡히 부탁했다. 김양식은 젊은 처자의 앞길을 가로막지 않기 위해 한사코 거절했으나 유하는 뜻을 굽히지 않았다. 결국 유하는 칠성과 동행했다. 그녀는 제 스스로 지아비를 둔 여자임을 나타내기 위해 머리를 틀어올렸다. 비녀는 심씨가 꽂아주었다. 최원흘은 멀어지는 누이의 뒷모습을 바라보다가 먼 산을 향해 눈길을 돌렸다. 그의 두 눈은 붉게 물들어 있었다.

칠성은 여전히 의식이 불명인 채로 유하의 간호를 받으며 하루하루 목숨을 이어갔다. 김양식의 제안으로 칠성은 심씨의 친정이 있는 추암마을로 자리를 옮겼다. 그곳의 맑은 공기가 칠성의 건강에 도움이 될지도 모른다고 생각한 까닭이었다.

동천과 불탄의 다비식은 전국에서 모여든 승려들의 애도 속에 삼화사에서 치러졌다. 두 사람의 다비식 때 나온 사리는 108개였다. 사리는 부도에 봉해져 사원묘지에 안치되었다.

제8장 고보이 평야의 쟁투

1. 한밤의 침입자

"남편께선 가슴에 반달곰을 닮은 털이 있고 자신의 것과 똑같은 목걸이를 가진 사람이 분명 한국 땅 어딘가에 있을 거라고 했습니다. 두 목걸이가 만나면 비밀을 풀 수 있을 거라더군요. 꼭 그 사람을 만나 목걸이와 그림을 전해주어야 한다고 했습니다."

기미코는 눈이 많이 부어 있었다. 강림은 그녀의 그런 모습이 측은해서 가슴이 아팠다.

"그림은 뭐죠?"

"그냥 단순한 그림이었어요. 제가 보기에는 그다지 역사적인 가치를 지니고 있는 것 같아 보이지는 않았습니다. 그림 한 구석에 시가 적혀 있기는 하지만 그 시도 그다지 잘 씌어진 시는 아니더군요."

"그러니까 부인께서도 이 목걸이에 얽힌 비밀에 대해서는 정확히 모르고 계시는군요."

"그렇습니다. 우에다 가의 가사(家史)가 적힌 책이 있기는 합니다만, 저는 그 책을 보지 않았습니다. 남편이 비밀로 하기를 원했으니까요."

"그 책은 지금 어디 있습니까?"

"일본 저희 집에 보관하고 있습니다. 강 선생님께서 그 책을 보신다면 뭔가 알아낼 수도 있을 것입니다."

강립은 머릿속으로 기미코가 전해준 이야기를 정리를 해보았다.

우에다 가는 임진왜란 직후 일본으로 건너간 조선인의 후예다. 그 조선인은 뭔가 엄청난 비밀을 간직한 채 일본으로 건너갔다. 그는 언젠가 나타날, 비밀을 실현시킬 위인을 기다리며 비밀을 간직해 왔다. 그 비밀은 목걸이 속에 담겨 있다. 두 목걸이가 만나면 비밀을 풀 수 있다.

바텔이 연관되었다는 사실을 알고부터 강립은 이 사건이 단순한 살인사건이 아닐 것이라고 짐작하고 있었다. 하지만 사건의 뿌리가 아득한 옛날로 거슬러 올라가리라고는 전혀 예상하지 못한 것이었다. 더군다나 이 사건에는 자신의 부친도 관련이 되어 있는 것이다. 강립은 골치가 아팠다. 도대체 어디서부터 풀어나가야 할지 감을 잡을 수가 없었다.

기미코는 이제 많이 진정이 된 듯 보였다.

"우에다 교수님의 장례는 어떻게 하기로 결정하셨습니까?"

"우선은 시신을 일본으로 운구하고자 합니다. 그 곳에서 친지들의 의견을 모을 겁니다."

"잘 하셨습니다. 부인께서 일본에 가 계시면 제가 뒤따르겠습니다. 우에다가의 가사가 적혀 있다는 책과 그림을 꼭 한 번 보고 싶군요."

"여러 가지로 신세를 많이 졌습니다. 일본에 꼭 한번 다녀가십시오."

강림은 기미코와 헤어져 다시 경찰서로 향했다. 경찰서 건물로 들어서기 전 강림은 주차장에 주차된 차들을 살펴보았다. 전에 사건이 있던 날 두타산성으로 오를 때 주차장에 놓여 있던 차를 확인하기 위해서였다.

'가 7214'

동일한 넘버를 단 차가 주차되어 있었다. 역시 강림의 짐작대로 그 차는 박 형사의 소유였다.

복도를 걷고 있을 때 맞은편에서 박 형사가 다가오고 있었다. 박 형사는 강림을 보더니 경계의 눈빛을 드러냈다. 강림이 먼저 아는 체를 했다.

"달아났던 용의자가 시체로 발견되었다더군요."

"그렇소. 사건현장에서 조금 떨어진 폭포 계곡 아래에 있었다더군."

나이가 아래인 박 형사는 강림에게 하대를 섞었다. 강림은 속이 비틀렸으나 일단은 참아 넘기기로 했다.

"경찰이 발견했습니까?"

"누군가 익명의 제보를 했소."

"이번에도 익명의 제보로군요."

강립은 그 제보자가 박 형사 자신일 거라고 짐작했다. 외진 곳이라 일반인의 눈에 띄었을 리는 없었던 것이다.

"그럼 수고하십시오."

강립이 지나치려 하자 박 형사가 불러세웠다.

"이봐요, 강 선생. 혹시 오늘 새벽에 사건현장에 갔었던가?"

아마도 박 형사가 주차장에 있는 자신의 차를 보았을 거라고 강립은 생각했다. 여기서 시치미를 뗀다면 더욱 불리해질 터였다.

"그랬습니다. 사건현장도 돌아볼 겸 그 쪽으로 등산을 했었죠."

"사건현장을 돌아보았다……."

박 형사는 혼잣말을 하듯 중얼거렸다. 그리고는 눈에 힘을 주고 강립을 쏘아보며 물었다.

"혹시 뭐 발견한 것 없었소?"

"글쎄요. 사건현장에 단서가 될 만한 무언가가 있었다면 경찰에서 발견을 했겠죠?"

박 형사는 미심쩍은 눈초리로 강립을 보았다. 그리고는 지나치려 했다. 이번에는 강립이 박 형사를 불러세웠다.

"박 형사님, 궁금한 게 있는데요."

박 형사는 거만한 눈으로 강립의 얼굴을 들여다보았다.

"살인사건이 있던 날 천곡동 성당 조 신부의 연락을 받고 삼화사로 갔을 때 무릉계곡 주차장에 흰색 소나타 한 대가 서 있더군요. 차번호는 가 7214. 그 시각에 왜 박 형사님 차가 거기 있었는지 설명을 해주실 수 있겠습니까?"

박 형사의 눈꼬리가 위로 올라갔다. 그는 대답 대신 낮게 신음 소리를 내며 강림을 노려보았다. 강림이 입가에 미소를 머금은 채 말을 이었다.

"뭐 천천히 생각하고 나서 대답해 주셔도 됩니다. 하지만 너무 늦진 마십시오. 나는 궁금증에 대한 인내력이 약한 사람이니까."

박 형사는 아무 말 없이 강림을 노려보고 있다가 뒤돌아 섰다.

강림은 복도를 걸어나오며 생각에 잠겼다. 도경식이 절벽 아래로 달아날 때 로프를 자른 사람은 박 형사일 가능성이 컸다. 죽은 두 안내인이 바텔의 수하였으니 적어도 박 형사와 바텔은 한편이 아닌 셈이었다. 박 형사는 어떻게 해서 이 사건에 개입하게 된 것일까. 바텔 이외의 또 다른 세력이 우에다 교수의 목걸이를 노리고 있단 말인가. 의문이 꼬리를 물었다. 생각해보니 이 사건의 정점에 있는 사람은 강림 자신이었다. 바텔, 목걸이, 우에다 교수. 그 모든 것이 그 자신과 연관을 맺고 있었던 것이다.

살인사건이 발생한 지 4일째 되는 날 기미코와 우에다 교수의 친지들이 한국에 도착했다. 강림과 백두대간 산악구조대원들은 기미코를 데리고 일본 손님들을 맞으러 강릉공항으로 향했다. 우에다 교수와 기미코의 친지들이 서울을 경유하여 강릉에 도착한 것은 오후 3시경이었다. 여성들은 기미코를 보자마자 울음을 터뜨렸다. 그 동안 남편을 잃었다는 현실을 받아들이지 않았던 기미코는 그제야 무너져 내리기 시작했다. 강릉공항은 이들로 인해 울음

바다가 되었다.

그날 오후, 강립의 응급차는 우에다 교수의 시신을 싣고 부산으로 향했다. 거기서 선박편으로 우에다 교수의 시신을 옮길 계획이었다. 평소 우에다 교수가 항공편을 좋아하지 않았다는 것이 여객선을 이용하게 된 가장 큰 이유였다.

운전은 양삼봉이 하고, 강립은 조수석에 앉았다. 응급차 뒤로는 기미코의 친지들이 탄 버스가 따르고 있었다.

"일본에는 언제 가실 겁니까?"

"다음 주쯤 가볼 생각이야."

"그렇게 일찍요?"

"빨리 이 일을 매듭짓고 싶어. 머리 속에서 잡념이 떠나질 않는군."

차가 도로의 요철을 지나면서 덜컹거렸다.

"조심하게. 우에다 교수가 놀라겠어."

"네!?"

강립은 좌석을 뒤로 젖히고 눈을 감았다. 그는 차 뒤편에 시신으로 누워 있는 우에다 교수에 대해 생각했다. 살아 생전에 만났더라면…… 가슴 한 구석이 싸늘하게 저렸다. 우에다 교수와 기미코 사이에는 자식이 없으니 목걸이의 주인공은 이제 강립 자신밖에 남지 않은 셈이었다. 강립의 가슴에 외로움이 밀려왔다. 아내를 잃었을 때와 비슷한 슬픔이 차오르기도 했다. 긴 세월을 기다리다가 그토록 만나기를 기대했던 사람을 지척에 두고도 비명에 간 사람. 강립의 눈가가 벌겋게 충혈되었다. 지난 며칠 동안에 쌓인 피로 때문만은 아니었다.

우에다 교수는 부산의 동아대학병원 영안실에 임시로 안치되었다. 다음날 첫 배편으로 우에다 교수는 자신이 자라온 땅으로 돌아갈 것이었다.

부산 국제여객터미널에서 기미코는 강립에게 목걸이를 건넸다.

"이 목걸이의 주인은 이제 강 선생님이십니다. 잘 간직해 주십시오."

"남편의 유품인데, 그냥 가지고 계십시오. 언젠가 필요해지면 그때 빌려쓰도록 하겠습니다."

"아니에요. 이 목걸이를 노리는 사람이 많다는 걸 압니다. 저보다는 강 선생님께서 가지고 계시는 게 훨씬 안전할 겁니다."

생각해보니 목걸이 때문에 기미코가 위험해질 수도 있었다. 강립은 목걸이를 받아 쥐었다.

"다음 주에 일본으로 오시겠다니 오늘은 가볍게 인사를 드리겠습니다. 그 동안 정말 고마웠습니다."

강립과 양삼봉은 배에 오르는 일본인들을 향해 손을 흔들었다. 두 사람은 배가 떠난 뒤에도 한참 동안 바다를 바라보며 서 있었다.

"그만 가시죠. 대장님도 좀 쉬셔야겠습니다."

아닌게아니라 강립은 무척 피곤했다. 집에 돌아가 침대에 누우면 몇 날 몇 일이고 잠만 잘 것 같았다.

"그래, 돌아가지. 가서 좀 쉬자고."

강립과 양삼봉은 차에 올랐다. 차가 부산 톨게이트를 빠져나왔을 때 강립이 짓궂은 제안을 했다.

"사이렌 좀 울리자구."

"네?"

"생각해보니 우에다 교수에게 작별 인사를 못했어."

응급차는 사이렌을 울렸다. 강립은 동해를 가로지르고 있는 우에다의 영혼이 이 소리를 들었으면 좋겠다고 생각했다.

밤늦게 동해에 도착한 강립은 집에 들어서자마자 침대에 그대로 뻗어버렸다. 하지만 묵직한 피로감에도 불구하고 잠은 쉬 오지 않았다. 반수 상태는 오래갔다. 달콤한 잠 속으로 빠져 들려다가도 다시 정신이 맑아져 왔다. 마치 물 속에 빠진 사람이 허우적거리며 수면을 오르락내리락하는 것처럼 그의 의식도 잠의 경계를 오락가락하고 있었다.

한참을 뒤척이던 강립은 이상한 기척에 정신이 번쩍 들었다. 누군가가 발끝을 세우고 침대 쪽으로 다가오고 있었다. 강립은 자는 척 숨을 죽이고 있다가 번개처럼 몸을 일으켜서는 다가오는 상대를 향해 주먹을 가했다. 강립의 주먹은 정확하게 침입자의 옆구리를 강타했다. 상대는 비명도 지르지 못한 채 저만치 나가 떨어졌다. 강립은 스위치를 켜고 침입자를 확인했다. 박 형사였다.

"이런 젠장! 내 생전에 이렇게 무지막지한 주먹은 처음이군."

강립은 재차 타격을 가하기 위해 공격자세를 취했다.

"그만! 갈비뼈가 부러진 모양이오."

박 형사는 팔을 앞으로 내밀어 전의를 상실했음을 내비쳤다. 그는 호흡이 곤란한 듯 보였다.

강림은 다른 침입자가 없는지 집안을 살피기 시작했다. 집 주위도 살펴보았지만 다른 사람은 보이지 않았다.

"혼자 왔나?"

박 형사는 고개를 끄덕였다. 권총이 곁에 떨어져 있었지만 박 형사는 그것을 집으려고 하지 않았다. 강림이 손수건으로 손을 감싸서 권총을 집어들었다. 장전은 되어 있지 않았다. 강림은 침대에 걸터앉았다.

"말해보게. 우에다 교수를 누가 죽였는지."

박 형사는 고통스러운지 몹시 인상을 찡그리고 있었다. 그의 말대로 강림의 타격으로 인해 갈비뼈가 어스러진 모양이었다.

"그들이 그렇게 일찍 일을 벌일지는 나도 몰랐소."

"'그들'이란 건 바텔이 소개했다는 안내인들을 말하는 건가?"

"기미코 여사로부터 실종신고가 접수되었다는 사실을 알고 나서 곧장 달려갔지만 이미 너무 늦었었소. 우에다 교수는 칼에 찔리고 난 뒤였거든. 내가 도착했을 때는 놈들이 우에다 교수의 목에서 목걸이를 풀고 있는 중이었소."

"우에다 교수 곁에 죽어 있던 신고엽은 도끼에 등이 찔려 있었는데 그건 어떻게 된 일이지?"

"내가 권총을 빼들자 한 놈은 폭포 쪽으로 달아나고 다른 한 놈은 내게 달려들었소. 그 놈들 훈련이 아주 잘된 자들이었소. 목걸이를 가진 동료를 피신시키기 위해 총을 든 내게 달려들 정도였으니……."

"그래서 어떻게 되었나?"

"내 권총은 비어 있었소. 육박전이 벌어졌지. 창피한 일이지만 난 그 놈의 상대가 안되었소. 난 순식간에 놈에게 제압을 당했소. 현직 경찰이…… 부끄러운 노릇이지."

"본론만 얘기하게."

"놈은 나를 죽일 기세로 목을 조르기 시작했소. 그때 우에다 교수가 몸을 일으키더니 놈의 등을 도끼로 내리찍었소. 놈은 비틀거리며 몇 미터 걸어가더니 그대로 쓰러졌소. 우에다 교수 역시 다시 쓰러지고 말았소."

"그 후에 도경식을 쫓아갔나?"

박 형사는 고개를 끄덕였다. 강립은 침대에서 벌떡 몸을 일으켰다.

"이런 개자식! 우에다 교수부터 살릴 생각을 했어야지."

"나는 현직 경찰이오. 우에다 교수를 업고 병원으로 갔으면 내가 어떤 추궁을 당했겠소?"

강립은 몸을 부르르 떨고 있다가 다시 침대에 앉았다.

"그 당시 내가 취할 수 있는 최선의 선택은 신고엽의 휴대폰으로 신고를 하는 것밖에 없었소."

"도경식의 시신이 폭포 계곡 아래에 있다는 제보도 역시 당신이 했겠군."

박 형사는 강립의 말에는 아랑곳없이 이야기를 계속했다.

"놈은 로프를 타고 절벽을 내려가기 시작했소."

"그 다음은 말하지 않아도 알고 있어. 당신이 로프를 잘라버렸겠지?"

박 형사는 놀란 눈으로 강림을 쳐다보았다. 그러다가 알겠다는 듯 고개를 끄덕였다.

"역시 당신도 그 계곡 아래로 내려갔던 거로군. 그렇다면 목걸이는 당신이 가지고 있겠군?"

강림은 옷걸이에 걸려 있는 상의 안주머니에서 목걸이를 꺼냈다. 그리고 다른 주머니에서 목걸이를 또 하나 꺼냈다. 박 형사의 눈이 커다랗게 열렸다.

"아니!"

강림은 목걸이를 다시 주머니에 넣었다.

"말해보게. 당신을 사주한 자가 누구지?"

지금까지 고분고분하던 박 형사도 그 물음에 대해서는 대답을 하지 않았다.

"잘 생각해보게. 지금 내가 경찰서로 전화를 건다면 당신은 아주 난처한 입장에 빠질 거야. 하지만 당신 행동 여하에 따라 상황은 많이 달라질 수 있어. 자, 말해보게. 당신을 사주한 자가 누구지?"

박 형사는 인상을 찌푸린 채 생각에 잠겨 있다가 고개를 떨구며 입을 열었다.

"사실은 나도 잘 모르는 사람이오. 일본교포라고 자신을 소개하더군. 이름이 호백수라던데 아무래도 가명이겠지."

강림은 자신도 모르게 소리를 질렀다.

"호백수라고!?"

박 형사가 고개를 들어 강림을 올려다보았다.

"왜, 아는 사람이오?"

"당신 강력반 형사 맞나? 일본에서 활동하던 재일동포 야쿠자 호백수를 모른단 말인가?"

박 형사가 고개를 끄덕였다.

"그렇군. 어쩐지 낯이 익은 이름이라 생각했지."

강립은 호백수와 남다른 인연이 있었다. 호백수의 본명은 오만수로 월남전 당시 한국군 대령이었다. 오만수 대령은 월남전 때 한국군과 미군의 군수물자를 빼돌려 월맹군과 검은 거래를 했었다. 강립 때문에 자신의 검은 거래가 발각되게 되자 그는 제3국을 통해 달아난 뒤 일본으로 건너가 야쿠자가 된 것이었다. 호백수마저 이 사건과 관련이 있다면 문제는 보통 심각한 것이 아니었다.

"이번 사건에 어떻게 해서 그 자가 개입하게 된 거지? 그는 목걸이와는 전혀 상관이 없는 인물인데 말야. 거기에 대해서 아는 것 없나?"

"아는 것 없소. 그건 그 작자를 만나거든 직접 물어보시오. 이제 날 어떻게 할 거요?"

강립은 박 형사를 내려다보며 생각에 잠겼다가 침대 머리맡의 전화기를 집어들었다. 그는 김은동을 집으로 불렀다. 마침 김은동은 야간 택시를 몰고 있었다.

"경찰에 넘기기도 참 애매하군. 경찰 중에 바텔에게 매수당한 자가 있지 말란 법은 없을 테니. 만약 정말 그렇다면 자넨 죽은 목숨이나 매한가지야."

잠시 후 김은동이 도착했다. 강립이 그들에게 말했다.

"저 작자를 동해에서 멀리 떨어진 병원으로 데려가서 치료를 해주게. 그리고 당분간 자네가 저 자를 맡아주었으면 좋겠어. 내가 돌아올 때까지만."

김은동이 강립에게 물었다.

"어딜 가시려고요?"

"일본에 다녀와야겠네. 다음주까지 기다릴 수가 없어."

은동의 부축을 받으며 박 형사가 일어섰다. 그는 허리를 펴지 못하고 걸음걸이도 불편했다. 박 형사는 현관을 나서다가 돌아서서 강립에게 말했다.

"이것 하나만 말해주겠소. 호백수라는 사람이 내게 부탁한 것은 우에다 교수의 안전이었소. 계약을 지키지 못했으니 돈을 받기는 틀렸지만……."

'호백수가 우에다 교수를?'

박 형사는 김은동의 택시에 실려 떠났다. 박 형사가 떠난 뒤 강립은 침대에 다시 누웠다. 머리 속이 어지러웠다. 도대체 목걸이 속에 어떤 비밀이 숨겨져 있는 것일까? 그는 주머니에서 두 개의 목걸이를 꺼내 바라보았다. 두 개의 청옥 구슬은 얼핏 보기에는 같아 보이지만 자세히 들여다보면 조금 달랐다. 우에다 교수가 가지고 있던 것은 구슬에 아무런 무늬가 없이 불투명하며 야광처럼 어두운 곳에서 빛을 발하는 반면 강립의 것은 구슬 속에 무늬가 새겨져 있으며 투명했다. 그는 자기 목걸이의 구슬 속에 있는 무늬를 들여다보았다. 암만 들여다보아도 도무지 무늬가 가지고 있는 의미가 무엇인지는 알 수가 없었다. 그는 목걸이를 다시 주머니에 넣은 후 침대에 누웠다.

'호백수가 어떻게 해서 이 사건에 개입하게 된 걸까?'

호백수가 개입되었다는 말은 야쿠자들이 이 사건에 개입하고 있을 가능성을 시사하고 있었다.

"오만수 대령……."

30년의 세월이 흘렀음에도 오만수의 얼굴이 선명하게 떠올랐다. 그와 더불어 베트남의 열대림이 서서히 강립의 눈앞에 나타나기 시작했다.

2. 고보이 평야와 푸캇산

강립 중위는 타이거사단 TOC(전술작전 지휘소)로 올라갔다. 지하 벙커에는 많은 고급장교들이 분주하게 움직였다. 매복작전 담당 소령은 강 중위를 작전상황판 지도가 걸려 있는 곳으로 데리고 갔다.

"귀관! 오늘 밤 귀관의 매복진지는 '차' 지점이다."

작전담당 소령이 작전지도상에 표시된 한 지점을 지시봉으로 짚었다. 지도에는 그곳 외에도 수십 개의 매복진지가 표시되어 있었다.

"이곳은 퀴논시 외곽 12km 지점이다. 평야 가운데 세 개의 적성부락이 있으니 경계를 늦추지 말도록. 오늘밤에 이들이 보급물자를 수송한다는 첩보가 있으니까 이곳 삼거리 지점에서 매복하고 있다가 이동하는 적들을 섬멸하라."

"보급물자는 무엇입니까?"

"그거야 쌀도 될 수 있고 소떼나 가축이 될 수도 있겠지."

"소떼라면 어떻게 합니까?"

"크레모아, 기관총, 66미리 로우포를 가지고 가서 사살하고 소뿔을 뽑아올 것."

강 중위는 고개를 끄덕였다. 작전장교는 다시 강 중위를 끌고 TOC 벙커 지붕 위로 올라갔다. 넓은 초록빛 들판과 야자수가 군데군데 서 있는 마을들이 시야에 들어왔다. 마을 뒤에는 커다란 산이 눈부신 햇빛에 반사되어 한걸음에 건너뛸 수 있을 것처럼 가깝게 느껴졌다.

"저기 들판 가운데 마을이 보이는가?"

"네. 저 양철지붕이 햇빛에 반사되는 집이 보이는 마을 말입니까?"

"그렇지. 그 마을 좌우에도 커다란 마을이 보이지?"

"예."

"그 마을들을 잇는 도로가 있는데 들 가운데 삼거리가 있으니 그곳으로 가게."

"적들은 어느 방향에서 어느 방향으로 갑니까?"

"그건 알 수 없다. 360도 전체를 경계하라."

"알겠습니다."

강 중위는 힘있게 대답하였다. 하지만 그는 매복에 경험이 없었기 때문에 어떻게 해야 할지 감을 잡을 수가 없었다.

"만약 무슨 일이 있으면 지원을 요청하게. 그곳 상공에 조명탄을 쏘아 올려서 대낮같이 밝혀주고 헬기도 보내줄 테니까. 오후에 사전 정찰부터 하고 임하게! 인원은 10명이야. 너무 많으면 노출되기 쉬우니까 그 정도가 적당할 것 같네. 밤 8시부터 통금이니까 8시가 지나서 접근하는 자는 모두 적으로 간주하게."

"네, 알겠습니다."

그날 오후 강립은 10명의 대원을 이끌고 맹호사격장에서 사격 연습을 한 뒤 장비를 점검하고 군용 스리쿼터로 퀴논 외곽의 한 시골마을에 도착하였다. 마을 어귀 공터에 차를 세우고 강립이 제일 먼저 차에서 내렸다. 이때 한 농부가 물소 세 마리를 몰고 있었다. 물소들은 무장한 군인들을 보고는 놀라서 눈을 까뒤집고 길길이 날뛰었다. 농부들은 소들을 좇아 뛰었다. 공터 길 옆 조그마한 시골학교 건물 안에서 수백 명의 어린이들이 밀려나오며 주위가 소란스러워졌다.

"앗!"

무언가에 놀란 목소리가 뒤통수를 쳤다. 강립이 돌아보니 하사의 가슴에 불이 붙어 있었다. 그는 방탄 조끼를 입고 어깨 위로 엑스반도를 메고 허리에는 엑스반도와 연결된 권총반도를 차고 있었다. 가슴에는 수류탄 두 발과 수타식 조명탄 두 발을 차고 있었다. 수타식 조명탄은 야간에 구조신호를 올린다거나 정글에서 자기 위치를 알리는 신호탄으로 손바닥 위에 내려치면 하늘 높이 발사되어 오성신호탄의 불꽃이 되는 것이었다. 그런데 하사는 차량 뒷문을 열고 뛰어내리면서 자기 무릎으로 조명탄에 충격을 준 것이다. 공교롭게도 조명탄은 하늘로 발사되지 않고 가슴에 붙은 채 수류탄을 가열하고 있었다. 조명탄의 불꽃은 맹렬했다. 방탄 조끼와 엑스반도, 권총반도가 연결되어 있어서 벗어 던질 수도 없었다. 분대장을 비롯한 주위의 병사들은 이 급작스런 상황에 어떻게 대처해야 할지 몰라 쩔쩔매고 있었다. 그들은 사색이 되어 '벗어, 벗어, 벗어'만 연발했다. 강립의 머릿속에 끔찍한 장면들이 스치고 지나갔다. 수류탄의 폭발과 공중에 날리는 분대장의 시신, 학교에서 쏟아져 나온 어린이들의 팔 다리가 떨어져 나가는 처참한 광경, 어이없이 비명에 간 병사들의 가족들이 내뱉는 오열……

강립은 앞 뒤 가리지 않고 가슴에 불이 붙은 하사관을 머리 위로 번쩍 들어올렸다. 하사관의 덩치가 만만치 않았지만 강립은 조금도 힘든 기색이 없었다. 그리고는 달리기 시작했다.

"으아악! 이봐, 중위! 중위!"

강립에게 들린 하사관은 소리쳤다. 강립도 소리쳤다.

"하사, 내가 같이 가마! 외롭진 않을 거다!"

하사관을 무리로부터 떼어놓아 피해를 최소화하려는 계획이었다. 물론 그럴 경우 그의 목숨 역시 장렬하게 산화하는 것이다.

조명탄은 수천 도의 불길로 수류탄을 지지고 있었다. 병사들은 모두 엎드린 채 그 광경을 지켜보고 있었다. 그들은 곧 수류탄이 터질 것이라는 급박한 상황에 당황하기도 했지만 강립이 보인 괴력에 더욱 놀라고 있었다.

'쉬쉬쉬쉬'

조명탄의 불길이 잦아드는 소리였다. 강립은 하사관을 내려놓고 지켜보았다. 하사관은 파랗게 질린 채 벌벌 떨고 있었다. 이때 퍽, 하는 소리가 나더니 뇌관이 불길에 닿아 폭발하면서 수류탄 (장약통)이 비탈을 데굴데굴 굴러갔다. 천행이었다. 조명탄의 뜨거운 열이 수류탄의 장약통과 뇌관을 뚜껑처럼 돌려 끼운 연결 부분을 집중적으로 녹인 것이다. 고열에 연결 부분이 녹아서 버티는 힘이 약해지자 장약통 안의 뜨거운 공기가 뇌관을 장약통 밖으로 밀어내어 불길에 닿은 뇌관만 폭발한 것이다. 강립은 일어서서 장약통을 구둣발로 멀리 차 버렸다.

분대원들이 강립과 하사관을 향해 달려왔다. 하사관은 안면에 약간의 화상을 입었을 뿐 별다른 부상이 없었다. 하사관은 눈물을 찔끔찔끔 흘리며 누런 이를 드러내놓고 웃고 있었다.

그들은 마을을 지나 바람처럼 숲 속으로 들어갔다. 전쟁터의 숲은 짙은 침묵에 휩싸여 있었다. 허옇게 까진 포탄 자국과 죽은 사람의 옷가지가 널려 있고, 시체를 청소하는 새들이 놀라 날아오르면서 계곡이 떠나갈 듯 울어댔다.

제법 널찍하게 트인 능선자락에 다다랐을 때 통통하고 살갗이 하얀 베트남 처녀가 통 넓은 검정바지의 찢어진 틈으로 풍만한 허벅지를 드러낸 채 나무를 줍고 있었다. 앞서 가던 병사들이 처녀를 보고 음흉한 표정으로 귓속말을 주고받더니 뒤따라오는 강립에게 말을 걸었다.

"소대장님, 보는 사람도 없는데 저 처녀 감쪽같이 해치우지요."

강립은 아무렇지도 않다는 듯 대답했다.

"한번 해봐라. 머리에 바람구멍을 내줄 테니."

병사들이 강립에게 제안을 했던 병사의 화이버를 두드리며 웃어댔다.

숲 속 어딘가에서 시원한 바람이 불어왔다. 들판을 지날 때는 길가에 핀 붉은 선인장이 눈길을 끌었다.

삼거리였다. 그들은 참호를 파고 매복에 들어갔다. 강립이 주위를 둘러보니 그 곳은 매복을 하기에는 아주 애매하고 어려운 지점이었다. 길을 따라 넓은 개울이 흐르고 개울의 양 언덕에는 무성하게 잡목이 자라 있었다. 호는 세 방향에 하나씩 파고 하나는 냇물이 합류되었다 다시 흐르는 물 가운데를 겨냥하여 팠다. 각 진지마다 크레모아, 기관총, 수류탄, 로켓포를 배치하고 병사들을 3명씩 투입했다. 작전에 투입되기에 앞서 병사들은 전투 경험이 없는 강립을 깔보고 있었다. 하지만 강립은 조명탄 사건으로 인해 병사들로부터 단단한 신임을 얻고 있었다.

강립은 아랫배에 힘을 단단히 주고 말했다.

"어떠한 상황이 벌어져도 나의 명령 없이는 사격하지 마라. 적이 대부대일 경우 우리가 사격하면 우리의 위치만 노출된다. 알았나?"

"알겠습니다."

긴장감이 팽팽하게 흐르는 가운데 밤이 깊어갔다. 12시가 다 되어가고 있었다. 남쪽에서 대부대가 이동하여 오는 소리가 났다. 타이거 병사들은 소리가 나는 방향으로 모든 화기의 사격 방향을 잡았다.

'첨벙첨벙 쓰윽쓰윽'

물소들이 물을 건너는 소리였다. 이내 베트콩들의 말소리가 들리고 어둠 속에서 수많은 소떼가 이동하는 것이 보였다.

"소대장님, 어떻게 할까요? 크레모아를 터뜨릴까요?"

"잠시 기다려."

강립은 병사들을 저지하였다. 그러는 사이에 대규모의 소떼가 이동하고, 다음에 베트콩들이 한가롭게 얘기를 나누며 지나갔다.

"소대장님, 사격합시다."

그들은 귓속말로 말하였다.

"아니야. 잠깐만 더 기다려."

"이런 제길. 언제 공격하는 거야?"

긴장감에 휩싸인 대원들이 욕지거리를 내뱉기 시작했다. 하지만 강립은 침착했다.

대규모의 검은 병력이 저만큼 다가오고 있었다. 분대장이 다급하게 귓속말을 했다.

"소대장님, 큰일났습니다. 적의 대규모 병력이 이쪽으로 이동하여 오고 있습니다. 빨리 길을 터 주어야 합니다."

강립은 잠시 망설였다. 적들도 타이거 부대의 매복병들이 있다는 사실을 눈치챈 듯했다. 그들은 행군을 멈추고 전투돌입 태세를 취했다. 강립의 바로 앞에 개울을 건너는 세 명의 그림자가 있었다. 이 중 한 명이 걸음을 멈추고 뒤따라오는 부대를 향해 뭔가 큰 소리로 명령을 하고 있었다. 다른 두 명도 따라 섰다.

강립은 곁에 있는 하사관에게 귓속말을 했다. 낮에 조명탄 사건의 장본인이었다.

"하사, 나를 따라와."

"어떻게 하시려고요?"

"저놈들을 포로로 잡아야 우리가 산다."

강립과 하사는 표범처럼 뛰어올라 이들의 가슴에 총을 겨누었다.

"손들어! 움직이면 쏜다."

기습을 당한 베트콩들은 느린 동작으로 총을 버리고 두 손을 쳐들었다. 강립은 그들을 숲 속으로 끌고 들어갔다. 순식간에 벌어진 일이었기 때문에 베트콩들은 이들이 사로잡힌 줄 몰랐다. 잠시 우왕좌왕하면서 어둠 속에서 그들은 부대장을 찾고 있는 듯했다. 그러더니 이내 강립의 매복부대를 에워싸 버렸다. 강립과 그들은 말이 통하지가 않았다.

"따이한 장교님, 계세요?"

어눌한 한국어가 들려왔다. 베트콩 부대의 통역병이 등장했다.

"여기 있소."

"협상합시다."

"말해보시오."

"당신들은 우리에게 포위 당했소."

"당신네 병사들도 우리에게 잡혀 있소."

"그 사람들을 풀어 주면 우리도 당신들을 살려 주겠소."

"그게 다요?"

"살려 준다는데 또 다른 요구 조건이 있소?"

강립의 병사들은 속이 타들어 갔다. 살려주겠다는데 감지덕지로 받아들일 것이지 소대장이라는 작자가 또 다른 조건을 내걸고 있는 것이다. 배포가 큰 건지, 어리석은 건지 분간이 가지 않았다.

"포로를 넘겨주고 길을 터 주는데 우리가 얻는 것은 아무 것도 없지 않소? 이런 식으로 협상할 수는 없소!"

"그럼 싸우다 죽겠소?"

그러자 병사들이 강립에게 한 마디씩 하며 애원했다.

"소대장님, 저들의 말대로 하셔야 합니다. 거절하면 우리 모두 다 죽습니다."

"소대장님, 통역병의 말대로 하십시오. 남의 나라에서 우리가 목숨 걸고 싸울 필요가 뭐 있습니까?"

"우리가 월남인들하고 무슨 원수가 졌다고 피를 흘리며 서로 싸워야 합니까?"

"쥐꼬리만한 전투수당에 목숨을 걸 필요 없습니다."

병사들이 이구동성으로 협상에 응하라고 압력을 넣었다.

강립은 병사들의 이야기를 가만히 듣고 있다가 고개를 끄덕였다.

"좋소! 당신네 대장은 누구요?"

"당신이 붙잡고 있는 포로부터 풀어 주면 우리 대장님을 모셔오겠소."

강립은 돌아서서 병사들에게 말했다.

"좋다. 풀어줘."

병사들은 희색이 만면한 채 포로들을 향해 총구를 내밀어 가라는 뜻을 전했다. 포로들은 한국군 병사들의 의도를 파악하지 못해 잠시 어리둥절한 표정을 짓고 있었다. 세 명의 포로 중 한 사람이 돌아서서 걷기 시작했다. 두 명의 포로들은 앞서 가는 이와 한국군 병사들을 번갈아 보며 슬슬 뒷걸음질쳤다. 포로들 중 가장 앞서 가던 사람이 걸음을 멈추고 강립을 바라보았다. 그는 입가에 미소를 머금고 있었다. 병사들 중 하나가 앞으로 총을 내밀며 작은 소리로 말했다.

"저 새끼가 우릴 비웃나."

"가만 있어."

강립은 베트콩 포로에게 어서 가라는 뜻으로 손을 내저었다.

포로들이 돌아간 후 베트콩 진영은 한동안 침묵을 지켰다.

"저 자식들이 약속을 안 지키면 어떻게 하죠?"

"그러면 죽기살기로 싸워야지, 별 수 있어?"

베트콩들 사이에서 두런거리는 말소리가 들려오더니 몇 사람이 앞으로 나서서 강립 일행에게로 다가왔다.

"우리 장군님이 그 쪽으로 가고 있소!"

베트콩 통역병이 외치는 소리였다. 강립 역시 몸을 일으키고 그들에게 다가갔다. 병사들은 바짝 긴장한 채 공격태세를 갖추었다.

강립이 다가가 보니 베트콩들의 대장이라는 자는 좀전에 포로가 되었다가 풀려나면서 강립을 보고 미소를 짓던 그 사람이었다. 강립은 적의 장군을 포로로 잡은 것이었다.

"석방해 주어서 고맙소. 이제 길을 비켜준다면 당신들을 해치지 않고 돌려보내 주겠소."

강립은 깜짝 놀랐다. 베트콩 병사들의 대장이 한국어에 능통한 것이었다. 하지만 강립은 상대방에게 기세가 꺾이지 않기 위해 태연한 척했다.

"한 가지 조건이 있소이다."

"말해 보시오."

"우리는 오늘 밤 당신네들의 보급물자 수송을 저지하러 왔소. 내일 아침 부대로 돌아가서 소떼를 공격하여 사살하였다는 보고를 해야만 하오. 그래서 소뿔을 잘라가야 하는데 내일 아침까지 물소뿔 60개를 가져다주시오."

"그거야 어렵지 않지. 약속하겠소."

강립의 매복분대는 기관총과 크레모아를 거두어서 베트콩들에게 행군로를 터 주었다. 그들이 지나가고 난 후 강립과 분대원들은 크레모아를 터뜨리고 기관총을 쏘아댔다. 그리고는 소떼를 몰고 가던 베트공을 공격하여 수십 마리의 물소를 사살하였다는 허위 보고를 하였다. 그러자 사단 TOC에서는 축하한다는 무전과 함께 포병부대에 지시하여 하늘 높이 수십 발의 조명탄을 쏘아 올려 주었다.

다음날 아침, 날이 희끄무레하게 밝아올 무렵, 월맹 정규군 헬리콥터 한 대가 지나가면서 그물에 쌓인 보따리를 투하하고 사라졌다. 보따리 속에는 물소뿔이 가득 들어 있었다.

날이 완전히 밝자 간밤의 전투 상황을 점검하러 TOC의 당직 사령이 작전 장교를 대동하여 헬기를 타고 왔다. 당직 사령은 헌병참모 오만수 대령이었다. 강립은 이렇게까지 일이 벌어질 줄 모르고 거짓말을 했던 것을 후회했다. 하지만 이제는 돌이킬 수가 없었다. 그는 될 대로 되라고 배짱을 부렸다.

"어이, 강립 교수 아닌가?"

"선배님, 반갑습니다."

오만수는 역도산 이후로 가장 주목받는 레슬러였다. 그는 체육대학교의 강사를 역임한 적이 있었고, 강립은 군에 입대하기 전 대학 물리학과의 조교였다. 둘은 안면이 있었지만 잘 아는 처지는 아니었다. 강립은 의무입대를 하였지만, 오만수는 군의 사기를 위해 정책적 배려로 재입대한 케이스였다.

"간밤에 사살한 물소들은 어디 갔나?"

"물소뿔만 뽑아 오라고 명을 받았습니다."

"내가 그걸 묻는 게 아니지 않은가?"

"아침에 마을 사람들이 몰려와서는 자기네들 소라고 하면서 다 가져갔습니다."

"수고했네. 간밤의 작전은 성공적이야. 물소뿔은 아주 훌륭한 작전 결과라고 볼 수 있지. 내가 사단장에게 잘 보고하겠네. 다음에 만나세!"

헌병대장을 수행한 작전장교 김 소령이 보기에는 도대체 전투를 벌인 흔적이 없었다. 뭔가 석연치 않은 구석이 있었다. 하지만 헌병대장 오만수라는 위인이 속아넘어가고 있는 척한다면 둘 사이에 모종의 거래가 있다고 판단하고 이의를 제기하지 않았다. 잘못 끼여들었다가는 신상에 해롭기 때문이다.

"김 소령, 강립 중위와 이번 매복작전에 참가한 분대원들에게 특별휴가를 상신하도록 하게."

"와!"

병사들은 헬멧을 공중으로 집어던지며 함성을 내질렀다. 위험한 상황에서 살아남은 것만도 다행인데 포상까지 받게 되었으니 더할 나위 없이 좋았다.

하지만 강립은 자신의 엉성한 계략에 속아넘어가 준 오만수 대령에게 뭔가 꿍꿍이가 있다는 생각이 들어 개운치가 않았다. 매복작전을 수행하면서 몇 가지 의문점이 계속 꼬리를 물었던 것이다. 베트콩이 지나간다는 정확한 시간과 장소를 알았으면 대부대라는 규모도 알았을 텐데, 왜 상부에서는 1개 분대 병력에 경험이 전무한 소대장을 내보냈을까? 혹시 매복을 보내면서 매복병들이 다 죽고 오기를 바란 건 아니었을까?

3. 오만수 대령

사단장의 신임을 받고 있는 헌병참모의 위력은 대단했다. 강립이 특별휴가를 마치고 돌아오자, 그는 대위로 진급되어 사령부 경리주임에 보직되었다. 경리주임은 그 밑에서 경리장교와 하사관이 모든 일처리를 하고 있어서 여유 시간이 많았다. 이는 위험한 정글에 강립을 내보내지 않겠다는 헌병참모의 특별한 보호조치였다. 그러나 강립은 전투상황 전개에 흥미가 많아서 TOC 벙커 안에 들어가 부산하게 돌아가는 분위기에 파묻혀 많은 시간을 보내었다. 커다란 전투상황판, 고급장교들의 부산한 움직임, 미군과 월남군 장교들의 움직임, 함포사격과 항공사격 요청, 팬텀기 출격 명령, 헬리콥터 편대의 이동, 지휘봉을 든 장군과 그를 수행하는 부동자세의 젊은 장교들, 패기에 찬 걸음걸이, 저마다 영웅적 기질을 발휘하겠다는 투지가 타오르는 표정과 말솜씨. 이러한 분위기는 이곳 TOC에서만 연출되는 것이었다.

강립은 안전한 직책의 경리장교보다는 위험하고 긴장감이 감도는 정글 속의 장거리 정찰대 시절이 그리워졌다. 내세울 만한 경험은 없지만 생사를 같이하는 전우들의 진한 땀냄새를 맡고 싶다는 생각도 간절했다.

강립은 매일 찾아오는 단골이어서 TOC 내의 장교들에게 얼굴이 알려져 있었다. 그 당시 강립은 미군 군수담당 존 브라운 소령을 사귀었다. 그는 월남전에 종군한 지 일 년이 되어서 당장이라도 귀국할 수 있지만, 몇 달 더 연장근무를 하면 진급점수에 가산되어 내년에 동기생들보다 1년 먼저 중령 진급을 할 수 있다고 하였다. 중령에 진급하여 귀국하면 보수도 그만큼 더 많아질 거라고 했다. 그는 강립을 만날 때마다 그의 아내와 애들의 사진을 보여주면서 자랑을 하였다. 강립이 그의 아내가 예쁘다고 맞장구를 쳐주면 그는 무척이나 좋아하였다. 그러던 그가 하루는 하루종일 말이 없이 한숨만 내쉬고 있었다. 강립은 그가 생각할 것이 많은가 보다 하고 못 본 척 지나쳤다. 다음날도 그 다음날도 그랬다. 삼일째 되는 날 강립이 보다못해 말을 걸었다.

"써, 존 메이저, 무슨 걱정 있어요?"

"오! 캡틴 강. 내가 큰 실수를 했어요."

"그게 무슨 말입니까?"

"내가 얼마 전 주월미군사령부의 요청으로 얼룩무늬 전투복 30만 벌을 보급해 달라는 청구서를 보내기로 했는데, 뭔가 착각을 일으켜 판초우의 청구서를 보냈으니 이 일을 어쩝니까?"

"그야 취소하고 다시 보내면 되지 않아요?"

"그것을 진작 알았으면 그렇게 했지요. 그런데 그 판초우의가 사이공항 부두에 산더미처럼 쌓여 있다는 보고를 받은 후에야 잘못된 것을 알았으니……"

"필요한 전투복은 오지 않고 필요 없는 판초우의가 도착하였다, 이런 말씀이네요."

"맞아요. 이를 사실대로 말하면 본국으로 소환되어 징계를 받고 옷을 벗어야 할 텐데, 이를 아내와 애들에게 말하느니 차라리 죽는 게 낫겠어요."

존 소령은 심성이 유약하고 여린 사람이었다.

"너무 걱정 말아요. 아내와 애들을 위해서 마음을 더욱 강하게 먹어야 합니다. 한국 속담에 '하늘이 무너져도 솟아날 구멍이 있다'는 말이 있습니다. 메이저 존, 너무 걱정하지 말아요."

강립은 존 소령이 딱해서 그렇게 위로는 했지만, 그로서도 별 방법이 없었다. 그는 혹시 오만수 대령이라면 묘책을 생각해내지 않을까 하는 생각이 들었다. 오만수는 군대 내에서도 모사에 능한 인물로 통하고 있었다.

강립은 오만수 대령의 숙소로 찾아갔다. 오만수는 웃옷을 벗어 젖히고, 미제 맥주를 박스째 갖다 놓고 물소 고기를 굽고 있었다.

"오랜만이군. 강립 대위, 경리장교 할 만해?"

"예, 덕분입니다. 선배님, 메이저 존이라는 친구 아시지요?"

"알지. 그런데?"

"그 친구 코가 쑥 빠져 있던데요."

"왜, 무슨 일이 있나?"

"보급청구서를 잘못 내서 정글복 대신에 판초우의가 왔는데, 자그마치 30만 벌이나 된다는 겁니다. 돈으로 치면…… 한 벌에 20달러씩 600만 불 어치나 되는 걸요."

무심히 듣고 있던 오만수의 눈빛이 반짝였다. 먹이를 발견한 맹수의 눈 같았다.

"말을 듣고 보니, 그 친구 큰일이네. 어떻게 도와주는 방법을 찾아보자고. 돌아가서 일찍 쉬게."

며칠 뒤 강립은 존 소령에게 기쁜 소식을 전할 수 있었다.

"이렇게 하면 어떨까요?"

"무슨 뾰족한 수가 있겠어요?"

존 소령은 별로 기대를 하지 않는다는 표정이었다.

"그 판초우의는 월남군 사령부에서 소요를 제기했던 것으로 하여 실어가도록 지시하고, 정글복은 다시 청구하시지요."

"그럴려면 월남군사령부의 보급청구서 문서를 받아 놓아야 하는데."

"그것은 제가 월남군군수참모부장의 사인을 받아올 테니, 사이공항의 출고명령서만 저에게 가져다 주십시오."

"오! 캡틴 강, 최고야. 이 은혜 죽을 때까지 잊지 않겠소."

강립은 존 메이저에게서 사이공항의 판초우의 30만 벌에 대한 출고명령서를 받아 오만수에게 갖다 주었다. 강립은 이후의 진행 상황은 관심 없었다.

며칠 후 월남군 수송선단이 판초우의를 싣고 사이공에서 하노이로 향하고 있었다. 우기가 되면 6개월 동안 비가 내리기 때문에 판초우의는 전투병력의 필수 장비였다. 이 물량이면 월맹군 30만 명을 장비할 수 있었다. 존 메이저 소령과 강립 대위는 미군 보급 물자가 적군들을 장비하고 있는 줄은 꿈에도 몰랐다.

어느 날 밤 잠을 자고 있는 강립의 방에 오만수가 군용백을 두고 나갔다. 지난번 판초우의를 잘 처리해 준 보상이라는 것이었다. 아침에 열어 보니 모두 백만 달러가 들어 있었다. 큰돈이었고, 큰 부자가 될 수 있었다. 그러나 강립은 그 돈을 오만수에게로 도로 가지고 갔다. 그는 오만수에게 판초우의를 누구에게 팔아먹었는지 따졌다. 오만수는 표정 하나 변하지 않고 능청스럽게 대꾸했다.

"이봐, 강립. 좋은 게 좋은 거 아니겠나? 괜히 나서지 말라고. 신상에 이롭지 않아."

강립은 오만수의 발 앞에 군용백을 던졌다.

"상부에 일러바치지는 않겠소. 하지만 앞으로는 조심해야 할 거요."

돌아서는 강립의 등뒤로 오만수의 낮은 웃음소리가 들려왔다.

4. 레콘도 대장

강립은 더 이상 TOC 벙커에 나타나지 않았다. 오만수는 강립을 사단 수색대 장거리 정찰대장으로 보내버렸다. 강립은 특수부대원들을 이끌고 특수임무를 띤 레콘도 대장이 되었다. 레콘도의 임무는 적의 움직임을 감지하고, 그 꼬리를 밟고 추적하면서 이를 보고하는 아주 위험하고 긴장되는 일이었다. 전혀 예기치 않은 시간과 장소에서 적과 조우하고, 백병전도 불사해야 하는, 생과 사를 넘나드는 임무였다. 상급부대는 이를 토대로 다음 작전 규모와 시기, 목표를 결정했다. 강립의 레콘도 규모는 7명이었다. 수가 많으면 그만큼 기동력에 제한을 받기 때문에 규모가 작았다.

월남의 중부지역에 끝없이 넓은 평원이 펼쳐지는데 이곳이 고보이 평야다. 타이거사단 천하제일연대가 이곳을 지키고 있었다. 고보이 평야는 사방을 둘러보아도 초록빛 들이었다. 들판 가운데는 군데군데 마을이 있었다. 가장 큰 마을의 이름이 답다촌이었다. 북쪽 멀리 높은 산이 겹으로 보이는데, 그것이 중탄산과 푸캇산이었다. 이들 산들이 답다촌을 내려다보고 있었다.

두 산이 이루는 깊고 넓은 계곡과 분지는 정글이 깊게 우거져 있는 곳으로, 북부월맹을 통치하는 호치민 장군이 태어난 월맹군의 성지였다. 따라서 이곳에는 월맹군 최강의 용맹성을 자랑하는 18여단 E2B 대대의 월맹정규군이 활동하면서 고보이 평야를 통제하고 있었다. 답다촌은 고보이 평야의 베트콩 본부로서 마을 전체에 베트콩들이 살고 있었다. 타이거 부대 관할지역 안에 월맹군의 성지가 있다는 게 언뜻 믿기 어려웠다. 겉으로 보기에는 한국군 평정 지역이지만 밤만 되면 베트콩 천지가 되는 골치 아픈 지역이었다. 타이거 부대는 이곳의 낮과 밤의 주도권을 장악하여야 했다. 그래서 모종의 작전계획을 수립하기 위해서 많은 레콘도들을 투입하였지만 번번이 실패하고 전사자만 늘어갔다.

이번 강립의 레콘도도 그 중의 하나일 뿐이었다. 강립은 계곡이 잘 내려다보이는 정글 속에 매복하여 무전기도 끈 채 3일 동안 적 부대의 동태를 살피고 있었다. E2B 대대의 본부 막사에 아침저녁으로 빨간 월맹기가 오르고 내렸다. 월맹기와 함께 오르내리는 부대장기에는 별이 하나 그려져 있었다. 이로 미루어 이곳은 18여단장이 주둔하는 전방 지휘소를 겸하고 있음을 알 수 있었다. E2B 대대의 병력은 많지가 않았다. 아침 점호에 모이는 병력은 많을 때는 100여 명, 작을 때는 30여 명이었다. 이곳 여단장의 계급은 별 하나였다.

계곡에는 수만 마리의 물소떼가 방목되고 있었다. 소떼는 검정옷을 입은 베트콩 수명이 치고 있었고, 밤이면 수시로 인근 부락의 베트콩들과 촌장들이 출입하였다. 강립의 레콘도가 이 정도 근거리에서 E2B 대대의 동태를 살핀 것은 고무적인 일이었다. 강립은 정찰결과를 기록하여 계곡을 빠져 나오고 있었다. 이때 한 대의 월맹군 헬기가 검은 연기를 길게 뿜으면서 머리 위를 날아갔다. 그러더니 바로 앞 고지를 넘지 못하고 산에 처박혔다. 추락한 헬기는 불길에 휩싸여 있었다. 눈앞에서 벌어진 다급한 상황을 강립은 그냥 지나칠 수가 없었다. 대원들에게 가 보자고 하였으나 누구 하나 동의하지 않았다.

"대장님, 그것은 월맹군 헬기입니다. 뭐 하러 구해 주려고 합니까?"

"그곳은 부비트랩이 많은 지역이라 접근하기도 전에 죽습니다."

"구한 다음에 어떻게 하시려고 그러십니까?"

"조금 있으면 월맹군들이 몰려올 텐데 가셨다가는 포로로 잡히게 됩니다."

"여기서 지체하다가는 우리 모두 위험합니다."

병사들은 구조 작업에 회의적이었다. 하지만 강립은 눈앞에서 본 사고를 그냥 지나칠 수 없었다.

"적이든 아군이든 상관없다. 조난 당한 사람을 구조하지 않고 가면 군인된 도리가 아니다."

병사들은 아무 말 없이 어이가 없다는 표정만 지었다.

"갈 사람은 가고 원하는 사람만 나를 따르라."

병사들은 역시 아무 말이 없었다.

"나는 권총 한 자루만 차고 간다. 나의 지휘권은 분대장에게 준다."

강립은 헬기 쪽으로 뛰어갔다. 3명의 분대원이 강립을 따랐다. 분대장과 다른 대원들은 급히 하산하였다.

불타는 헬기 안에는, 조종사, 기관총사수, 고급장교 2명 등 4사람이 쓰러져 있었다. 그들은 얼굴을 알아볼 수 없을 정도로 피범벅이 되어 있었다. 강립과 병사들은 이들을 등에 업고 능선을 넘어 적의 부대 안 막사를 향하여 뛰었다. 이때 골짜기 아래쪽에서 월맹군 병사들이 몰려 올라왔다. 곧이어 추락했던 헬기가 굉음과 함께 폭발하면서 사방으로 파편이 튀었다. 강립은 부상자들을 월맹군 병사들에게 넘기고 돌아오려고 했다.

"따이한 장교님, 우리 장군님을 구해 주셔서 감사합니다. 여기까지 오셨으니 저희 부대로 가셔서 좀 쉬었다 가시지요."

"우리 눈앞에서 추락하였으니 피아를 떠나서 귀중한 인명을 구했을 뿐입니다. 그냥 가겠습니다.

"한 분은 따이한 장교이십니다."

"뭐라고요? 어떻게 한국군 장교가 월맹군 헬기에 같이 타고 있었지요?"

"이유는 모르겠습니다. 그분을 모시고 같이 가십시오."

강립은 하는 수 없이 월맹군 부대에 머무르기로 했다.

부대장과 오만수는 헬기가 추락하면서 의식을 잃었다. 이 부대의 군의관과 강립의 위생병이 이들 환자들을 응급처치했다. 이곳 부대장은 월맹군 준장으로, 지난 매복작전 때 강립에게 포로로 잡혔던 바로 그 사람이었다. 그는 답다촌의 촌장이자 그곳 민병대의 베트콩 대장이기도 했다. 그는 오만수와 그 동안 검은 거래관계를 유지하고 있었다. 지난번 매복작전도 당초 정보가 오만수에 의해서 변질되어 대규모 병력이 투입되어야 했을 것이 1개 분대만 보내어진 것이었다. 매복 나간 아군을 전멸시켜서, 그들의 희생을 대가로 흥정을 벌이려던 것이 오만수의 계산이었다. 그런데 뜻하지 않게 적장이 사로잡혔다 풀려남으로 해서 적이나 아군 모두 피해를 입지 않았을 뿐만 아니라 오만수나 적장들은 서로 더 좋은 결과를 얻었을 수 있었다. 이로 인한 신임을 바탕으로 오만수는 월남군 총사령부와 월맹군 총사령부 간의 거래창구까지 구축하였다. 강립은 이들에게 생각지도 않았던 판초우의까지 제공하여 육백만 달러라는 막대한 이득까지 챙기게 해준 셈이었다. 이러한 내막을 강립은 전혀 모르고 있었다.

이곳 푸캇산 부대장 이행리 삼판은 축배를 들기 위해 답다촌에 오만수 대령을 초청하여 싣고 오다가 외곽을 지키던 타이거 J대대 대공초소에서 쏘아 올린 기관총에 맞고 추락한 것이었다.

이행리 삼판은 의식이 돌아오자 강립을 찾았다.

"강립씨, 내가 세 번이나 당신의 은혜를 입다니, 나와 인연이 두터운가보오."

"아마 전생에 인연이 많았던 모양입니다."

"맞아요. 우리는 전생에 인연이 많은 게 틀림없을 겁니다. 내가 당신의 포로가 되었다가 풀려났고, 당신 덕분에 미제 판초우의를 30만 벌씩이나 살 수 있었고, 오늘 또 불타는 헬기 속에서 구출되었으니 말입니다."

강립 역시 이행리 삼판과의 계속되는 인연이 가볍게 여겨지지 않았다.

"강립 대위는 호지명 장군에게 초청되었어요. 강립은 이제 하노이의 영웅이오. 영웅과의 인연이 인상깊게 이루어졌으니 이는 나의 큰 영광이오."

"판초우의는 오만수 대령께서 사라고 제의하신 건가요?"

"음음…… 당신 상관을 의심하면 안 되지. 그것은 어디까지나 세계인민의 자유와 안남 민족의 통일을 위해서 내린 용단이었어요."

"공산당에도 자유가 있습니까?"

"자유는 어느 세계나 체제 유지를 위해서 적절한 선에서 양보되는 것이오."

"저는 군인입니다. 군인다운 입장에서만 생각하고 싶습니다."

"나도 군인이오. 그러나 지금 당신과 나의 입장은 천지 차이요!"

"그건 무슨 뜻입니까?"

"우리는 우리 민족의 사활이 걸린 문제로 전쟁에 참가하고 있고, 당신은 자유를 지킨다고는 하지만 다소 애매한 처지에 있는 용병이오. 자유를 수호한다는 평계로 덜 부른 한쪽 배를 채우러 왔으니 질적으로 생각하는 차이가 날 수밖에요."

"듣고 보니 불쾌합니다. 우리는 세계 평화를 지키고 공산당의 팽창을 저지하러 왔습니다."

이행리 삼판은 팔을 내저었다.

"좋아요, 좋아요. 은인을 잠시라도 화나게 해서 죄송합니다."

"오만수 대령을 데려 오십시오! 그를 데리고 이곳을 떠나겠습니다."

"잠깐! 당신 화난 걸 보니…… 그를 어떻게 할 셈이오?"

"그는 한국군 장교라는 게 부끄러운 사람입니다. 그를 법정에 세우겠습니다."

"저런, 쯧쯧쯧. 우리는 당신을 미제국주의와 우리의 평화 사절로 인식하고 있었는데 그게 아니었구먼. 그렇다면 당분간 오만수 대령은 우리가 보호하겠소이다."

"그럼 용건은 없으니 이만 돌아가겠소."

"그럼 그렇게 하시오. 오던 길로 가시면 부비트랩은 없을 것이오."

"우리 소총은 주셔야지요."

"이곳은 우리 병사뿐이오. 당신들을 안전하게 보내 드릴 터이니 걱정 말고 돌아가시오."

"좋소. 장군, 무운을 빕니다."

"강립씨도 무운장구하시오."

강립은 3명의 병사와 비무장으로 헬기가 추락한 지점까지 왔다. 병사들은 걱정에 싸여 있었다.

"소대장님, 총도 없이 이 험한 정글을 어떻게 빠져나가지요?"

"지금부터 저쪽 능선을 넘어서 좌측 계곡으로 들어간다. 만약의 경우에 각개 약진하라. 집결지는 J부대 9중대 베이스 기지다."

"소대장님, 그쪽은 기지와 반대쪽인데요."

"우리가 오던 길로 가면 저들이 매복해 있을 거다. 그리로 가면 우리에게는 죽음뿐이다."

"아무리…… 우리가 저들을 구해 주었는데 죽이기까지야 하겠습니까?"

"너 같으면 아군의 기지 심장부까지 보고 간 놈들을 그대로 살려 두겠느냐?"

"그렇다면 왜 거기는 따라가셨습니까?"

"여기까지 와서 적이 자기네 심장부까지 보여주겠다는데 안 갈 이유도 없지 않으냐?"

병사들은 어이가 없었다. 도대체 강립이라는 인간은 어떻게 생겨먹은 인간인지 종잡을 수가 없었다.

"그만 가자. 일차적으로 저쪽 검은 숲이 우거진 정글까지 뛰어서 간다. 각자 하느님의 가호가 있기를 빈다. 뛰어!"

이들이 뛰자 갑자기 산 위에서 추격병들이 쫓아오면서 총을 쏘았다. 총알이 비오듯 쏟아지는 가운데 병사들이 모두 숲 속으로 뛰어 사라졌다. 강립은 옆구리가 뜨끔거렸다. 찜찜한 느낌이 들어 손으로 만져보니 피가 묻어났다. 옆구리 갈비가 몇 대 나간 것 같았다. 병사들은 모두 흩어지고 혼자였다. 골짜기 안에는 수십 미터의 잡목이 하늘 높이 솟아 있어 햇빛이 들어오지 않았다. 땅에 있는 수분이 나뭇잎에 가려 증발하지 못해서 나무 밑둥에는 습기가 촉촉이 흘렀다. 습한 숲에는 거머리가 기승을 부렸다. 피 냄새를 맡은 거머리들이 나무 위에서 쏟아져 내려왔다. 거머리들은 머리 위로, 얼굴로, 피가 흐르는 옆구리로 수없이 덮쳐왔다. 강립은 한동안 한 손으로 환부를 틀어잡고 한 손으로 거머리를 떼어내다가 그만 쓰러지고 말았다.

5. 답다촌의 이행리 삼판

강립은 추격병들에게 발견되어 물소등에 실린 채 E2B대대의 포로로 다시 잡혀왔다. 눈을 떠보니 이행리 삼판이 근심스러운 표정으로 들여다보고 있었다. 강립은 부하들의 소식부터 물었다.

"내 부하들은 어떻게 됐소?"

"다람쥐처럼 재빠르더군요. 우리의 추격망을 벗어났소."

강립은 안도의 한숨을 내쉬었다.

"살아난 게 천만다행이오. 이곳에서 걱정 말고 충분한 휴식을 취하시오."

"오만수 대령은 어디에 있소?"

"그는 복귀했어요."

이행리 삼판의 표정은 부드러웠다. 강립은 이해가 되지 않았다. 죽이려던 적을 다시 살려내다니…….

"강립씨, 지난번에 우리는 전생에 인연이 많은 게 틀림없다고 얘기한 적 있지요?"

강립은 아무런 대꾸를 하지 않았다.

"우리 이행리 씨족의 선조가 몽고 쿠빌라이 시대에 고려에서 왔다오."

강립은 이행리 삼판의 얼굴을 올려다보았다.

"그게 정말입니까?"

"몽고에 사절로 왔던 이행리는 남만국의 공주 레둑토아의 부마가 되어 따라왔다오. 그 후 그는 이곳 남만국에 머물다가 고보이 평야를 다스리는 답다촌의 촌장이 되었소."

"아! 그러니까 '이행리'라는 성씨는 고려 사람 '이행리'의 성과 이름을 그대로 딴 것이군요."

"그렇지요. 그러니까 강립씨같이 용감한 따이한을 보면 형제같이 반갑고 자랑스럽다오."

"이제야 알겠습니다. 그래서 한국말도 잘하시고, 오만수와도 친해지셨군요. 이행리라면 조선 태조 이성계의 증조부 익조대왕이십니다. 참으로 귀한 분을 이국만리에서 만나 뵈올 줄은 꿈에도 몰랐습니다."

"하하하하. 우리 조상의 뿌리를 알고 있는 분을 만나니 기분 좋습니다."

이행리 삼판은 호탕하게 웃어젖혔다.

강립은 용비어천가에도 나와 있지 않은 익조대왕이 지금의 베트남인 남만국에 정착했고 그 후손이 지금 답다촌장이며 월맹군 장군이라는 사실에 매우 놀라고 있었다.

"그래서 한국군에 대해 그다지 적의를 품지 않으시는 모양이군요."

"네, 그렇기는 합니다. 하지만 내가 강립 씨를 살려낸 데에는 더큰 이유가 있습니다."

이행리 삼판은 일어서서 책상으로 다가가더니 그림 한 장을 들고 왔다.

"이 그림은 바로 우리의 씨족 조상인 이행리를 그려둔 것입니다."

이행리 삼판은 그림을 강립에게 보여주었다. 그림을 보는 순간 그의 눈에 확 들어오는 것이 있었다. 그림 속의 이행리는 가슴에 수북하게 털이 자라 있었다. 그의 가슴털은 반달곰의 가슴처럼 가운데 부분에 흰 털이 나 있었다. 강림은 자신의 가슴을 내려다보았다. 자기의 것과 똑같은 털을 가진 인물이 수백 년 전에 그려진 그림 속에 있다는 사실이 놀라웠다.

"병사들이 강림 대위의 옷을 벗기는데, 깜짝 놀랐소. 우리 조상과 똑같은 가슴털을 가진 사람은 처음 보았거든. 그래서 강림 대위를 살려내야겠다는 생각을 하게 됐소."

강림은 그림을 뚫어져라 쳐다보았다. 그는 묵직한 감동이 목구멍 언저리에 맺히는 것을 느꼈다. 그는 얼굴도 본 적이 없는 자신의 아버지에게도 저런 털이 자라 있었다는 말을 들었다.

"아쉽게도 이행리의 가슴털을 물려받은 자손은 이후로 없었습니다. 아마도 이행리 할아버지께선 진짜배기를 한반도에 두고 온 모양입니다, 허허허."

이행리 삼판은 침대 곁에 두었던 활을 들어 강림에게 내밀었다.

"그건 무엇입니까?"

"저희 조상이신 이행리가 쓰시던 신궁입니다. 그 분께선 이 신궁으로 이 일대를 평정할 수 있었다고 합니다. 하지만 이후로 이 신궁의 시위를 당길 수 있는 인물이 나타나지 않았어요."

말을 중단한 이행리 삼판은 약간 장난기가 섞인 표정으로 강림을 내려다보았다.

"한번 당겨보시겠소?"

"아무도 당길 수가 없었다면서 어떻게 제가……."

"난 강립 대위가 강씨가 아니라 이씨였다면 이행리의 자손이라
고 그대로 믿어버렸을 거요."

그 말에 강립은 가슴이 뜨끔했다. 그가 원래 타고났어야 할 성
은 강씨가 아니었다. 부친이 그를 어미의 뱃속에 둔 채 혼인신고
도 않고 죽는 바람에 강립은 하는 수 없이 모친의 성을 따랐다. 부
친의 성씨는…… 부친의 성씨는……. 거기까지 생각하고서 강립
은 머리를 흔들었다.

"어떻소, 한번 해보지 않겠소?"

강립은 떨리는 마음으로 신궁을 받아들었다. 순간, 그의 손에
찡 하고 가벼운 전류가 흘렀다. 강립은 활을 처음 쥐어보았다. 그
런데도 마치 자신이 오랜 세월 궁사였기라도 한 것처럼 활을 쥔
손이 낯설지가 않았다.

강립은 목표물을 겨냥하는 자세를 취하고 활시위를 잡았다. 이
행리 삼판 역시 긴장된 표정으로 강립을 지켜보고 있었다.

"오, 이럴 수가!"

이행리 삼판의 입에서 탄성이 터져 나왔다. 강립이 활시위를 아
무런 힘도 들이지 않고 당긴 것이다. 강립 자신조차도 믿어지지
않는다는 표정을 지었다. 그는 당겼던 시위를 제자리로 갖다놓았
다. 그때 창 틈으로 바람 한 줄기가 스며들어와 이행리 삼판이 들
고 있는 그림을 흔들었다. 그러자 그림 속의 이행리가 살아있는
듯 꿈틀거리기 시작했다. 마치 그림 속의 이행리가 긴 시간의 벽
을 넘어 신궁의 주인이 나타난 것을 축하라도 하는 듯이 보였다.

강립이 햇볕을 쏘이며 의자에 앉아 있을 때 목발을 짚은 어린아이 한 명이 다가와 그에게 물이 든 잔을 건넸다. 아이는 다리 한쪽이 없었다. 텅빈 바짓가랑이 한 쪽이 바람이 불 때마다 깃발처럼 펄럭이며 아이의 걸음걸이를 방해하고 있었다. 강립이 아이의 바짓가랑이를 흔들리지 않도록 묶어주었다. 그러자 아이가 또렷한 한국말로 인사를 건넸다.

"고맙습니다, 강 대위님."

강립이 놀란 표정으로 아이의 얼굴을 들여다보았다.

"아버지께서 가르쳐 주셨습니다."

역시 또렷한 한국말.

이행리 삼판이 두 사람에게 다가왔다. 아이가 삼판에게 다가가더니 강립이 자신의 바짓가랑이를 묶어주었다는 이야기를 전했다. 아이의 표정이 너무도 밝고 맑아 아이를 지켜보는 동안 강립은 기분이 유쾌해졌다. 아이가 제 또래들에게로 절룩거리며 다가갔다. 아이의 뒷모습을 바라보고 있던 이행리 삼판이 강립에게로 다가왔다.

"3년 전 미군 공습 때 저렇게 되었소. 애 엄마는 그때 세상을 떠났고."

삼판의 표정이 어두워졌다.

"아드님이신가요?"

"늦동이라오. 내가 이 세상을 살아가는, 그리고 미제국주의와 맞서는 유일한 이유라오."

강립이 삼판의 등을 툭 건드렸다.

"참 똑똑하고 해맑은 아입니다. 총명한 아드님을 두셔서 자랑스러우시겠어요."

"다리가 저렇게 되었는데도 전혀 낙담하지 않아요. 하지만 제 속이야 오죽하겠습니까? 치앙을 보고 있으면 눈물이 앞을 가릴 때가 많아요."

"아드님 이름이 치앙이군요. 이행리 치앙. 제가 보기엔 삼판 씨보다 치앙이 훨씬 더 용감한 것 같은데요."

이행리 삼판이 강립을 돌아보며 웃었다.

"나중에 과학자가 되고 싶다고 하더군요."

그 말을 듣고 강립이 낮게 웃음을 터뜨렸다. 그러자 삼판이 발끈하여 말했다.

"이것 보시오, 캡틴 강. 우리 베트남의 교육열은 상당히 높은 편이오. 그렇게 무시하다간 언젠가 큰코 다칠 거요."

강립은 여전히 얼굴에 웃음기를 머금은 채 대꾸했다.

"그게 아닙니다, 그게 아니에요. 열대 우림에서 자라난 과학자. 근사하지 않습니까? 휴머니즘이 풍부한 과학자가 탄생할 것 같습니다."

"최소한 살상무기는 만들지 않을 거요."

그 말에 강립은 웃음을 싹 거두었다.

"그래야죠. 암, 그래야죠."

강립과 삼판은 축구를 하고 있는 아이들 틈에서 하나뿐인 다리로 부지런히 공을 좇아 다니고 있는 치앙을 부드러운 눈길로 바라보았다.

강림은 몸을 회복하자 부대로 귀환하겠다는 의사를 밝혔다. 이행리 삼판은 입장이 난처했다. 적군의 장교에게 기지를 보여주고 나서 돌려보낸다는 것이 영 마음에 걸렸던 것이다. 그런 이행리 삼판의 심중을 파악한 강림이 말했다.

"삼판 씨께서 염려하시는 것이 무언지 알고 있습니다. 저를 믿으십시오. 제게 베푸신 호의에 반하는 행위는 절대로 하지 않겠습니다."

이행리 삼판은 강림을 믿었다. 하지만 그의 부관들이 반대했다.

그날 밤, 강림이 처소에 있을 때 이행리 삼판이 그를 찾아왔다. 이행리 삼판의 손에는 신궁과 화살이 들려 있었다.

"달아나십시오. 탈출로를 확보해두었습니다. 저희 씨족들이 도울 것이오."

강림은 감격스러워서 눈물이 나오려고 했다. 그는 이행리 삼판의 손을 꼭 쥐었다.

"이 신궁의 주인은 아무래도 강림 대위인 것 같소. 가지고 가시오."

강림은 거절했다.

"이 신궁은 이행리 씨족의 상징입니다. 그냥 간직하십시오."

"아니오. 나는 언젠가 이 신궁을 당길 수 있는 사람이 나타나리라고 믿으며 살아왔소. 그런데 그 사람을 이렇게 만났어요. 더 이상 여한이 없습니다."

"지금은 장군님의 마음만 갖겠습니다. 언젠가 평화가 찾아오면 반드시 다시 찾아뵙도록 하겠습니다. 그때 신궁을 가지고 가겠습니다."

이행리 삼판은 아쉬운 듯 침묵을 지키고 있다가 이내 고개를 끄덕였다.

"그러십시오. 막상 헤어지려니 붙잡고 싶다는 생각이 드는군요."

"이렇게 호의를 베풀어주셨는데 저는 아무것도 드릴 것이 없습니다."

"이 곳 베트남을 아름다운 나라로 기억해 주시오."

"그러겠습니다. 이행리 삼판과 그의 아들 치앙, 중탄산과 푸캇산과 고보이 평야와 답다촌, 그리고 베트남을 사랑하는 저의 마음을 두고 가겠습니다."

두 사람은 손을 꼭 맞잡았다. 이행리 삼판은 오랜 친구를 떠나보내는 것처럼 가슴이 아렸다. 강립 역시 마찬가지였다. 이제 돌아가면 다시 적군이 되어 서로에게 총을 겨누어야 한다는 현실이 서글펐다.

"저 막사 뒤편으로 돌아가시오. 곳곳에 우리 씨족들이 숨어 있어요. 그들이 길을 안내할 것이오."

강립은 이행리 삼판에게 꾸벅 절을 하고는 그가 가리킨 막사를 향해 뛰어갔다. 막사 뒤편으로 가보니 철조망이 뜯겨져 나간 부분이 있었다. 강립이 그곳을 나서려 할 때 어둠 속에서 누군가가 자신을 지켜보고 있다는 느낌이 들었다. 이행리 치앙이었다.

"아저씨, 조심하세요."

강립은 치앙에게 다가가 그를 품에 안았다.

"우리 언제가 꼭 다시 만나자꾸나."

강립은 밖으로 나와 숲을 향해 있는 힘껏 달리기 시작했다. 그가 어디로 갈지 몰라 망설이고 있을 때면 나무 위쪽에서 목소리가 들려와 방향을 일러주었다. 강립이 나무 위를 올려다보면 거기에는 짙은 어둠뿐 아무것도 없었다. 이행리 삼판이 배치해놓은 이행리 씨족의 사람들은 모습을 드러내지 않은 채 강립에게 도움을 주고 있었다. 강립은 마치 자신이 숲을 지키는 정령들의 도움을 받고 있다는 착각이 들었다.

이행리 삼판의 도움으로 월맹군 E2B대대에서 탈출한 지 삼 일 만에 강립은 J부대 9중대 소속 병사들에게 발견되었다. 월남군과 한국군, 미군은 강립에게서 어떤 유익한 정보도 얻어낼 수 없었다. 오만수 대령은 그로부터 몇 달 뒤 한국으로 돌아갔다. 강립은 제대를 하고 나서야 오만수가 일본으로 건너가 호백수라는 이름의 야쿠자 거물이 되었다는 사실을 알았다.

나는 1976년부터 3년간 부산에서 살았다. 영도다리가 내려다보이는 동항동 성당에서 교육하는 수련회에 들어갔다가 한 젊은이에게서 모 기술고등학교에 관한 숨겨진 이야기를 들었다. 그리고 1983년부터는 강원도 동해에서 살았다. 삼척 미로에 가면 산 속에 이성계 5대조부의 묘인 준경묘가 있고, 동해에는 두타산성이 있다. 성 안에서 흘러나온 개울물이 이룬 폭포수가 떨어지는 소(沼) 주변은 거의 원시림 같은, 인적이 닿지 않은 숲 지대다. 그곳에 가면 무성한 잡초 사이로 머리가 없는 사람이 무릎을 세우고 누워 있는 형상의 바위가 눈에 들어온다. 그 바위를 보는 순간, 김지하 시인의 시집 『검은 산 하얀 방』의 한 구절(오천 명이 한날 한시에 총 맞아 죽었다고 하더라)이 떠올랐다. 임진왜란 당시 왜병들도 이 곳에서 오천여 명이 목숨을 잃었다고 한다. 왜 그들은 목숨을 걸고 이 곳을 지키려 했고, 또 빼앗으려 했을까. 이러한 상념이 머리 속을 떠도는 사이 내 안에는 장엄한 역사를 무대로 한 이야기의 씨앗이 발아하였다. 그 씨앗이 어떤 거목으로 자랄지 모르면서 나는 겁도 없이 그 씨앗을 키운 것이다.

조선 침략의 원흉이었던 도요토미 히데요시가 죽은 후 일본의 각 세력이 패권다툼을 할 때 도쿠가와 이에야스는 세키가하라 전투에서 조선 침략의 정벌군을 동군과 서군의 최전선에 대립시켜 서로 죽이게 함으로써 조선 정벌군을 완전히 제거하였다. 그 당시 이에야스를 부추겨 조선 침략군을 동군과 서군의 최전선에 배치함으로써 스스로의 죄를 씻게 했던 조선인 재사(才士)는 과연 누구였을까? 또한 얼마 전에 일본 천황이 실토했듯이, 선사시대부터 서로 이웃해 살아온 한·일 두 나라 왕족 사이의 핏줄과 혼맥은 서로 섞이지 않을 수 없었을 것이다. 이런 생각이 더해가면서 내 안에서 자란 씨앗은 어느새 뿌리를 내리고 줄기가 굵어지고 잎을 틔우고 있었다.

하지만 내 안에 자리잡은 이야기가 꽃을 피우고 열매를 맺기까지는 너무나도 긴 인고의 시간이 지나야 했다. 유구한 역사 속에 널려 있는 이야깃거리와 내 지난날의 경험을 서로 엮어내는 데 나는 13년의 시간을 보내야 했던 것이다.

『십팔자』는 이양무에서 이성계까지 6대에 걸친, 십팔자왕(十八子王)이라는 도참설을 믿은 그들 가문이 왕조를 도모하여 조선을 개국한 장엄한 이야기이다. 또한 이 땅과 우리 민족을 위해 초개같이 목숨을 버린 영웅들의 서사시이다.

나는 이 소설을 고(故) 슈바르츠 신부님(전쟁고아들과 난민들을 위해 이 땅에서 빈민구호사업을 펼침)과 월남전에서 산화한 영령들과 유가족들, 전쟁의 아픔을 겪은 베트남 국민들, 그리고 임진란 때 두타산성에서 산화한 오천여 영령과 풍신수길의 야욕에 희생된 오천여 왜병들의 원혼들, 동족상잔으로 희생된 호국영령들, 야망을 가진 청소년들과 문화적인 긍지를 찾는 분들, 우리의 영웅을 원하는 분들, 조국의 통일을 도모하는 분들,『십팔자』를 대하는 모든 독자 여러분께 바친다.

참고 자료를 주신 삼척대 차장섭 교수님과 많은 조언을 주신 여러 교수님들에게 감사를 드린다. 원고를 읽어 주며 모진 비판을 서슴지 않았던 나의 딸 소화와 조카 치원에게 고마움을 표한다. 이밖에도 많은 도움을 주신 분들의 존명을 일일이 대지 못함을 너그럽게 헤아려 주시기를 바랄 뿐이다.

끝으로 문화사업을 중히 알고 책이 출간될 수 있도록 도움을 주신 한국환경수도연구소 김정근 이사장님, 도서출판 모아드림 손정순 사장님께 감사드린다.

2002년 늦가을
저자

■ 이 책이 나오기까지

 2001년 여름, 강릉대학교 영문과의 민경대 교수와 동해안을 여행하던 중 민 교수의 고교 선배인 강대일 선생을 우연히 만나게 되었다. 지역 향토사에 밝은 강대일 선생은 우리에게 400~500여 년 전 삼척 일대를 중심으로 살았던 조상들의 영웅적 삶에 대한 이야기를 들려주었다. 민 교수와 필자는 임진왜란 당시 두타산성에서 일어난 의병들과 왜병들 사이의 참혹한 전투상황을 본인의 체험담과 해박한 군사지식을 병행하여 사실적으로 묘사하는 강 선생의 화술에 매료되어 그만 밤을 하얗게 지새우고 말았다.

 지구상에 존립했던 수많은 국가와 민족이 잔혹한 전쟁과 모반의 역사 속에서 명멸하였다. 그 역사의 거센 소용돌이 속에서 우리 한민족이 단일국가의 명맥을 유지할 수 있었던 저력은 어디에 있고 앞으로 그 저력을 확대하는 동력은 어디에서 찾을 수 있을까? 그 날 강대일 선생의 이야기를 경청하며 필자는 그 오랜 질문에 대한 어렴풋한 해답을 얻을 수 있었다.

 고려 말 목자성씨가(木子姓氏家)는 만백성이 희구하는 태평성대를 이룩하기 위하여 누대(累代)에 걸친 고난의 행군을 스스로 선택하였다. 그들은 두 번에 걸친 일족의 대이동을 겪으면서도 온갖 역경을 극복하였고, 이주하는 곳마다 인(仁)과 의(義)를 실행하여 민심을 얻었다. 이로 말미암아 자연스럽게 확장된 세력은 조선왕조 창업으로 이어졌다. 이후로 500여 년 동안 조선왕조가 왕도정치를 뿌리내렸기에 우리 민족의 고유국가가 보전될 수 있는 기틀이 마련되었던 건 아닐까?

지난 세기, 우리 민족은 수난과 질곡의 길을 걸어야 했다. 아직도 우리는 남북분단이라는 상처를 안은 채 이산의 고통과 민족의 분열을 겪고 있다. 하지만 21세기를 맞아 국운이 융성할 조짐과 통일의 기운은 이곳 저곳에서 발현되고 있다. 우리는 2002년 한·일 월드컵에서 4강 진입이라는 신화를 창조하였고, 제14회 부산 아시안게임에서는 참가국 44개국 중 2위 달성이라는 위업을 이루었다. 특히 아시아에서 중국인들에게 작은 거인의 매운 맛을 확실하게 보여줄 만큼 신장된 국력은 우리 스스로도 놀랄 만한 것이었다.

남북통일의 분위기는 차츰 무르익어 가고 있으며 우리의 선진국 진입도 가깝게 다가오고 있다. 지금의 이 호기운세를 오랫동안 유지할 수 있는 길은 무엇일까? 우리 사회의 구성 분자단위인 제씨족(諸氏族)이 이 땅에서 살았던 조상들의 희생정신을 본받아 21세기형 한국판 노블레스 오블리제(noblesse oblige)로 사회저변을 구축한다면 이상적인 한민족 통일국가의 영구보전(永久保全)도 가능할 것이다. 필자의 이러한 생각이 강대일 선생의 소설 속에서 구체적인 모형을 갖추고 있다는 사실은 놀랍고 반가운 일이었다.

우리 민족의 장엄한 서사를 탄생시키기 위하여 13년 동안 열정과 노력을 기울인 강대일 선생의 노고에 박수를 보내며, 날카로운 통찰과 비판으로 작품을 감수해준 KBS 전 안전실장 김형석 선생님을 비롯한 간행위원들에게 깊은 감사를 드린다.

2002년 10월
간행위원장 김정근